新潮文庫

新任巡査

上巻

古野まほろ著

新潮社版

11080

■目次■

新任巡査

上巻

――けれど、人間は負けるように造られてはいないんだ

そりゃ、人間は殺されるかもしれない、けれど負けはしないんだぞ

（ヘミングウェイ『老人と海』より、福田恆存訳、新潮文庫、二〇〇三）

物語の前に

この小説は、フィクションです。そもそもすべて「嘘」です。

しかし、これは警察小説であり、職場小説です。

そして、警察小説・職場小説の醍醐味《だいごみ》のひとつは、徹底したリアリティです。

そこで、この小説では、どうしても嘘を吐《つ》かなければならない箇所以外、徹底した、細かい、リアルな描写を重ねています。すなわちこの小説は、「リアリズムに基づくディテール」と「あえて吐いた大きなウソ」とに基づく、フィクションです。

これは、私が元警察官ということからくる、当然の利点と責任と、制限です。

例えば、その大きなウソのひとつに、まず作品舞台があります。

この作品では、「愛予県《あいよ》」という県の「愛予県警察」という小規模県警察が舞台です。

もちろん日本にそんな舞台はありませんので、これは大嘘です。

このような設定としたのは、主として、読者の方に特定の県や、特定の府県警察のイメージを持っていただきたくなかったからです。極めてモデル的な舞台を設定することで、「どこにでもある」けれど「どこにも実在はしない」という、理系の実験のような、観念的なフィールドを作ったのです。

とはいっても、それは舞台が大嘘というだけで、その描写は、現実から抽出したリアルなものとしています。ゆえに、これはＳＦでも架空世界の物語でもありません。現実の日本における物語です。警察の組織・活動・文化は、あえて吐いたウソ以外「写実」「写生」です。

その「写実」のうち、特に解《わか》りにくいのが「組織」と「職制」ですので、それは物語の前に、ざっと御説明します。なお愛予県は小規模県ですので、小規模県を例にとります。

能書きは以上です。

【小規模県のモデル的な組織】

・警察本部（本社）――1室5部。社長は警察本部長。副社長は警務部長。

総務室（総務・会計・秘書・広報など）
警務部（人事・監察・総合調整・福利厚生など）
生安部（犯罪の予防・特別法犯の捜査など）
刑事部（刑法犯の捜査など）
交通部（交通規制・交通事件事故の捜査など）
警備部（テロ対策・諜報・警備実施・災害対策など）

・警察署（支店）――6課＋α。支店長は警察署長。副支店長は副署長。

警務課（本社の総務室＋警務部の出先）
生安課、刑事課、交通課、警備課（本社各課の出先）
地域課（交番・パトカー。全部門の出先、初動担当）
※「刑事第二課」などナンバリング課があることも

【小規模県のモデル的な職制】

	警視長	警視正	警視	警部	警部補	巡査部長	巡査長	巡査
本部	本部長	部長・参事官	課長・次席	課長補佐	係長	主任		
署		筆頭署長	署長・副署長	課長	係長	主任	班長	係
交番					所長・ブロック長	主任	班長	係

序章　警察学校

I

——来た。

警察学校三階への階段を、教官はもうじき登り終える。

ホーム教場《きょうじょう》の引き違い戸は、開け放しにしてある。

最後に、教壇《きょうだん》の上をさっと眼で確認した。

極めつきの冷水で作ったおしぼり。凶器になるほど固くしぼってある。

あざやかな瑠璃色《るりいろ》の、ガラスの水差し。ウォータークーラーの水飛沫《みずしぶき》は、丁寧《ていねい》にかぶせたグラスにも、絶対に残ってはいないはず。

卓上の配席表を、講師から見て天地逆に置いたバカもいたっけ。僕だけど。今日は大丈夫だ。

教場当番《きょうじょうとうばん》三点セットの確認を終えた僕——上原頼音《うえはららいと》巡査は、腕に巻いた小豆色《あずきいろ》の腕章のズレを直した。儀式的に背筋を伸ばし、胸を張る。引き違い戸のたもとで気持ち、右向け右をする。

二限目の教官は、既に階段を登り終え、真《ま》っ直《す》ぐホーム教場へ歩いてくる。だから、距離を置いて正対する形になる。僕は、室内の級友に予鈴を掛けた——

「お見えになりました!!」

「気を付け!!」

教場内から、相方《あいかた》の教場当番の本鈴が響く。すぐさま夏制服二十七人、総員が起立したはずだ。入校当初、『起立!!』とやってしまって爆笑されたバカもいたっけ。僕だけど。だが警察の儀典、『礼式《れいしき》』というのは、要は慣れだ。グラウンド二〇周の懲罰《ちょうばつ》で、叩《たた》きこまれてもいる。だから室内無帽の僕が、教官に挙手の敬礼をすることはない。

ざっ。うん。ぱっ。

腰を折る、わずかにタメる、微妙に背を反る。室内十五度の敬礼、決まった——

(あれっ?)

——せっかく決まった視線が泳いだ。

二限目八〇分は、我が『艫利《ともとし》学級』の担任教官・艫利秀暁《ひであき》警部による『卒業配置の心構え』のはずだ。早朝七時四五分の授業連絡でも、教官本人に確認している。ところが艫利教官は、スーツ姿の講師を連れているじゃないか。しかも剣道六段、まさにバケモノたる『鬼神の艫利』にしては、やけにゴキゲンの様な。これは昼間の顔じゃない。懇《こん》親会《しんかい》の顔だ。つまり、飲み会モード。鬼神の艫利が、午後五時一五分以前の警察学校でこんな顔をしたことは、この半年間で一度もない。

そして、教場へ入る前に、教場当番へ声を掛けたことも、だ——

「オイ上原」

「はい、教官」

「この二限、落ちた奴《やつ》が一人でもいたとしたら」

「はい、教官」

「総員、五限終了後、出動服のフル装備で集合だ」

機動隊のフル装備で嬲《なぶ》る気ですか……そんなに大切な講師の方ですか……

「当然、俺も聴講をする。聴講用の机をひとつ、出しておけ」

「了解しました、教官」

鬼神の艫利が、他講師の授業を聴講するとは。これもまた、この半年間で絶無だったことだ。

もちろん暇《ひま》を見つけては教室を巡察《じゅんさつ》し、のぞく。それは頻繁《ひんぱん》にある。だが聴講までするとは……

——担任教官と初任科生《しょにんかせい》巡査の絆《きずな》は深い。まして、『艫利学級』である。

艫利警部は、鬼神のような警察官だ。望むなら、僕の女性経験も、財布の在中金額も、外泊時の本当の立寄先も、資料なしで注意報告書にすることができるだろう。他方で艫利警部は、鬼神のような学校教官だ。警察学校の巡査にとっては、神様にして父親。兄にして駆け込み寺。恐らく、生涯でいちばん私生活に密着する他人だろう。ましてや艫利教官は、太陽が沈むまでは自衛隊も真っ青の先任伍長《せんにんごちょう》だが、太陽が沈めば、午前様をいとわない酒鬼《しゅき》でもあった。二二歳の僕からすれば、上司との『ノミニケーション』なんて言葉は死語に近い。けど、そこが剣道六段の自然体だろうか。べろべろになっている艫利教官が、同時に、担任している二十七人との壁をもべろべろにしている。それに僕が気付いたのは、入校二箇月めのことだった。

いずれにせよ、艫利学級に、艫利を舐《な》めてかかる生徒はいない。三七歳の教官に体力で敵《かな》わず、酒量で敵わず、声量で敵わず、眼光で敵わず――まして、ある事情により論理的思考力で誰も敵わない。となれば、まあ当然の成り行きだろう。

（その教官が、そこまで大切にする人って、誰なんだろう）

僕はしかし、その人物を観察することができなかった。その人物はもう、教官とともにホーム教場へ入ってしまっていたし、僕は下命どおり、教場後方に一席、聴講用のデスクをセッティングしなければならなかったからだ。だから前方の引き違い戸を閉め、急ぎ後方から教場に入って、予備の机を確認する。そのとき、相方の号令が響いた。

「敬礼!!」

「どうぞ休んでください」

「休め!!」

II

教卓の前に立った、二限目の講師は。

やはり艫利教官ではなく、純黒の細身なスーツを着こなした若者だった。民間とかの、いわゆる部外講師じゃない。礼式を分かっているからだ。生徒からの敬礼を受けたら、嫌がらせのつもりがないのなら、すぐさま『休め』を掛けるのが、いわば偉い人の情けである。そうしないと、生徒は、永遠に休めない。つまり着席できない。その事情とタイミングを知るこの若者は、だから、民間人じゃない。

すると、間髪を入れず、教壇の斜め下に仁王《におう》立ちした艫利警部がいった。

「おはようございます!!」

おはようございます!!

「この二限は、俺のコマ『卒業配置の心構え』だったな?」

はい!!

「だがよろこべ。特別講師の方だ。泣き落としに泣き落としを重ねて、御多忙の折、わざわざ警察本部からお越しいただいた――我が愛予《あいよ》県警察本部警備部公安課長、飛鳥真《あすかしん》警視だ」

「いや艫利さん、そんないいもんじゃありませんから」

……僕は訝《いぶか》しんだ。

生徒の身分とはいえ、自分ももう社会人・公務員である。額面二〇万円に満たないが、給与ももらっている。だから自分の勤める会社＝愛予県警の組織図くらいは（だいたい）分かっている。

『本部』の『課長』といえば警視、所属長《しょぞくちょう》だ。警察署でいえば警察署長である（ちなみに愛予県警だと、警察学校長も警視だ。学校がひとつの所属なのだ）。僕がなれるかどうかは、全然分からない。けど警察署長というのは、どの生徒にとっても、あこがれだ。それでも、この艫利学級二十七人が、定年まで競って何人なれるか――所属長すなわち『ドン』っていうのは、そういうものだ。

けど。

教壇の純黒スーツの若者は、どうみても同世代じゃないか――

「飛鳥警視は警察庁警部補拝命後《はいめい》」艫利教官が講師紹介を続ける。これもまあ、礼式だ。

「警察大学校初任幹部科《しょにんかんぶ》を優秀な成績で御卒業され」

「あっは、嫌味ですか」

「そりゃアッさん……いえ失礼しました課長、一度も警察学校に来てくれないんですからね。一緒に過ごした二年間は何だったんだろうと、悲しかったなあ」

「おっと、僕が着任したとき飲んだじゃん。それも三次会まで」

「ハイハイ続けます」

どうやら教官と公安課長は、かなり親しいみたいだ。そうでなければ所属長警視に、いち警部がこうまで軽口を叩けるはずがない。

「続ける。警視庁警部補として卒業配置勤務の後、警察庁警部に御昇進。警察庁外事課等において勤務をされ、この一月に愛予県警視として当県警察に御着任。以降、当県の公安課長として御活躍でいらっしゃる」

（なるほど、キャリアか）

僕らが『巡査』から警察官人生を始めるのに、いきなり『警部補』からスタートを切るリニア新幹線組。そういえば、県警本部の捜査二課長と公安課長はキャリアだと、どこかで聴いたことがある。どうりで若いはずだ。ひょっとしたら五歳も違わないんじゃないか。

ホーム教場がざわめく。嘆息《ためいき》の様な私語は、そう、珍獣に対するものだ。

（おかしいな。普段の艫利教官なら、ここで裂帛《れっぱく》の気合いを入れるはずだけれど……）

そもそも、ホーム教場での私語は懲罰対象だ。まして、教官以外の講師に対する非礼となれば。

（臨時の機動隊訓練どころか、外出禁止級のペナルティも不思議じゃない）

――けれど、教官はどこか不敵に笑ってるだけだ。そしていった。

「いいかお前ら。本部の所属長が、特別に時間を割いて下さるんだ。俺がなぜ『卒業配置の心構え』のコマに飛鳥課長をお招きしたか？　それを、よく考えてみることだな。ちなみに飛鳥課長は、能書き、いえ失礼、講義はなさらない。同世代のお前らと八〇分、有意義な交流をするため、最初からすべて質疑応答にしたいとの御意向だ。卒業を控えた今、まさか手が挙がらないなどという事はないはずだが、俺を失望させるなよ。

それでは飛鳥課長、お願い致します」

「うーん、かつての同僚の前だと、やりにくいですねえ――」若者は艫利教官を睨《にら》んだが、教官は既に教場後方へ撤退してしまっている。「――あっお水冷たいですね。美味《おい》しいですね。教場当番さんありがとうございます。暑いですね。八月ですからね。八月。

すると。

総代《そうだい》さん、ええと、配席表によればっと……阿久澤《あくざわ》くんですね。予習をしていなくて大変恥ずかしいんですが、入校はいつでしたか？」

「はい公安課長、今年の……」

「ああいいです座ったままで。虚礼廃止《きよれい》。以降の人も立たなくていいです。暑い」

「は、はあ。失礼します。今年の四月であります、公安課長」

「第何期とか、あるんですか？」

「初任科《しよにんか》第一六九期であります」

「うわすごい数。ちなみに同期生は何人？」

「五四人であります」

「そうか。だから艫利学級は二七人。この期は二クラスということですね。あっ艫利さん、今、愛予県は条例定員で何人？」

「本部の所属長が、しっかりしてくださいよ。当県の定員は、警察官が二、四三六人──四月イッピ現在で願います」

「すると五四人は多い方だね」

「大量退職、大量採用、大量教養《キヨウヨウ》の時代ですから。不況との合わせ技で、倍率も鰻登《うなぎのぼ》り」

「僕だったら試験、落ちそうだな……小規模県の試験って、大変だものね。その分、優秀な人が集まるけど……そしていよいよ試験と学校を勝ち残った皆さんは、阿久澤くん、卒業がお近いと」

「九月に卒業となります」

「四月から九月の半年コースですか。ああ、大卒採用の短期課程ですね。すると卒業して、卒業配置があって、警察署で……署で確か実習が……あれ何でしたっけ副総代の大洲《おおず》くん？」

「はい、三箇月の職場実習を受けます」

「そうそう職場実習。交番に出る奴ね。終わったらまたこの学校に舞い戻って……舞い戻ったあれは艫利さん何でしたっけ？」

「初任補修科《しよにんほしゆうか》。二箇月の生徒生活」

「そうだったそうだった。すると、
　六箇月入校－三箇月交番でニセ巡査－二箇月再入校－巡査デビュー
ですかね。要するに、大卒の警察官は、一年弱の教養でホンモノ巡査になると。あっ、最初に学校入れば階級は既に巡査だ――なんて野暮《やぼ》なツッコミはナシですよ」

「三箇月間の職場実習は交番《ハコ》だけじゃないですけどね、アッさん」と教官。「いちおう私服の内勤もやります。二週間ずつ程度ですが。あと最後の入校が終わって、そう街頭デビューしても、さらに四箇月は、いわゆる実戦実習期間ですから」

「ああ、マンツーマンプログラムね。でも実戦実習に入れば単独勤務アリでしょ？」

「そのとおり。むしろその方が常態でしょうね。繁忙《はんぼう》交番なら同行指導なんて、とても」

「そうすると。

艫利学級の現状としては、『卒配《そつはい》警察署＝警察官人生で最初の警察署がどこになるか』とても気懸《きが》かり。より実質的には、『警察官人生で最初の職務執行がきちんとできるかどうか』実に気懸かり――こんなところでしょうかね」

「はい!!」

思わず総員の声がそろった。

まだ、卒配警察署は内示されていない。徹底して秘密にされている。愛予県警には、十九の警察署があるが、新任巡査はどこにバラ撒《ま》かれるか、全然分からない。社会人っていうのは、そういうものだろうけど。

三〇〇人以上の大規模署は、それはもういそがしい。三〇人程度の小規模署は……やはり大変かも知れない。小学校の一クラス程度しか人手がないから。そして、先輩たちの話を聴くと、『署がいそがしいかどうか』もポイントだけど、それよりも何よりも、『署が新任巡査に関心を持ってくれるか』が大きなポイントになるらしい。

事案が多い署なら、勉強できることも多い。実績を上げるチャンスも多い。キツいかどうかはともかく、署はいそがしい方が『将来のためになる』。けれど先輩たちは、口をそろえて言った。事案が多い署で放置プレイされる新人ほど、エグいものはないと。事案が少ない署でも、大勢が眼を掛けてくれるなら、色んなことを教えてくれると。

『署の全員で育ててくれる』と――

実感はわかないし、実態も分からない。分かったとして、警察署を変えられるはずもない。『変えられない』というのは、変革する権力がないなんて話じゃなく、チェンジの権利がないってことだ。すなわち、自分がどの署に卒配されるかは、いってみれば生涯を左右するクラス分け。誰もがそれを思わない日はなかった。そして教壇の公安課長は続ける。

「よく分かります、本当に。立場の違いを越えて……

それでは質疑応答の時間に入りますが、若干の前提事項を。

第一。そろそろ御案内のとおり、私と艫利さん――艫利教官は元同僚です。艫利さんは優秀極まる人でね。三四歳で警部に昇任しちゃったりして。まあ、バケモノですね」

「アッさん」

「いいじゃないですか。

で、そういう人はね。

ほら警部に昇任すると入校するでしょう、警察大学校。東京にひとつ、あるんですけど。そういう人はね、そこでも評定Aどころか、総合成績で警察庁長官賞もらっちゃうんですよ。手抜きをしないから。要領もいい。するとね、もうテンプレですけど、警察庁出向ね。無理矢理、警察庁警部にされちゃって東京赴任三年契約。まあ午前二時三時まで、奴隷《どれい》のように酷使《こくし》される世界なんですけど、警察庁ですから当然、キャリアがうじゃうじゃいる訳です。

私もいました。今は愛予県警視ですが、当時は警察庁警部でした。警部は警察庁だと係長なんですけど、ちなみに係員のいない係長ですから実質巡査なんですけど、そんな警部として、一緒の課で、一緒の係で机を並べて仕事をしていたのが、若き日の艫利教官――

私は末席の見習い警部で、艫利さんは首席の主任警部でしたから、そりゃもう虐《いじ》められましたよガンガンに」

「オイ出鱈目《でたらめ》だからな。この人はな、主任警部のペーパーを必ず真っ赤にする赤ペン先生だったんだからな。主任警部が見習い警部に、泣いて決裁をお願いする在《あ》り様《さま》だったよ」

ホーム教場を、また、ざわめきが支配した。というのも、誰もが知っているからだ。剣道六段なんて猛者《もさ》なのに、艫利教官の真の姿は『訟務《しょうむ》』の神様――愛予県どころか東京の弁護士すら一目置く、訴訟実務と法曹実務のプロフェッショナルである。師匠である愛予県警の顧問弁護士が、『これまでで最も優秀な事務所見習いだった』と絶讃《ぜっさん》しているほどだ。その艫利の上を行くのか？　この兄《あん》ちゃんが？

「まあ俺とは頭のデキが違うからな。あっという暇《ま》に階級、抜かされちまった」

「違うのは頭じゃなくって、改札口だけですよ。それにどのみち愛予の刑事部長になる人が、よくいいますね。まあ、いずれにしても御本人お認めのとおり、今だけは、瞬間風速的に私の方が上位階級者――舌嚙《か》みそうだなこれ――なので、艫利教官も私には頭が上がりません」

「訟務畑が、公安課長と喧嘩《けんか》しても自分の首を締めるだけですしね。愛予のような小規模県では、特に」

「というわけで、無礼講《ぶれいこう》です」

（はあ？）

僕は意味をロストした。

「どのような質問をしても、この講義にかぎり、あらゆる不利益から自由です。記録もしません。このことについては艫利教官と、学校長の承認を頂戴《ちょうだい》しています。万が一、不利益が課されたと私が知ったら、警備部として警察学校に厳重抗議します。報復措置もとります。私、こんな兄《あん》ちゃんですけど、いちおう警備部の庶務担当課長なので、はい」

僕は『庶務担当課長』という言葉の意味を必死で検索した――『各部の筆頭課長』だ。

「飛鳥課長なら本当にやる」と艫利。「そして少なくとも、俺ですら具体的な報復措置を三つは挙げられる。極めて悪辣《あくらつ》な奴をだ」

「だから、言論の自由を完全に保障します。これが前提事項の第一です。

そして、前提事項の第二。

私は皆さんでいう初任科を出て、皆さんでいう卒業配置で交番勤務をし、警察署勤務を終えています。偉そうな言い方をすれば、皆さんよりはちょっとだけ、現場を知っています。また新任の所属長として、まったく未知だった県で、まったく未知だった仕事をしています。私はそういう、同世代の警察官です。質問をする上での参考として下さい。

では残り七五分。しかし私はどの講義でも中休みを入れますので」

「御自分が煙草《たばこ》を吸いたいから」

「ホープを吸っている教官にいわれたくないですが、正解です。したがって前半後半に分けて、フリートーキングにしましょう――では!!」

ぱん!!

公安課長はどこか演技的に手を拍《う》った。

……こんな講義はなかった。

III

だから、しばらく沈黙が続くかと思ったけれど——

意外にも、無数の手が挙がった。むしろ公安課長が、指名を迷うほどに。

「嬉《うれ》しいですね。では私が巡回をすることにしましょう。実は巡回連絡、大好きだったんです」

こういう講師もいなかった。公安課長は飄々《ひょうひょう》と教壇を下りる。そしてなんと、スーツの内ポケットから紅色の扇子《せんす》を取り出し（ここは警察学校だぞ？）、教鞭《きょうべん》の代わりとばかり、最前列最左翼の机をトントンと叩く。

「では、あなたから。総員回れるように、頑晴《がんば》ります——ああ座ったまま」

「自分は、初任科第一六九期の御庄《みしょう》……」

「配席表持ってます。虚礼廃止で中身だけ。以下おなじで」

「そ、それでは着席したまま失礼します。公安課長は、お幾つでいらっしゃいますか？」

「先の二十日で二六歳です。ちなみに御庄くんは？」

「二三歳です」

「あまり違いませんね」

「は、はあ……拝命《はいめい》は、お幾つだったのでしょうか」

「二二歳です。したがいまして、理論的にも実際的にも、警察官四年生になりますね」

（ええ〜⁉）

あるいは肩を、あるいは机を扇子でぽんぽん叩きつつ、若い警視は教場を歩いてゆく。最左翼の列の生徒たちが、順々に、どことなくリズムに飲まれながら、質問を重ねてゆく。

「最初に警察署に出られたのは、いつのことでしょうか？」

「拝命の年です。すなわち二二歳で三箇月の教養を受けてすぐ」

「さ、三箇月」

「ね、ビックリですよね。もっと正確には、三箇月の教養のあいだに制服研修がありましたから、二箇月ほどですぐ街頭に出ましたが。巡査の階級章を借りたのは、それが最初で最後になりました」

「それは、制服を着て、交番に出たということでよろしいでしょうか」

「まさしく。私でしたら警視庁池袋警察署・池袋駅東口交番でデビューです」

「交番は幾つ経験されましたか？」

「四です。他に警視庁新宿警察署の新宿駅東口交番、西口交番、歌舞伎町《かぶきちょう》交番」

「単独で職務執行をされたのですか？」

「結果的に単独になったことはありましたが、指導係長と同行《ドウコウ》が基本でした」

「その、恐怖心というか、緊張といったものはありましたか？」

「生命身体について、ということでしたら、恥ずかしながらありませんでした。恐《こわ》さが、理解できていなかったんです。恐怖と緊張を感じたとすれば、そう、単独で職務執行を行うかも知れないその時。事実、交番に一人で残ってしまうということはありましたし、単独警らになることもありましたから」

「それはつまり、事案処理に対する不安でしょうか？」

「そのとおりです」

「ずっと、抱えていらっしゃったんですか？」

「それはもう、ビクビクと」

「その、大変失礼なんですが、逃げ出したいとか、隠れて引っ込んでいたいとか……」

「あなたはええと、中村さんですね。ああ女性が艫利学級だけで四人もいる。愛予県は将来を考えていますねえ――おっと中村さん、御質問にお答えすると、そりゃそうですよ。三箇月の教養で職務執行に自信のある人間がいたら、私は、精神科医か臨床心理士をオススメしたくなりますね」

「でも、逃げられないですよね。人の命が懸かっているときに、自分独りということだってありますし……」

「ではいきなりですが中村さん。警職法《けいしょくほう》に規定する保護、措置《そち》命令《めいれい》、立入り等の権限は誰に与えられていますか？」

「はい、ええと、警察官です」

「まさしく。警察組織にではない。警察官個々に認められている。すると三箇月の速成警部補であろうとも、六箇月の卒配巡査であろうとも、ひとりで適正に、権限行使をする必要があるわけです。あるいは事情によって、どうしても現場に単独臨場《たんどくりんじょう》しなければならない時もある。こちらは事案の内容にかかわらず、ひとりでやらざるをえない。

そこで人が、刃物を持って暴れているかも知れない。

そこで人が、瀕死《ひんし》の状態に陥っているかも知れない。

自分独りしかいない訳ですから、そう、中村さんの双肩《そうけん》に人の命が懸かる。

そして事案は中村さんの成長を待ってはくれない。いま、ここがすべて」

「はい」

「誰かを呪《のろ》いたくなりますよねえ」

「……それはちょっと、ありませんが、はあ」

「そのときは、失敗する権利を思い出しましょう」

「失敗する権利？」

「職場実習は実習です。そしてあなたには六箇月の知識技能と、ゼロ箇月の経験がある。では同様のスキルの研修医に、人命を賭《と》した手術ができるでしょうか？　無理ですよ。彼又は彼女のスキル以上の、救命措置すらできない。いや、それを期待する方に常識がない。他方で、傍観《ぼうかん》しているわけにもゆきません。六箇月のあいだに記録されたハードディスクの情報は、出し切らなければならない。給与を頂戴するプロですから。

しかし、それを出し切ったなら。

結果的に失敗しても、中村さんは許されます。職場実習生は許される。それこそ、ゼロ箇月の経験しかない卒配巡査の特権です。そう私は思います」

「しかし課長、それで市民が亡《な》くなってしまったら、警察は」

「そう、警察は許されない。組織として重い責任を問われる。具体的には私かも知れないし、艫利警部かも知れない。そう、実習生以外のすべての警察官は、責任を問われる。絶対に許されない。でも、ゼロ箇月の経験しかない職場実習生は違う。失敗する特権がある。気を付けてくださいね、それはとても短命な特権です。次、二度目の入校を終えて単独勤務ができるようになるまでの、実に短命な特権――

だから。

本当に進退窮《きわ》まったと思ったら、失敗する権利のことを思い出して、まずは落ち着くこと。私すごい臆病者《おくびょうもの》だから、これ、交番勤務してるとき誰かが教えてくれてたらなあと、今でも本当に残念ですよ」

「課長、それは、警察組織としての公式の見解ということでよろしいでしょうか？」

「ううん。先週マンガで読んだの」

椅子《いす》からずり落ちた生徒が、確実に五人以上はいた。何なんだ、この人。

「では続けましょうか、次の方」

「課長がこれまでの御経験で、いちばん緊張した局面は、どのようなものでしたか？」

「初訓示《はつくんじ》。ほぼ同率で披露宴《ひろうえん》の主賓《しゅひん》」

「えっ、職務質問とか、人質立てこもりとかじゃなくって……」

「だって職質《ショクシツ》はペアでやるでしょ？　少なくとも指導係長が隠れて見てるから。殺人事件も人質立てこもりも故《ゆえ》あって経験あるけど、警察って組織だから。警察学校だってそうでしょう？　連帯責任。まあ団結力といった方が美しいけど。だからヒーローにならなくてもいいんで。スポットライトとか満席の観客とか、意識しなくてもいいんで。

　それより訓示モノの方がよっぽど嫌だよ。

　私、皆さんと年齢、全然変わらないんですよ？　それが警視に昇任しました、廊下《ろうか》鳶《とんび》がいきなり所属長です、赴任したその朝には初訓示をお願い致します――って、正直、悪夢ですね。親父《おやじ》かよといいたくなる課員たち集めて偉そうに、『我が課の方針かくあるべし』みたいな演説を五分以上はやらなきゃいけない。ところが私、坊やだからかな、本当に人前で喋《しゃべ》るのが苦手で」

（どこがやねん）

四階級上の講師の舌は、止まる気配もない。誰かツッコミ入れないかな。

「だから必殺技を使ったんです」

「必殺技？」

「パソコンで打った原稿、読みながらやりました。警察庁からは、絶対にやるなと釘《くぎ》を刺されていたんですけどね。キャリアの沽券《こけん》にかかわるからって。ちなみに先日、課員の披露宴の主賓をやらされ……いやお引き受けしたんですけど、これも原稿読みました。そういう主賓もまあ、空前絶後でしょうねえ」

「先々週、椿屋《つばきや》でやった奴でしょう？」と艫利教官。「あれ、違う意味で評判でしたよ」

「艫利さん知ってるでしょ、私のポリシー」

「背伸びをするとコケる」

「まさしく。

だってそうでしょう皆さん？　どうして人間は緊張するのか。自分の能力の自己評価より、上のことをやろうとするからですよ。むろん我々は、給与を頂戴しているプロですから、それが強制されることもある。どうしてもやらなきゃいけないときもある。でも、すべてのミッションが必然なわけじゃないし、必然とされたミッションのハードルだって、工夫次第で下げられる。

恥、外聞《がいぶん》、メンツ、沽券。

ミッションの成功に比べたらゴミみたいなものですよ。下げられるハードルを下げないのは、格好良くも何ともありませんしね。ですから、どうしても越えがたい壁があって緊張なり恐怖なりが著しいなら、壁の方にちょっと縮んでもらう。そういう考え方もいいんじゃないかと。

そりゃチャリパク狙《ねら》いで自転車ばっかり無差別職質《ショクシツ》するってのはイタいですけど、最初から黒いフィルム貼《は》ったセルシオのマル暴ばっかりと勝負するっていうのも、人によりけりじゃないでしょうかね。それではゲームバランスが……いや、以下省略で次の方」

「お訊《き》きします。最近の若手警察官は、コミュニケーション能力が足りない、会話能力がないと、多くの講師の方に指導を受けます。だから職質にも巡連《ジュンレン》にも消極的なんだと。だとすれば――」

「いえそれ全然違うと思いますよ」

「は？」

「全然違います。が、続けて下さい」

「――は、はい公安課長。だとすれば私達、若手警察官は、どうやって会話能力を向上させればよいのでしょうか？」

「合コン好きでしょ？」

「きょ、供述拒否権《きょうじゅつきょひけん》を行使します」

「スマホに顔文字アプリ入ってる？」

「あ、ええと、はい。スマホは総員、艫利教官に回収されていて使えませんが」

「女子大生と女子高生ではどっち？　ＯＬと看護師だったら？」

「――――――――」

「私が断言できるのは。

県都《けんと》・愛予市の駅前でも大街道《おおかいどう》でもユリちゃん人形前でもいいですけど、そこで一日ナンパをさせれば、ウチの公安課員ごときより、皆さんの方が確実に戦果を上げてくる。そういうことです。なお女性警察官の方は適宜《てきぎ》、用語を置き換えてくださいね。私、本部のセクハラ対策委員のひとりなので。

合コンだってそうでしょう？　セクハラ対策委員なので詳論《しょうろん》は避けますが、是が非でもという本能的衝動あらばこそ、あらゆる奸智《かんち》奸謀《かんぼう》のかぎりを尽くして対象の獲得を期する。さてそのとき、自分には会話能力がないから三分間スピーチで訓練しておこうとか、いわゆる『きどにたてかけせし衣食住』で話題を豊富にしておこうとか、そんなこと考えますかね？

はたまた、いったん対象を獲得できたらどうします？　メール攻勢を掛けるでしょう。絵文字顔文字、記号を駆使して。ロシアのキリル文字まで組み合わせちゃったりして。あれは考えますよねえ。すごいパワーゲームですよ。グレートゲームです。じゃあそれは、誰かに教えてもらった技能なんですかね？　違いますよ。万々が一そうだとして、敵は千差万別《せんさばんべつ》、教わったことなんて役に立つはずがない。何よりもメールを打っている自分が納得できない。裏から言えば、必要は発明の母。そうでしょう？

コミュニケーション能力というのは、すなわちその程度の話です。職質でも巡連でも。『全然違う』と言ったのは、これが切実なモチベーションの問題だということを理解していないアホな講師なり幹部なりがまだいる、そう思ったからです。さあ次の方」

「お願いします。公安課長の今のお仕事は、どういうお仕事なんでしょうか？」

「直球ですね。ではピッチャー強襲で、警備犯罪の取締り。警備犯罪って分かりますか？」

「革命とか……国家をテロ、ゲリラで転覆《てんぷく》させるような犯罪、でしょうか」

「恐いですねえテロゲリ。興味ありますか、警備警察？」

「はい!!　将来、警備部門で勤務したいと考えています。ですが、職場実習でも警備部門にだけはゆかないと聴き、残念です」

「排他的ですよねえ。そして警察学校の授業でも、中身は徹底してボカされている。教科書も子供騙《こどもだま》し」

「いえ、決してそうは思っておりません」

「ううん、私が赴任してから更にボカしましたので間違いありませんよ」

「……大変恐縮なのですが、かねてからの疑問があります」

「うぇるかむ」

「警備警察は、その、秘密の部隊のための別室というか、開《あ》かずの間《ま》というか、秘密のアジトを幾つも設けているという噂《うわさ》をよく聴きますが、本当でしょうか？」

「例えば市営プールの水槽の下とか、公営図書館の仕掛け書架の裏とか、病院の地下コンビニの冷凍庫の奥とか、駐在所の台所の隠し階段の先とか――」

「ええっ」

「――にあったら維持管理が大変ですよ開かずの間。部下職員の勤務管理もできないしね」

「は、はあ」

「さて新聞は読みますか？」

「は、はい、主要紙は欠かさず読むよう教官から指導されております」

「へえ艫利さん厳しいねえ。アイロン掛けると指が汚れないですよ。で、主要紙というと」

「旭日、読買、毎朝、算計、東経の五紙をよく読むよう指導されております」

「じゃあそれ、政治スタンス的に左から右に並べ換えてくれる？」

「えっ」

「こないだの衆院選、行った？」

「あ、はい投票しました」

「誰に？」

「はい、み——」

「いえ結構そこでストップ。ありがとう。たくさん注意報告書を上げてくれるのを楽しみにしています。実際、私の代になってから、『実態把握優秀』で、実務二年未満の新任巡査さん四人に内賞《ないしょう》を出しました。するとね。署長さんから署員総員の前で伝達・授与していただけますよ。身上書《しんじょうしょ》にも記載できておトクです。実は私の懐《ふところ》も痛みません。ウィン-ウィン。ぜひ頑晴《がんば》ってください。

　でも警察って、面白いところですよねえ。

　絶対に思想は取り締まらないけれど、思想を知らなければ仕事にならない。思想を知らなければ仕事にならないけれど、警察官の思想が一色に染められるそのときは、恐らく警察組織の終わり。変なことを訊く上司なり講師なりがいたら、ちょっと待てよと、一旦《いったん》停止することも大事です。吐いた唾《つば》は飲み込めませんからね。従うにしても、逆らうにしても。

　では次の……ああ!!」

　キャリア警視は、いよいよ僕を認識したようだ。もっとも、小豆色《あずきいろ》の腕章を見たのかも知れないけれど。ぽん、と僕の左肩に扇子が置かれる。

(質問、質問、質問……)艫利教官の鋭い視線が、水色の制服の両肩にガンガン突き刺さる。(艫利教官、例によって、すごい眼光してるんだろうな……)

「教場当番の、上原くんでしたね」

「はい公安課長。あの、その、課長の……

課長がお仕事でいちばん重視していらっしゃることは、何でしょうか」

「喫煙所」

ホーム教場がどっと沸いた。もうじき休憩を予告した折り返し点だった、ということもあるだろう。けれど、僕は笑えなかった。僕はどっちかといえば大人しい、迎合的な性格をしている(と、自分では思う)。普段だったら、僕も一緒に笑ったはずだ。そうしなかったのは、キャリア警視の瞳《め》をずっと見ていたから。これは、上官に対する礼儀としてそうしていた。そして巡回するのが好きという警視は、自分の机のすぐ傍《そば》に立っている。だから、その瞳を確実に現認《げんにん》できたのは、艫利学級二七人のうち、僕だけに違いない。実はもう一人いたのだと、後日知ったけれど。

その瞳《ひとみ》。

それは艫利教官の、最も恐ろしい瞳《め》と同じ色をしていた。つまり、生徒をモノとして観察する瞳だ。週に一度も現れることのない、稀《まれ》な輝き。けれど、それは艫利教官の最も残酷で、暗い瞳だった。

（今の、変な質問だっただろうか。でも話の流れに合わせただけだし。それに、この人がこの眼をしたのは、自分自身で『喫煙所』って答えた後だ。それまでは全然、こんな感じじゃ……）

……公安課長が言葉を発したのは、爆笑の余韻《よいん》が消えたときだった。もし笑い声がなかったら、艫利学級の少なくとも数人は、それがこの講義でいちばん長い沈黙だった、と気付けたに違いない。そして事実として、それに気付いたのはたった一人だった。僕じゃない。今度は、当事者といえる僕ですら、それを意識できてなかったから。

「そう喫煙所です。あとは同率で、巡回連絡ね。巡回連絡好きだから」

「……課長は、受持区《うけもちく》をお持ちなのですか？」

「制服の地域警察官じゃないのに、受持区はないよ」

「では、どこを巡回されるのでありますか」

「どこだと思う？」

「け、県警本部……いえ、御自分の所属だと思います」

「どうして？」

「先日、警察本部の見学をしたので、そう思いました」

「つまり」

「こ、公安課は見学させてもらえませんでしたが、他の所属の様子から考えると、かなりの大部屋だと想像しました。そして、その、課長のお立場からすると、きっと個室の課長室があるのだとも想像しました。し、したがいまして」

「いやそこまででいい。あと、上原くんは喫煙者かい？」

「いえ、煙草は吸いません」

「だろうね。最近、同世代だと仲間が激減しているからね。寂しいよ。警察官の喫煙率というのは、若くなればなるほど低い——年齢に比例して高くなる。時代だねえ。

私もそろそろ禁煙すべきかな？」

「いえ、お続けになるだろう、いえお続けになるべきかと思います」

「よっしゃ、教場当番のお許しが出た!!　五分間、この教場の時計で一一時一九分まで休憩」

さっきと同じ現象が起こった。すなわち、圧倒的な爆笑と謎《なぞ》の瞳。

気が付くと公安課長も艫利教官もいない。話の流れどおり、喫煙所に行ったのだろう。

そして話の流れどおり、喫煙する生徒は少ない。煙草を吸う生徒だって、県警本部の所属長と、クラス担任の鬼教官が占拠している喫煙所に、行きたいとは思わない。

ただ、正直、中休みをきちんと入れてくれる講師はありがたい。

高校生でも大学生でも、警察学校の巡査でも、座学《ざがく》というのは絶対に眠いものだから。

まして警察学校は、とにかく気力体力を使うところ。精神的にも肉体的にも、消耗の度合いが半端《はんぱ》じゃない。さすがに卒業間近とあって、身体《からだ》はオートマチックに動くようプログラムされているけれど、寝ながら歩いていることも決して少なくない。まして椅子に座ってしまう座学では――けれど、どうして休憩時間になると突然目が覚めて、講義が再開になると途端《とたん》に眠くなるんだろう？

（いけない、教場当番だった）

ホーム教場は、ヘンテコなキャリア講師への軽口で溢《あふ》れている。僕はそのヘンテコな所属長が使い倒した、ラミネート入り配席表の天地と角度を整えてから、水差しとおしぼりを持って、廊下をダッシュし始めた。ホワイトボードを一切、使わないでいてくれるのは、教場当番としては実に助かる。特に刑事系の教官は、すごい悪筆を縦横無尽《じゅうおうむじん》に書きまくるから、そんなとき教場当番に当たると、ボード一面を雑巾掛《ぞうきんが》けするのと一緒の手間が掛かる。もちろん休憩後、ホワイトボードが真《ま》っ新《さら》になっていなければ懲罰だ。

（けれど本当に水、よく飲むよなあ、あの人）

警察学校では、様式美《ようしきび》として、教卓には水差しとおしぼりを出す。けれどほとんどの講師は、水に口をつけない。おしぼりの使用率はやや高く、経験則では四〇％くらいだ。いずれにしても、休憩時間が設定されたら、飲んでいようがいまいが水差しは汲《く》み直し・拭《ふ》き直し。未使用のおしぼりも『冷めて』いるので濡《ぬ》らし直し・固め直しだ。意外に厄介《やっかい》なのが水差し。花瓶みたいな形をしているところへ、ウォータークーラーのチョロチョロ水を注いでゆくので、技術と時間が必要になる。ムカつく教官には雑巾水《ぞうきんすい》を、親愛なる教官には焼酎《しょうちゅう》を入れるんだ——という警察学校都市伝説は何度も聴いた。優しげな爺《じい》ちゃん警察署長が講師だと、『ん？ ただの水か？』なんて摑《つか》みのネタを披露《ひろう》するのも定番だ。けれど、実際に教場当番をやってみると、時間その他のコスト面がネックになると解《わか》る。これらの小道具が準備できたとしても、休憩明けにはやはり、戸の外で『お見えになりました‼』と予鈴を掛け扉を閉める、従僕《じゅうぼく》の役目があるからだ。とにかく、いそがしい。

——セッティングを終えた僕が、一一時一八分からホーム教場外でスタンバっていると、教場の時計で一一時一八分五〇秒過ぎ、飛鳥課長と艫利教官が現れた。

「お見えに……‼」

「いやいい」

僕を小声で制したキャリアは、すぐさま教場内へ大声で命じた。

「そのままでいい」

ガタガタッ、と机が鳴り、立ち上がり掛けた生徒たちが着席する。公安課長はそのまま生徒たちの机に分け入り、律儀《りちぎ》なのか偏執的《へんしつてき》なのか、きっちり僕の次の生徒の肩を叩《たた》いた。質疑応答が再開されてゆく。

(変な人だけど、所属長は所属長だ。四歳しか違わないのに。たった四年の先輩なのに)

――まず、休憩をとる。これは序の口だ。気の利《き》いた講師、優しい講師ならやる。けれど、時間指定。この人はきちんと『教場の時計で』と基準を示した。偉い人が忘れがちなことだ。もちろんここは警察学校。生徒は腕時計の時間を、入念に合わせている。けれど、故障や遅れはありうる。生徒の時計も、講師の時計も。基準を示してくれなければ、かなり早めにスタンバるしかない。五分の休憩で、三分しか休めないこともある。いきなり講師が現れれば、教場当番は『お見えになりました!!』の予鈴を掛けるしかないからだ。

　また、この警視は『交流をしたい』といいながら、休憩時間、教場に居座ることをしなかった。警察好きの部外講師がよくやる。最前列の生徒を質問攻めにしたり、自分の授業の感想を求めたり。そこは警察学校の生徒だから、警察官モードでハキハキ答えることになる。けれど、それじゃあ休憩でも何でもない。同様に、厳しい感じの上級幹部(喫煙しない人)も居座る。これは単に、動くのが面倒だからとか、学校長と懇談《こんだん》するのが面倒だから、といった理由だ。こっちのタイプは、ただ教卓のアームチェアに座っているだけだけど、休憩にならないことに変わりない。警察学校の休憩とは、トイレタイムというより、『どれだけ今の授業がつまらなかったか』『どれだけ今の教官が気に食わなかったか』を言い合って、ストレスを発散する時間だから。講師は出て行ってくれなければ困るのだ。

しかも、このキャリアは時間ギリギリに来た。艫利教官のパターンから考えて、煙草を二本吸っても、丸々五分は掛からないはず。単に喫煙したいだけの講師なら、吸い終わったらすぐ帰ってくる。だから、公安課長が一一時一八分五〇秒ちょっとで帰ってきたのは……いや、その時間に『教場当番に姿を見せた』のは、明らかに、階級的にはしなくていい、時間調整をしたからだ。

あるいは、号令を禁じたこと。

これを忘れると、生徒の側はまた『気を付け!!』『敬礼!!』をやらなきゃいけない。これは、もう授業の頭でやっているのだから、明らかに無駄だ。そしてどのみち、授業の終わりにまたやるのだ。それで十分、締まる。だからこれも、この警視のモットー＝虚礼廃止のためだろう。けれど、それだけじゃない。想像だけど、それこそ『交流をしたい』からではないか。余計なお辞儀《じぎ》合戦をする時間なんて、その後のざわつきも含め、惜《お》しいと思ったんじゃないか——

（そういえば艫利教官がいっていた……

学生と社会人の違いは、人の心を察する義務のあるなしだって。カネに見合う働きの九九・九九％っていうのは、つまり気働《きばたら》きだって）

「では後半戦、行ってみましょう‼　ハイ次の方」

「警察学校では、私たち巡査と同じ生活をされていたんですか？」

「恐らくそうです。いや、実際のところね、皆さんより激しく劣悪《れつあく》だったんじゃないかな。どうですか今の警察学校は。個室でしょう？」

「私は女性警察官なので個室ですが、男性警察官はパーテの準個室です」

「まあ、在室非在室のいずれを問わず、またロッカー、寝具その他の備品も含め、いつ艫利教官の臨検《りんけん》があるか分からない……とはいえ、視覚的・心理的にはプライバシーが確保されていますよね。ちょっといかがわしいことも、まあ、できちゃうかも知れない。ところが私のときは、六人のタコ部屋。しかも廃村の病院みたいなもので、パイプベッドにお化け屋敷っぽいズダボロレールカーテン。それだけですよ。それだけ。いかがわしいことどころじゃ、ありませんよね。

　まあ皆さんも心理状態としては一緒だと思いますが、こういう、いってみればお互い丸裸、寝相《ねぞう》から鼾《いびき》から寝言から、キスマークから毛臑《けずね》から、あとまあその、お腹《なか》の具合まで丸わかりという日々を月単位で過ごしてますとね。洗濯機の使い方が悪いとか、アイロン使い終わったと声を掛けないとか、いや、もうドアの閉め方が悪いとか、お前の顔が気に食わんとか、メンチ切られたじゃないですけど、そういうことで連日大喧嘩《おおげんか》。喧嘩をするほど何とやら、というのは嘘《うそ》ですねアレ。結局、同期の三分の一——ああ同期十六人なんですけれど――三分の一とは親友、三分の一とは局外中立、三分の一とは不倶戴天《ふぐたいてん》の敵……これも悲しいですねえ。

そういう意味では、パーテの準個室、大変よいことだと思いますよ。いや、検査手法と検査コストと予算獲得の問題さえクリアできれば、完全個室でいいんじゃないですかね。だって性差別はいけませんから。私もね、同期の女性警察官のこと『個室にシャワーでいいなあ』と思ったものです」

「学校内での規律、という面ではどうだったのでしょうか？」

「これまた、恐らく一緒だと思います。

外出時以外の私服禁止。デニム禁止。これ途惑《とまど》いましたねえ。それまで普通の大学生でしたから、チャラい格好しかしてないし、私なんかブラックジーンズに白シャツで四年間通したんですよ。じゃあこれから、何着ればいいんだと。そしたら、ジャージに決まってるだろうがと。ジャージ……ジャージなんて大学二年の体育実技が終わって即捨てたものですから、急いで二着、買ってきまして。ところが私、武闘派じゃないもんですから、これがまた似合わない似合わない。警察学校って至る所に大きな姿見《すがたみ》があるでしょ？　あれ見るのが嫌で嫌でねえ。

あと敬礼爆撃ね。初任科って、学校でいちばん下《した》っ端《ぱ》でしょう？　警察礼式的にも、学校で遭遇する人みんな上官。するとまあ、敵の姿を真っ先に捕捉《ほそく》して、当方から敬礼の先制攻撃を仕掛けなきゃ懲罰《ちょうばつ》となる。そうでしょ？　だから室外着帽のときはすぐ踵《かかと》を利かせて正対。切れるような挙手の敬礼で『お疲れ様です‼』──最初のうちは、索《さく》敵《てき》に失敗して懲罰。『御苦労様です‼』と言ってしまって懲罰。右掌《みぎてのひら》が見えてしまって懲罰。同期がいたから口パクしたのがバレて懲罰……あと制帽の角度って、ほら髪の量が少ないから、すぐ変わっちゃうんですよねえ、ズルっと落ちたり。

お風呂《ふろ》は、どうでしょう、若干恵まれていたのかな。銭湯型の大風呂でしたけど、七時から九時まで、二時間は開けてててくれたんで。ただねえ。お偉いさんが講師でいらっしゃるとねえ。まあその、誰も望まない、少なくとも生徒側は謹んで御遠慮申し上げたい『懇親会《こんしんかい》』が、何故《なぜ》か義務的に開催される。そりゃまあ飲みだから、六時半とか七時からですよねえ常識的に。飲みだから二時間はやりますよねえ常識的に。ならお風呂終わっちゃうじゃないですか必然的に。ところがシャワー室は使用禁止だ、って助教《じょきょう》が怒るんですよ。私、髭《ひげ》は前日夜に剃《そ》るのが人生訓でして、風呂で剃るのが人生訓でして。するとまあ、困るんですよねえ。あと大風呂ですから、まあ人が大勢いるんですけど、警察礼式として『前を隠すのが失礼』という教派と、『前を隠さないのが失礼』という教派と、自信がないものをさらすことこそ……」

「アッさんアッさん、いえ公安課長。セクハラ対策委員、セクハラ対策委員」

「うう、男社会のいけない所ですね……謹んでお詫《わ》びします。最近はセクハラ、パワハラ、マタハラでガッチリ懲戒処分《ちようかいしよぶん》になりますから、清く正しく美しく生きましょう。
あとはまあ定番で、制服のアイロン掛けテクに泣きましたね。あれはテンプレで、入校時、借り受けたときに最初からついてた皺《しわ》がすっごく非道《ひど》くて、『俺じゃないのに‼』と泣くのが皮切り――

ああ、懐《なつ》かしいなあ、いろいろ思い出してきた。

体育帽なんて被《かぶ》るのは小学生以来じゃん、と感慨にふけったとか。どうしても警笛があの紐《ひも》ごと一緒になくなるマーフィーの法則とか。靴磨きをしすぎて、トラウマというか臨床心理学的にいうところの手洗い行動的強迫行動になってしまったとか。手錠ホルダーの革が、点検のときに限って手錠に絡《から》みつきたがるとか。人生で初めてパッチ――パッチなんて言葉知りませんでしたけど、まあ股引《ももひき》を買って穿《は》いたとか。素直にラジオ体操第一にしておきゃいいのに、『警察体操』だなんて異様かつアクロバティックかつ創作ダンス的なものを誰が発明したんだと、そりゃもう真剣に怨《うら》んだとか。その警察体操が終わった後の朝のランニングが、等比数列的に周回数を増やしてゆくエグさとか。ああ、私、柔道組なんですけどねこれでもね、その術科《じゆつか》の師範《しはん》とは、地上よりも空中でコミュニケーションした時間が絶対に多いとか。もちろん浮いてるのは私だけなんですけど。いや、体力強化月間は本当に、退職願書きましたものね――

そんな感じで、初任科生活は、ほとんど変わりませんよきっと。だって一緒の現場に出るんですものね。では次の方ハイ」

「課長の場合、卒業式で、いわゆる帽子投げはできたのでしょうか？」

「皆さんはしませんよね？」

「はい」

「結論からいうと、私たちもしませんでした。といっても、禁止された訳じゃありません。同期の女性警察官がやりたがって、助教《じょきょう》はいいって言ったんです。すぐ卒配先へ搬《はん》送《そう》される皆さんと違って、私たち式典のあとは、私服でバラバラと赴任先府県へゆくだけでしたから。行事的にも時間的にも、問題はなかった。

でもねえ。十六人で帽子投げ、やってもねえ……

それに拾ってくれる後輩とか、誰もいませんし。マヌケた餅《もち》投《な》げみたいになりそうだったんで、グラウンドに出た瞬間、夢から醒《さ》めたように、立ち消えになりました。けれど、私は実は最初から嫌で嫌でね。ああよかったよかった――と思ったものです」

「それは何故でしょうか？」

「あれ？　皆さんも嫌ですよね、装備品を放り投げるとか。恐いもの。階級章とか当時は売店で買えたんですけど、だからバックアップ利いたんですけど、でもそれグラウンドで放り投げます？

ああ、装備品といえばね、こんな話があります。

同期なんですけどね、制服勤務してたとき、署の幹部からしっかり説明を受けてなかったんですね。だから、よりによって警察手帳を、着換え用ロッカーに入れておいたんですよ。あっ、当然施錠はしてました、ガッチリと。そこまでバカじゃない。ところが次の当務の朝、署に出勤してみると、ロッカーの中の手帳だけ忽然《こつぜん》と消えているんですよ!!　手帳だけ!!　もうね、拳銃《けんじゅう》を受領した後、トイレに入ってそれで自殺しよう――とまで悩みに悩んだとか。それはそうです当然ですよね。皆さんならその気持ち分かるでしょう。確かにね、皆さんからすれば、手帳など署の地域課できちんと一括保管されるんだから、ロッカーなんかに入れておくのがバカだ。そう思うでしょう。でもね、だからといって施錠されているロッカーの合鍵《あいかぎ》を使って、手帳が入っているのを現認《げんにん》して、無言でそれを持ち去る……一般常識からすれば、尋常《じんじょう》じゃないですよね。

ここで、持ち去ったのは盗人《ぬすっと》なのか同僚なのか幹部なのか。それは御想像に任せますけど、そして結末がどうなったかも申しませんけど、そんなことがどうであれ、ですよ。もしこの警察手帳が出て来なかったなら？　それはそれは悲劇的な、エグいことになっていた。結果がすべてですからね。まあ、署長さんに生涯呪い続けられることはガチでしょうけど、そんな生やさしいものではない。そういうことを踏まえるとね、装備品ってのは本当に恐い。まして投げるだなんて、自殺行為だと思いました。だからです。だから放り投げなかった。

警察学校だってそうでしょ？　同期殺すにゃ刃物は要らぬ、拳銃吊《つ》り紐《ひも》盗みゃいい。別に警棒でも手錠でもいいんですけど。現場はもっと恐いかも知れませんねえ。はい次の方」

「課長の卒業配置は、どちらだったのでしょう？」

「警視庁の新宿警察署です」

「希望は通るのですか？」

「あっは、私の経験則でいえば、警察組織は希望はよく聴いてくれます。しかし、聴き容《い》れてはくれませんね。ある種の様式美でしょうね。

　皆さんの場合、『愛予県十九署のどこになるか』というのが選択肢ですが、私たちの場合、筆頭署か最大署に行くことは決まっていますので――筆頭署が最大署とは限りません――『どの都道府県にゆくか』というのが選択肢となります。十都道府県からの選択です。第三希望まで聴いてくれましたよ。だから私は京都、愛知、北海道の順で懇願《こんがん》したのですが、偉い人からの厳粛《げんしゅく》なマンツーマン内示、これはすごかった。『ああ飛鳥君ね、東京。警視庁に行ってください』――東京だの警視庁だの、その文字列はいったいどこから出現したんだと。ああ、これが給与を頂戴《ちょうだい》する社会人かあ、と実感しましたねえ。

　さらに続けますとね。

警視に昇任してまた都道府県に勤めさせていただく際も、偉い人から『オイ飛鳥君。ハッキリとは言えんが、例えば愛予、鳥取、鹿児島だったらどこを希望する？　希望順位を教えてくれれば有難い』とか訊かれたんでね、『それでは鹿児島、鳥取、愛予の順でお願い致します』と返事をしたところ、またもや内示で『愛予県だ、しっかり頼むぞ』と申し渡された……このとき、今後は希望を述べるの止《や》めようと、固く心に誓ったものです。まったく、嫌がらせじゃないんだから。

でもね。

結果として、希望が通らなくてよかったと思っています。もちろん『通った場合』など体験できないわけですから、比較論はできません。徹底した主観論だけです。それでも私は新宿を去るとき涙しましたし、じき愛予でも一年ですが、生涯をここで暮らしても、悔いることがないでしょう。公務員だからありえませんけどね……つまりです。もし希望を聴き容れてもらっていたら、『内務省三訓』『警察三訓』の意味は、きっと解らないままだった。すなわち――

人を愛し、土地を愛し、仕事を愛する。

それは実は、都道府県レベルでも市町村レベルでも受持区レベルでも一緒、かもですね。さあ続けてゆきましょうか、次の方」

「拳銃は撃たれましたか？」

「実は上級なんです」

えっ。

ホーム教場の総員が絶句した。人は見掛けによらぬもの……

拳銃の的《まと》というのは、大きな模造紙《もぞうし》に円形が書かれたものだ。当然、真ん中に近ければ近いほど高得点になる。十点、九点、八点……検定では色々な撃ち方が求められるけど、いちばんシンプルな訓練だと、例えば三分が与えられ、姿勢を変える必要もなく、好きなタイミングで五発撃つ。五発ワンセット、五十点満点。僕は実射訓練の前、いくらなんでも半分以上、二十五点はクリアできると思っていた。一発五点、余裕だと。結果は――合計七点。確認できた弾痕《だんこん》はひとつだけ。それが七点。残りの四発など影も形もない。零点《れい》。的の円どころか、模造紙の外に飛んでいったのだ。さすがに訓練を重ねた今、弾痕不明など滅多《めった》にないけれど、四十点出せればいい方。弾着確認のため歩いてゆけば、とんでもなく近い距離なのに、不思議と当たらない。拳銃の教官がいったものだ。素人《しろうと》が狙った所に着弾させられるなら、拳銃がオリンピック競技になるか？　その教官はこうもいって笑っていた。拳銃の名手は、何故かトボけた奴《やつ》に多い、だから俺は学校教官止まりだ――

「ああもちろん柔道は初段でギリギリ。逮捕術は泣き落としのお情け初級です。柔道の師範なんて非道《ひど》いんですよ。飛鳥警部補は『受け身だけなら文句なしの二段なんだが』

……とかねえ。でもね、もう拳銃は実射してるから分かるでしょう？　あれだけは、運動神経、ほとんど関係ないですからね」

「上級でいらっしゃると、拳銃の取扱いに不安はありませんよね？」

「まさかあ。

拳銃でいちばん恐いのはね、それが実戦でホルスターを離れるとき。つまり裸になるときですよ。撃つときじゃありません。そして拳銃が裸になるときとは、当然、自分が取り出すときと、自分以外が取り出すときでしょ？　このとき上級もヘチマもない。そしてこのときこそ実は最終の、死活的な判断の瞬間。だから拳銃の取扱いについていえば、私がいちばん反省したのはね、交番のトイレに入る都度《つど》『ああ腰の帯革《たいかく》重いなあ。そういえば拳銃吊ってるもんなあ』――などと思っていたのに気付いたとき。我ながら戦慄《せんりつ》しました。恐怖しました。

こういうとき、拳銃は武器でも装備でもなくなります。じゃあ何になるのか？　蜜《みつ》とか餌《えさ》でしょうね。

交番の警察官というのは、ある意味、警察官のうち最も引力ある存在です。交番でトイレに入ったら、この話、思い出してみてください……おや、いつしか最後の方ですね。楽しい時間というのは、あっという暇《ま》に過ぎてしまいます。私が好き放題喋《しゃべ》って楽しんでいるだけかも知れませんがね――では、内田希《うちだあきら》さん」

IV

「飛鳥課長の給与は高いのですか？」

「質問があれば」

（いきなりか!!）

それも、キレイに終わらせればいい時に……

艫利学級の視線が内田、と呼ばれた巡査に集まる。それは驚きでもあったし、『またアキラか』といった確認でもあった。僕もまた、アキラを見た。アキラは平然としていた。彼女はいつも平然としている。平然としていないのは、彼女の言動だ。僕はこのキャリア警視が、アキラの名前についてコメントしなかったのを、警察の神様に感謝した。

アキラは、難しい女性だ。

どうして警察官になったんだろう、と思うほど空気を読まない。名前の話題が出れば、アキラの理詰めの反発は、五分一〇分では終わらないだろう。

現時刻、一一時四四分。

あと六分で二限が終わる。二限が終われば昼休み。まずは食堂だ。食堂は混む。ましてクラスはもう一つある。少なくとも定時に終わってくれないと、スタートダッシュもヘチマもない。警察官なら、食事そのものは五分未満だけど、行列待ちだけはどうにもならない。そして昼寝するにしろボタンを付け直すにしろ、レジュメを印刷機に掛けるにしろ、靴を磨くにしろATMに並ぶにしろ、警察学校の昼休みはあまりに短すぎる。要するに二限の授業は、早く終われば終わるほどいいのだ。

（そんなこと、アキラには全然関係ないんだろうな……あんなに美人なのに、変な奴）

「おっとお給料ですか。私の主観でよければ――」しかし変な講師も一切、調子を変えなかった。「――若干額、低いですねえ」

「同世代の私たちと同水準とは思えませんが？」

「それはそうです。仮初《かりそ》めにも所属長警視ですから。愛予県警察の名誉のためにいえば、できるかぎりのことは、していただいています」

「ノンキャリアの所属長警視の方々と同水準ですか？」

「違います。公務員の給与体系では、勤続年数がモノをいいますから。警察官四年生では、そうですねえ、例えば警察官三十年生の、愛予県採用の所属長さんとはまさに桁違《けたちが》い――内田さんは一年生ですから私より少ない。私は四年生ですから他の課長さんより少ない。ルールの中では合理的です」

「管理職手当は幾らですか？」

「私の場合だと四万八、〇〇〇円になりますね」

「時間外は付きませんね」

「まさしく。管理職は何時間、超過勤務をしても超過勤務手当は出ません」

「部下の方は何人おられますか？」

「約七〇人です」

「艫利教官と同じ、警部の方は何人ですか？」

「公安課の警部は皆、課長補佐という役職ですが、ウチには課長補佐が約一〇人いますね」

「話が逸《そ》れますが、何故いつも『約』なのでしょう？」

「嘘を吐《つ》いてもいけませんから」

「……課長補佐の方には平均して、どの程度の時間外を認めておられるのですか？」

「これも嘘を吐いてはいけませんので、皆さんの現在の給与程度、とさせてください」

「時間外だけで、ですか？」

「そうです。警察本部の警部というのは、少なくとも当課の実態としては、激務なのです」

「要約させてください。

飛鳥公安課長は、同様の職責を担《にな》っている他の課長の方々より、遥《はる》かに少ない給与で勤務しておられる。また飛鳥公安課長は、御自分の管理職手当のおおむね四倍に当たる超過勤務手当を、部下である課長補佐に査定《さてい》して認めておられる」

「正確です」

「他のノンキャリアの課長の方々よりサボっているのですか？」

「まさかあ。社長——おっと失礼、現在の愛予県警察本部長ドノは、それは厳しい御方《おかた》なのでね」

「部下の課長補佐よりサボっているのですか？」

「そういう認識はありませんね」

「ならば何故、職責と地位に見合わない給与で勤務しておられるのですか？　それは、プロフェッショナルとして誤っていると考えます」

「逆問《ぎゃくもん》して悪いけれど内田さん、それは何故、誤っているのかな？」

「プロフェッショナルとは、能力と出力に応じた金銭によって、それらを売るものだと考えるからです。適正な金銭に裏打ちされない仕事はボランティアの類《たぐい》であり、最終的に必ず破綻《はたん》するからです」

「プロフェッショナルのモチベーションは金銭であるべきだと？」

「それが納税者と職務とに対する、責任の源泉《げんせん》であると考えます」

「くふっ」

「……何か冗談に当たることを申し上げましたか？」

「いや、ブタクサの花粉症がキックてね」

「──────」

「春先の点検教練《てんけんきょうれん》も厳しかったなあ。スギ花粉も駄目なんで。グラウンドは地獄だよねえ。微動だにしちゃいけないったって、号令に即応しなきゃいけないったって、花粉症は仕方ないよねえ。でもハンカチ使えないから、顔じゅう洟《はな》と涙でぐしゅぐしゅにしながら『手帳っ‼』『警棒っ‼』って──」

ああ話を戻すとね。

内田さんの意見には同意する。私もまた、社会人のあらゆる勤務というのは──その能率と責任というのは、適正な金銭によって担保されるという考え方を有している。権力欲。プライド。滅私《めっし》奉公《ほうこう》というマゾヒズム。こうしたものは、雇い主と働き手との関係を、様々なパターンで歪《ゆが》めてゆくとも考えている。我々でいえば、納税者と警察職員との関係をね。何故ならば、『俺がやってやっている』という独善ほど、警察に限らず、プロフェッショナルにとって危険なものはないからだ。契約とシステム。これが仕事をすることの本質だ。だから私自身についても、金銭というのは実に大きなモチベーションとなっているし、それが健全な姿だと確信している。

ただ。

私は金銭をモチベーションとはしているが、金銭のために働いているわけではない。

堅い物言いをすれば、金銭は最大の必要条件ではあるけれど、十分条件ではありえない」

「では公安課長の十分条件とは何ですか？　まさか使命感とか職責とか、それこそ先刻、御指摘のあったプライドでありますか？」

「まさか」

ここで飛鳥警視は教壇に帰った。そして初めて、ホワイトボードを使った。大きな文字で、何と数式をひとつ、書き上げる。そして水差しを傾け、コップに注いだ水を大きくあおってから、あの紅の扇子でホワイトボードをぱしん、と叩いた。

$$x^n + y^n = z^n$$

「ピタゴラスの定理は知ってる？　美化委員の鬼北《きほく》くん」

「はい、公安課長がお書きになった数式の、nが2のときに成立する定理です」

「まさしく。三角形の斜辺の長さとかを求めるのに使うよね。そして『定理』だから、nが2のとき、これが絶対不変に正しいことは証明されている――それでは、nが2以外のときは？　この式は正しくなるだろうか？　難しくいえば、nが3以上の自然数のとき、この方程式のx、y、zは解を持つだろうか？」

「それは確か……」

「それは確か？」

「……フェルマーの最終定理、ではないでしょうか？」

「さすが美化委員さん、キレイなお答えそのとおり。すると知っていますね、それが数学的に解決されたということも？」

「はい、ちょっと記憶が薄れていますが、アメリカの数学教授が解決したとニュースになりました」

「フェルマーの最終定理は、恐らく一六三〇年代、フェルマーという公務員さんが——当時は『数学者』などという小洒落《こじゃれ》た職業がなかったのでね——期せずして出題してしまった、解答編のないクイズだ。カンタンにいうと、

『俺、nが3以上の自然数だと、この式絶対成り立たないこと証明しちゃったよ、でもここにメモしきれねーや、もったいね』

などという、まあ何というか、以後三五〇年以上にわたって無数の数学者の人生を狂わせた、人騒がせな落書きを残したんですねえ、この人。

その落書きがホントだったのかどうか？　これは永遠の謎ですが、その落書きの内容は、人類の精神衛生にとってさいわいなことに、現代数学の最先鋭の諸理論によって——現代数学ですよ？——真実であると証明されました。すなわち、この式はnが3以上の自然数だと『絶対に』成立しないと解ったんです。ヒトが神に最接近した一コマといえるでしょう。

――お待たせしました内田希さん。

私が今、警察で働いているのは、そう所属長なんかやっているのは、警察ではこの定理が成立しないからです。あるいは、警察でこの定理を成立させないそのためです」

「……おっしゃる意味が解りません。具体的にお願いします」

「現実世界では、数学的に意味があるのは、n＝2しかありえません。27でも54でも、二四三六でも駄目です。しかし警察というところは、そうではない」

（27、54、二四三六……）僕は訝《いぶか》しんだ。（……偶然じゃ、ないはずだ）

「だからxとyが何であろうと、nが何であろうと、警察では、この方程式は成立します。必ずzというアウトプットが出、かつ、nが大きければ大きいほどzは大きくなるでしょう。私は警察という組織をそのようなものととらえているし、また、そのようなものでなければならないと考えています。おっと、まだ具体的ではないとお叱《しか》りを受けそうだから、もうちょっとだけ語らせてください。

警察という組織は、最終的には、真四角の絵になるパズルです。

このパズルの最大の売りはね。

ピースの形がどうであれ、色がどうであれ、数がどうであれ――そう例えばnが2でも二四三六でも――必ず完成するという特異性」

「ピースが一個でもですか？」

「そう」

「無くしてもですか。切り刻んでもですか？」

「そう」

「それで真四角の絵が完成するはずありません」

「完成するんだなあこれが。それぞれのピースがどう感じるかは、それぞれ次第なんだけどね。

おっと、一一時四九分だ。学校長とカレーライスの昼食が待っているのでね。会うのまだ二回目なんだけど――

――ゆえに、このことについては、内田さんのみならず、皆さんでちょっとだけ、頭をひねってみてください。キーワードは、『警察の最大の財産』です」

「納得できません」

「なお。

現場に出る新任巡査にとっていちばん大切なことは」

公安課長は教卓の前に立った。締めだ。意識して観察すると、両の中指はきちんと、パンツの体側の線に重なっている。そういうところは、確かに警察官だ。

「答えを焦《あせ》らないことだ。三五〇年以上断言しないことが、誠実だった例はもう述べた。

残り時間、あとわずか。

追加の質問がある方は？ってこれ、二限の終わりだから完全に礼式なんだけどね。では艫利学級各位の健闘を期待する、以上」

「気を付け!!——敬礼!!」

ありがとうございました!!

大きな声で感謝を述べる。それこそ巡査生徒側の完全な礼式……なんだけど、二十七人の声は、不思議な当惑と緊張感に満ちている。誰もがしばらく、食堂へのスタートダッシュを忘れていた。

V

「アッさん、学校長室へ案内しますよ、一階です——本当にありがとうございました」

「そんな艫利さん、他人行儀《たにんぎょうぎ》な。ちょっと雑談をしただけじゃないですか」

「そう思った奴は、最大で警部補止まりでしょう」

「厳しいね」

「予告はしておきましたから。これは『卒業配置の心構え』のコマだと。その意味をよく考えろと。それを覚えていれば、アッさんが雑談めかして喋《しゃべ》ったことは、すべて交番勤務の基本に関することだと解る——

マア相変わらず、人を喰った煙幕《えんまく》だらけでしたが。『バギーウィップの飛鳥』健在ですね」

「特に職質《しょくしつ》と巡連《じゅんれん》、受傷事故《じゅしょうじこ》防止《ぼうし》については、自分で色々考えてくれると嬉《うれ》しいな」

「顔文字アプリとトイレはよかったですね、ハハ」

「今でも全ての授業について、日誌を出させているの？」

「ええ」

「学校長にはお願いしておくから、このコマは字数強制なしで」

「既に決裁をもらっています。大丈夫ですよ。このコマは長く書かせても意味がない」

「さすがというか……」

「それに日誌を確認するまでもないでしょう。もちろん精査《せいさ》はしますが、裏付け程度でいい」

「それでは――」

カレーライスに入っちゃうと密談できないんで、このまま廊下で悪いけど、、、誰にする？」

「ズルいなあ。私に言わせる気ですか？」

「主任警部ドノに譲りますよ」

「それ命令でしょう今は。なら端的《たんてき》に、ひとりは内田」

「同意見です」

「もう一人は、若干、悩んだんですが……上原を推《お》します。アッさんに違和感がなければ、ですが」

「なるほどあの教場当番くんだね。けど、艫利さんでも悩んだりするの？」

「そりゃ悩みますよ。席次が三一／五四、Cですから。忍びない。それに、『性格温厚なるも積極性にやや難あり。過度の負荷が掛かる場合においては、本来の能力を発揮できない傾向がある』――」

「警察学校、管区警察学校、警察大学校の席次は生涯くっついて回るからなあ。ただ、巡査段階で中《ちゅう》の中《ちゅう》なら幾らでも化けるよ。そりゃ組織の責任でしょ。彼、本来の卒配先《そつはいさき》はどこ？」

「弓《ゆみ》が城《しろ》PSです」

「三十二人の最小規模署か」

「漁村のアットホームな雰囲気の中で、『署の子供』として育てるべきと思い、本部の警務《けいむ》と調整をしました……しかし奴、アッさんの本音を見抜きましたからね、喫煙所。あれが解ったのは二人だけ。内田と、この上原です」

「やっぱりそう思う？」

「笑いませんでしたから。それに、見抜いてなければあの返答はできません」

「そうすると、だ。上原巡査の専務志望《センム》は？」

「それが、地域部門のスペシャリストになりたいと」

「へえ。地域専務論がすっかり忘れ去られた昨今、貴重な志だ。地域で何がやりたいの？」

「警察用語に翻訳すれば、実態把握活動を通じた地域住民との親和性《しんわせい》の確保、及び所管《しょかん》区《く》における問題解決活動」

「PCでも職質でもないんだ。だからか。だから見抜いたんだね――

なら身上《しんじょう》。ウチの調査では問題生徒はいなかったけど、確認まで。上原君、特異言動その他は？」

「色《イロ》はありません。交友関係にも親族にも、支障ありません」

「該《がい》PSに係累《けいるい》、交友者は？」

「いません」

「なら決めよう」

「解りました。あとは内田ですが、若干、話しておきたいことが」

「解る気がする。

私物の手帳、やたら見てたね。角度的に難しかったけど、どうにか僕からも視認《しにん》できた。まさに篆刻《てんこく》みたいなミクロな文字で、真っ黒になっていたよ……となると。

入校前の健康診断は？」

「あれは身体関係がメインですから。そっちのスクリーニングなどできません」

「でしょうね。ならウチの課員に基礎調査をさせましょう。けれど、コミュニケーションする限り、僕らの予想は間違いないだろう。そのこと、警察学校としては把握しているの？」

「言動がやや奇矯《ききょう》である――程度です。なにせ二／五四のA、警察本部長賞ですから」

「教養《キョウヨウ》を受ける上で、支障はなかったんだ？」

「恐らく、あれなりに必死で適応していたんでしょう。全く外には出しませんがね」

「じゃあ、こちらも決定。

　僕はすぐ警務の参事官に頭下げにゆくから、艫利さんは悪いけど……」

「了解しました。まさか警務も、公安課長の直談判《じかだんぱん》を断らんでしょう。すぐに卒配関係書類、作り直しておきます」

「でももう学校長決裁終わっちゃってるんだよね。

　変更、僕から話しちゃってもいい？」

「いや、課長が出ると大事《おおごと》になりますよ。かえって学校長も興味持っちゃう。しゅるっと誤魔化《ごまか》してしゅるっとハンコ、ゲットしておきますから……

　ただ、上原と内田にとっては、運命のハンコになりますね」

「……千尋《せんじん》の谷に突き落とす、か。担任教官にお願いできる悪謀《あくぼう》じゃないね、本当は」

「飛鳥課長じゃなかったら殴《なぐ》り殺してますよ。けれど巡査も警部も警視も、歯車は歯車」

「……この特命が成功裡《せいこうり》に終わったら、春の異動の件、考えてもらえる？」

「私が一係《イチガカリ》の補佐ですか。訟務《しょうむ》からの出戻りでいきなり一係だなんて、それこそ公安課員に殴り殺されますよ」

「ほらここんとこ極左事件も外事事件も、もちろん本丸もやってないからさ。事件のできる補佐がほしいんだよ。警察庁がやいのやいのと煩《うるさ》いこと煩いこと。艫利さんが黙ってれば、春には訟務の方に帰っちゃう。その横取りを狙《ねら》う公安課としては、早め早めに動かないとね」

「なら……これが成功裡に終わりそうだったら、考えます。

失敗したときは、上原と内田の二人分以上、新しい巡査を育てなきゃならないんで」

「すまない」

「偉い人がカンタンに謝るのは自己満足。アッさん自身の言葉でしたよね――

おっと学校長室だ。艫利警部入ります!!　公安課長をお連れしました!!」

「ああ、ああ公安課長サン、お疲れ様でした。マアどうぞ、どうぞ――」

「学校長、着任時以来御無沙汰《ごぶさた》でございました。公安課長でございます。本日は艫利教官にお招きいただきまして――」

ライトの章

第1章　卒業式

1

「──警察学校において学んだことを警察官人生の糧《かて》として、何者をも恐れず、何者にも怯《ひる》まず、知力、気力、体力の錬成《れんせい》を怠《おこた》らず、職務の遂行に当たっては身を挺《てい》して全力を尽くし、もって愛予県《あいよけん》における警察法第二条の責務を果たすことを誓います。

終わりになりましたが、学校長、副校長、各教官、寮母《りようぼ》さん、食堂・売店の皆さん、その他我々の学校生活を時に温かく、時に厳しく、常に愛情をもってお導きくださった警察学校のすべての皆様に、心からの感謝を捧《ささ》げるとともに、警察学校のますますの弥《いや》栄《さか》をお祈りいたします。

平成二七年九月三〇日、初任科第一六九期総代、阿久澤芳正《あくざわよしまさ》」

──卒業式。

僕ら五四人は、国旗と松とで厳粛《げんしゆく》に整えられた講堂にいた。いつもの制服じゃなく、金モールの着いた礼服を着ている。これを着るのは、新任巡査についていえば、卒業式と披露宴《ひろうえん》くらいのものだ。後ろには父兄席。チャラい大学生だった我が子が、軍人もビックリの礼式をこなしているのを見、親たちが早くも啜《すす》り泣いている。いや、冒頭の脅威的な『君が代』を聴いただけで、たぶん、警察学校の異常心理にノックアウトされただろう。君が代を怒鳴《どな》らない警察官はいない。思想の問題じゃなく、時間内だとあまりない美声自慢・喉自慢《のどじまん》大会だから。特に『さざれ石の』が聴かせ所になる。

壇上《だんじょう》にいるのは学校長と、総代の阿久澤。阿久澤はいってみれば、入校時に決まった、選挙での総代だった。そしてとうとう、卒業時に、成績での総代にもなったわけだ。一／五四。もっとも、選挙の総代に選ばれて、成績での総代になれないというのは、実は愛予県の伝統では異常事態。どうにか許されて三／五四までだ。座学《ざがく》、術科《じゅつか》、実習、演習、試験……警察教養ぜんぶの結果がカウントされる総合成績で、最悪、三位以内でなければ『恥ずかしい』。三位以内なら、成績最優秀ということで、社長賞――警察本部長賞がもらえるから。以下六位までは、成績優秀ということで、副社長賞――警務部長賞になる。もちろん、公然と成績が分かるのは、この六人だけだ。個人成績は、本人にしか伝達されない。けれど、半年間、起きてから寝るまで顔を合わせていた同期のことだ。それこそ『顔を見れば分かる』。

ここで、総合成績三一位の僕が『無印』だったのは、いうまでもない。

それでも、Cでよかった。

最低のEは落第だ。これは、卒業式までたどりつければ、まあ、滅多《めった》にない。けれどDはかなり出る。そしてDとなると、仕方のないことだけど、最初から色眼鏡で見られてしまうだろう。警察学校の成績と実務能力は、必ずしも関係ない。教官たちがくどいほど繰り返してた。けれど、僕らはいくら生徒だといっても、本当のところは『愛予県の公務員、六箇月め』だ。半年、社会人をやって、新人がどう評価されるかを、全然知らないはずもない。卒業配置先の署は、Aの新任巡査が来れば『当たり』だと思うし、Dは……というわけだ。

阿久澤なんかは栄誉の総代だから、もっと特典がある。

本部長賞をゲットしたから、身上書に書ける。すると、卒配警察署の専務部門が、黙ってはいない。生安《せいあん》、刑事、交通、警備。そうした私服部門は、優秀な新人のリクルートというか青田《あおた》買いに、すごく熱心だから。身上書を見た段階で、阿久澤に唾《つば》を付けるだろう。生涯、交番で過ごす警察官がいる一方で、優秀なら巡査でも最短時間で専務員に抜擢《ばってき》。刑事なら刑事で、スペシャリストの道を歩き始めるのだ。

あるいは、昇任試験。僕らの場合、次は巡査部長になりたい。下積みの受験禁止期間が明ければ、誰でも試験を受けられる。そして表彰歴は、試験の加点要素になる。ビッグボーナスだ。学校での表彰歴でさえ。それを措《お》いても、学校首席となれば、面接も最初から有利だろう。

阿久澤は、死ぬほど頑晴《がんば》った。

僕は、頭の出来もあるけど、たぶん、阿久澤ほど必死じゃなかった。

だから、阿久澤は優遇される。社会人としては、当然だろう。

(けれど、まさかアキラが二位、次席だってのは、正直ビックリだなあ)

本部長賞を受ける者。

阿久澤、芳正。内田、アキラ。大洲《おおず》、健吾《けんご》……

名誉だから、呼ばれた瞬間、大声で返事をして気を付けしなければならない。けれど、次席の名前があまりに意外だったので、警察学校の卒業式とは思えないどよめきが起こった。また、アキラは名誉もへったくれもどうでもいい女。返事も小さく、艫利《ともとし》教官が思わず天を仰《あお》いだほどだ……確かにアキラはメモ魔で、寮生活でも手帳を手放さなかったけれど、どう考えても努力家タイプじゃない。もともと、天才肌なのかも知れない。

(いや、そんなことより)

――壇上では四十歳代の銀行家みたいな本部長が、朗々《ろうろう》と式辞を述べ始めた。偉い人の話は、長い。そしてこの偉い人は警視長《けいしちょう》。なんと僕から六階級も上だ。あの鬼神の艫利が、情容赦《なさけようしゃ》ない絶対神の担任が、ええと、三階級上だから……

(どんだけだよ。まあ、愛予県警の社長だから、それは偉くないと困るんだろうけど)

「――諸君はこれから生徒ではなく、まさに現場の、実働の巡査として卒業配置されるわけであります。大規模署に配置される者。中規模署に配置される者。小規模署に配置される者。その中でも、繁華街の交番に配置される者。住宅地の交番に配置される者。拠点駅の交番に配置される者。諸君が経験することに、なにひとつ同一のものはない。そしてそれは新任巡査としてのみならず、警察官人生、その生涯を通じて、諸君の拠《よ》り所《どころ》、宝となる経験なのであります」

そう、それだ。卒配先。

2

卒業式の数日前、とうとう卒配先が内示されたとき。

呼び出された順に出頭した僕らは、ひとりずつの面談で、配属先警察署を告げられた。

(あのときほどビックリしたことはない)

おう、上原な、よろこべ。愛予署だ、愛予警察署

思わず訊《き》き返したほどだ。艫利教官、僕、上原頼音《らいと》ですが。何かの間違いでは……

あぁ？ 悪いが俺はまだ四十歳前だ、ボケちゃいねえよ。それとも嫌か？

公務員が、特に警察官が内示を断るというのは、すなわち辞職するということだ。拒否権はない。ヘドモドと『が、頑晴ります』『め、名誉であります』と答えて逃げ帰っ

てきた。

しかし、奇妙というか、異常なことこの上ない。

愛予警察署は、署員数三〇〇人以上。文句なしの、愛予県警筆頭署なのだ。どんな会社でもそうだろうけど、最大の支店、筆頭の支店というのは稼《かせ》ぎ頭《がしら》。エリートコース。人数が多いということは、やることが腐るほどあるということ。やることが腐るほどあるということは、デキる人間を集めなければ、回ってゆかないということだ。そりゃそうだ。銀行だってスーパーだってそうだろう。

そして。

警察ルールだと、最初に実習をする卒配署が、次の異動まで、ずっと身を置く警察署なのだ。ずっと。だから、実習先が決まれば、今後何年か分からないけど、ずっとその署で巡査をしなければならない。僕なら五年以上だ。いやもっとか。実習先が〇〇署で、実働員となったら××署などという異動は、絶対にない。

「――職場実習、という言葉を、諸君は勘違いしてはならないのであります。これは、演習でも見学でもない。実戦であります。だからもちろん、実習生たる新任巡査は、客でもなければ生徒でも見学者でもない。各警察署は諸君の清新な力に期待する所、大であります。主体性をもって自ら志願し、自ら挑戦し、現場警察官たるの気概《きがい》を発揮されたいのであります」

……やはりおかしい。

筆頭署の愛予警察署は、そりゃ、阿久澤なら欲しがるだろう。阿久澤だって当然、愛予署に卒配されると、信じて疑わなかったに違いない。同期の誰もが信じて疑わなかった。だから、愛予署が『上原巡査の清新な力に期待する所』など、絶対にない。常識で考えれば解る。Cの巡査をわざわざ入れても、足手纏《あしでまと》いになりこそすれ、署の売上げに貢献《こうけん》するはずないから。まして今後、年単位で使ってゆかなければならないルーキー。なら、即戦力以外は、ハッキリいってクズだ。

（どういうドラフト会議だったんだろう？　抱き合わせ販売だろうか？）

卒業式は、僕の物思いをよそに、厳粛に進行していた。本部長に続き、学校長が式辞を述べている。駄菓子屋《だがしや》の爺《じい》ちゃんみたいに、温厚な人だ。それが刑事部門のエースの一人、知能犯捜査の神様だというから、警察というのは、懐《ふところ》の知れないところである。

「――大きな希望と、大きな不安に、今、生徒諸君は震えていると思います。私からは、特に、このことを申し上げたい。すなわち、諸君は決して独りではないのであります。警察は、組織であります。本日、警察学校から羽ばたいた新任巡査は、愛予県警察の宝であり、愛予県警察すべての職員の息子、娘なのであります。警察署は家族であります。署長はオヤジ。副署長はオフクロ。指導部長・指導巡査は兄、姉であります。同じ署に卒配される新任巡査同士は、喜び、悲しみ、発見、悩みを共有するいちばんの同志であります。警察は組織。諸君は断じて独りではない。このことをもう一度、銘記《めいき》されたいのであります」

僕はまた、なんともいえない物思いに襲われた。

同じ署に卒配される、新任巡査同士――

（アキラが愛予署に卒配されるのは、よく解る。卒業次席だから。かといって、あのアキラと、ずっと愛予署で勤務してゆくなんて。学校じゃあ、ほとんど話したこともないのに……）

そして、愛予署に卒配される新任巡査は、ふたりだけだ。内田巡査、上原巡査。

他の期だと、三人とか四人とかだったのに、今期は何と二人だけ。

（あの無感情な能面《のうめん》アキラと、悲しみや悩みを共有するだなんて、ありえないだろ）

「――最後に、この警察学校は、諸君の母校であります。生涯の母校であります。ここにも諸君のオヤジがおり、オフクロがおり、それは厳しかった兄、姉がおります。我々は諸君の家族として、諸君が大きな喜びとともに、あるいは大きな絶望とともに、いつでもこの学校の門を敲《たた》くことを、待っています。諸君の教官は、諸君の生涯の教官であります。ぜひ褒《ほ》められに、怒られに、導かれに来ていただきたい。我々は家族として、それを歓迎するものであります。諸君は絶対に、独りで押し出されるのではない。どうかそれを肝に銘じ、安心して、大きく活躍をしていただきたい。そのことを強く祈念《きねん》し、私の式辞とします。平成二七年九月三〇日、愛予県警察学校長、警視、越智《おち》耕助《こうすけ》」
卒業生、気を付け!!
敬礼!!
「愛予県警察の歌、斉唱」
雲にそびゆる三河山《みかわやま》　波は静けき曳馬《ひくま》湾《わん》
ゆくすえさとす愛予城《あいよじょう》　まごころこめて守らんと
愛予の民に誓うとき　ああ故郷《ふるさと》に悪あらじ
愛予の民　とこしえに　愛予県警察　とこしえに
「教職員、来賓の方、保護者の方は御起立願います。
これをもちまして、初任科第一六九期生の卒業式を終了いたします――敬礼」
司会進行役の、女性教官の声がさすがに落ち着いた。休めを掛け忘れるほどに。
「引き続きまして、卒業生の見送りを行います。保護者の方は係の者が誘導いたしますので、御着席の上、お待ちください」

3

他の県警でもあると聴いたけれど、愛予県でも、『卒業生の見送り』なる儀式がある

（だから帽子投げがないのだろうか？）。誰もが心得ているので、県警幹部はもう講堂を後にしているし、卒業生も講堂を出るタイミングを図っていた。講堂の外のアスファルトには、ちょっとした花道がセッティングされている。

見送りは、卒業式のフィナーレであり、実は本当の入社式でもあった。

形の上の入社式は、警察の場合、入校式だ。だから正確にいえば、見送りは、固めの杯《さかずき》。新社会人が入社式で公務員になる。まだ組織の一員じゃない。実は家族でもない。

警察学校には、警察官としてふさわしくない生徒を、必ず脱落させる使命があるから。

警察学校を卒業し、卒配までが決まったとき、学校長がいっていた『家族』になる。警察官になって、『警察一家』に入るのだ。

――艫利教官がいつもの調子に戻り、僕らに近づいてゴーサインを出した。昨晩、『卒業前夜恒例行事』で、制服のまま貯水槽へブチこまれ道化《どうけ》ていた艫利教官。その余韻はしかし、もうどこにもない。

「所属別、建制順《けんせいじゅん》だ――では愛予署組から。いいな？」

はい!!

リハーサルどおり、講堂の卒業生席から、するすると生徒が一列縦隊《いちれつじゅうたい》を作ってゆく。そして建制順なら、筆頭署が先頭に決まってる。ということは、僕ら愛予署組が、一列縦隊の先頭になる。愛予署組はふたりだ。このふたりは、同じ巡査どうしだから、名簿順になる――

(だから、総合成績三一番の僕が、アタマなんだよな……どうして『上原家』に生まれちゃったんだろう?)

けど、フィナーレの進行を乱すことは許されない。僕は、阿久澤に本当に申し訳なくて、阿久澤に怨《うら》まれてるんじゃないかとビクビクしながら、一列縦隊を引っ張って、講堂外の花道に向かった。当然、僕の真後ろにはアキラがいる。これまた、嫌なプレッシャーだった。アキラは眼からして恐い。何を考えているのかも分からない。

――紅葉《もみじ》がきれいな花道には、愛予県警の最上級幹部たちが、一列横隊《いちれつおうたい》でスタンバっていた。僕らの一列縦隊を認めるとすぐに、割れんばかりの拍手が起こる。艫利教官のレクチャーを思い出した――先頭が僕で、よっぽど気懸かりだったんだろうなあ。


いいか上原、対象も建制順だ。

先頭はもちろん、社長＝本部長。次いで副社長＝警務部長。あとは部長クラスが並ぶ。生安部長、刑事部長、交通部長、警備部長、情報通信部長、総務室長の順だ。建制順だぞ。偉さとは全然関係ないから、誰であっても言動に注意しろ。

部長級が終わると、各部の筆頭課長が並ぶ。これは参事官、つまり部長の次に偉い連中だ。順番は部長級と一緒。参事官が終われば、一列横隊が切れる。それで本当に終わり。あとは所属へ旅立つだけだ――

最初にな、本部長にだけ申告《シンコク》しろ。お言葉があったら、直立不動で聴け。ただし握手は素直に受けろ。これはソフトに受けていい。カチコチするな。手袋は外すな。本部長以外には、間違っても申告するなよ。全員が真似《まね》しなきゃいけなくなる。タイムオーバーになる。タイムオーバーといえばな、新入社員としては難しいが、長話は絶対に避けろ。五四人、いるんだからな。各署からの迎えの便がジリジリとスタンバってること、忘れるなよ——

一列縦隊のうち、僕とアキラがやや本体から離れ、本部長に正対する。踵《かかと》を鳴らして気を付けをし、僕だけが挙手《きょしゅ》の敬礼をした。本部長が拍手を止め、軽く答礼をする。僕は申告をする。

「愛予警察署勤務を命ぜられました、上原頼音《らいと》です」

「同じく内田希《あきら》です」

……先頭じゃない奴は楽だ。オナジクだけ喋《しゃべ》ってればいい。動作もない。

「卒業おめでとう。愛予署か、頑晴《がんば》れ」

「ありがとうございます!!」

本部長が僕と、次いでアキラと握手をした。かなり強く握られた。ただ、新任巡査が社長と交流するのは、これが最初で最後だろう。ずらっと並んだ役員ともそうだけど。お見送りが、新社会人本当の入社式。固めの杯というのは、最上級幹部への、最初で最後の御披露目《おひろめ》だ——

本部長申告以降、どう進行するのか未知数だったけど、そこは、役員の方が慣《な》れていた。どこかぬぼっとした、どこかぷよんとした大きな警務部長が、やはり拍手を止《や》めて手を差し出す。なるほど、順々に握ってゆけば、ゴールに引っ張られてゆくんだ。

「若くていいよなあ」

「は、はい」

「愛予署は女警《じょけい》の手が足りてないんじゃなかったかな。女性は大歓迎だろうなあ」

「女性にしかできない職務だけを遂行するつもりはありません、警務部長」

「……あ、ああ、それはもちろんだが」

アキラの言動にまで責任持てない。僕は逃げるように横移動する。

「おめでとう、しっかりな」

「これからだ、頼むぞ」

握手攻勢と、激励。生安部長、刑事部長、交通部長と終わったところで、ちょっとした変調があった。すなわち——

「頑晴ったな。まあ、呑《の》まれずにやれ」

「ありがとうございます!!」

「上原巡査と、内田巡査か」

「そうであります‼」

「ふうむ……そうか……おいシン、シンや、シンはおるか‼」

僕は、アキラとの握手を終えたばかりの役員を見上げた。引き締まった感じはするが、堂々たる偉丈夫《いじょうふ》である。新任巡査としては生意気だけど、さっきのボヨヨン副社長と比べれば、豚と猪《いのしし》ほどの違いがあった。だが、瞳《ひとみ》はゆったりとしていて、意地悪な厳しさは少しもない。

（生安部長、刑事部長、交通部長と来たから……警備部長だ。そしてシン、というのは誰だろう。僕らの期にシン、という名前の男はいないはずだ）

僕が訝《いぶか》しんでいると。

「はい、ただいま‼」

呉服屋《ごふくや》の番頭ってこんな感じだったんだろうな、という声がした。そして最上級幹部・一列横隊の奥から、黒い礼服が、礼式に適《かな》った駆け足をしてくる。当然、他の最上級幹部と一緒の、僕らの礼服とは違う、肩章も星の数もゴージャスなお姿――

（し、シン。真《しん》。飛鳥《あすか》真。飛鳥公安課長‼）

4

確かに、いてもおかしくない。公安課長は、警備部の筆頭課長だから。この厳粛な卒業式に、思いっ切り意外な顔だけど。しかし公安課長は、さらに意外なことに、新任巡査もビックリの、あざやかな駆け足の止メ方を見せた。決まってる。教練《きょうれん》で教官に褒《ほ》められるタメとトメだ。

「警備部長、お呼びですか？」

「おうシン。この子たちか。シンが気に入った、ゆうんは」

「はい、御指摘のとおりです」

「シンがいうなら、マア間違いなかろうが、お前は時々、趣味で仕事をしよるからの」

「必ずや他の新任巡査同様、卒配警察署のために——この二人でしたら愛予署のために、愛予署長さまのためになる。担当教官とも、十分に意思疎通《そつう》しております。どうか警備部長、私を含め、若人《わこうど》に温かい御期待をお願い致します」

「なるほどのう。

オイ上原巡査、内田巡査。

儂《わし》らは老兵じゃ。もう先も見えとる。これからの愛予県警を背負ってゆくのは、確かに若人じゃ。

じゃがの。

儂らがそう、お前らみたいな新任巡査じゃったのは、実に四十年前……愛予県で採用された儂らは四十年間、愛予県警を愛し、愛予県警に育てられ、やがて愛予県警を育てるようになった。

だからの。

ここは儂らの警察じゃ、いう自負がある。

儂らの愛予県警で出鱈目《でたらめ》やりよる奴がおったら、絶対に許せん。儂ら老兵には、愛予県警を守る義務がある。

これ以上はいわんが、やかましい部長がそう吼《ほ》えとった、そのことは忘れんでくれ」

「卒配警察署を愛し、卒配警察署の名を、愛予県警察の名を汚すな――」

公安課長の声には、何かを隠すような、フォローするような響きがあった。

「――ウチの部長は大先輩として、そうおっしゃっておられる。心に刻ませていただけ」

はい!!

アキラの分まで余分に叫んで、僕は花道を進んだ。

おめでとう。おめでとう。

最後の握手を終え、花道を歩き終える。乱調は今の、警備部長のところだけだった。

(シンが気に入った? 僕のドラフト会議には、あのヘンテコキャリアが絡《から》んでるのか?)

5

すると、礼服でない、警察官合服《あいふく》の幹部がひとり、僕とアキラに近づいてきた。周りを見れば、他にも幹部がちらほらいる。慎重に、花道と最上級幹部から距離を置く形で。何故《なぜ》、幹部だと分かるのか? 帽子に金線が入っているし、左右両腕の袖《そで》にもまた金線が入っているからだ。すなわち警部以上。艫利教官もそうだから、見慣れてはいる。近づいてきたその幹部はいった。

「上原頼音巡査と、内田希巡査だな?」

「はい、上原であります」

「内田です」

「卒業おめでとう。そしてとうとう、警察へようこそ。

俺は愛予警察署地域第二課長、井伊《いい》警部だ。

お前たちを預かる、実務上の責任者ということになる。よろしく頼む」

「よろしくお願いします!!」

「紅葉《こうよう》が美しいな」

「は、はい」

「親御さんは来ているのか」

「僕、いえ私は、両親とも来ております」

「私に家族親族はおりません」

「そうか。

ここのカレーライスは絶品だろう。辛めだが、俺も二十年前、あれだけは楽しみだった」

「はい、海上自衛隊譲りのレシピと聴いています」

「艫利も嫌いじゃないはずだ。恐らく昨晩、寒中水泳もしただろうからな――見送りの後、艫利とは会ったのか? 御家族とは?」

「はい、まだです」

「そうか――そういう奴か」

「え」

「ああ、俺はヘビースモーカーでな。喫煙そのものに十五分は掛かる。それに、久しぶりの警察学校だ。喫煙所を探し当てるのにも、十五分は要るだろう。悪いがしばらく、お前たちを放置する。

生徒としての、ニセ社会人としての、最後の空気をよく味わっておけ。

正門にミニパトを回してある。出発時間は艫利が伝達したとおり。

正門を出たら愛予署員だ。それがどういうことか、分かるな？」

「あ、はい、それは……」

「正門の外で人が死んでたら、警察官やるってことだよ」

第2章　警察署

6

「申告します!!
愛予《あいよ》県巡査、上原頼音《うえはららいと》ほか一名は、平成二七年九月三〇日、愛予警察署警務課付《けいむかづき》を命ぜられました。以上申告します!!」

――愛予警察署二階、警察署長室。

僕は、またもや『ほか一名』で逃げられたアキラの右隣で、大声を張り上げていた。署長の執務卓の前。署長の眼の前である。儀式だからだろうか、あの井伊警部が、列外員《れつがいいん》として見守っている。僕らの右側で、垂直になるかたちで。そしてもうひとり、列外員の警部がいた。署の入口で新任巡査を待ち受けていた、愛予署の警務課長である。支店の総務課長に当たる。

警察官が新たな所属に着任すると、まずこの申告《シンコク》をしないといけない。申告をする相手は、所属長だ。その所属でいちばん偉《エラ》い人《ヒト》。警察署なら、もちろん署長だ。署長というのは、県警という会社から署と管轄《かんかつ》区域をすべて任せられた、いわば支店長。警察署員は、支店員。だからアキラと僕は、この支店に新たに配属された、いちばんの下《した》っ端《ぱ》ということになる。そして警察では、警察署長の力は、ほとんど全能。職場実習中だからありえないけど、署長が望むなら、僕を署内トイレ掃除係にすることも、運転手にすることも、コピー機修理係にすることもたやすい。実はこのことは、井伊警部だって変わらない。警察署は、警察署長の城なのだ。どの部下に何を命じようと、何をさせようと、まったく警察署長の考え次第なのである。

（しかも、筆頭署の警察署長は、警視正だ……あの警備部長とかと同格になる）

これまた、艫利教官から、くどいほどレクチャーされていた。

（そういえば、卒配警察署が内示されてから、やけに個人面接が増えた気がする。艫利教官は、僕が何かやらかしそうだと、そんなに不安なんだろうか？　事実、僕自身がいちばん心配しているんだけど……）

いいか上原、普通の支店長は、警視だ。もちろん教えたとおり、署の全能神だ。警視の中の勝ち組でもある。だが筆頭署は、それ以上だぞ。

愛予県警では、筆頭署の愛予署長だけが、警視正だ。解るか？　支店長の中でも、格上の役員だってことだ。そんな署長は他にはいない。いや、それどころか、実は、愛予署長は県警のナンバー・ツーだ。

確かに副社長といえば、お前も知っているとおり、警務部長だ。だが教えておく。警務部長は、絶対にキャリアだ。東京からの人だ。社長だってそうだ。ということは、いきなりやってきて、一年半程度でサヨナラする人々だ。愛予県採用じゃない。これは、恐らく、愛予県警が倒産するまでそうだろう――役所は倒産しないがな。するとだ。

社長副社長は、ハッキリいって、余所者《よそもの》なんだよ。お前もそのうち解ると思うが、愛予県採用の、俺たちノンキャリアにしてみれば、最初から異次元の人々だ。勝負しようって気にもならない。だから、ノンキャリアは、社長副社長なんか狙《ねら》わない。

だが。

どんな会社にも出世勝負はあるだろ？　じゃあ俺たちノンキャリアの出世勝負って何だ？　社長副社長じゃないなら狙いは何だ？

――愛予県警では、刑事部長だ。警視正に登り詰め、警視正の中でも刑事部長になる。これが、愛予県採用組の最終ポスト。だから、愛予県採用のノンキャリアが刑事部長になれば、それは『社長になった』ってことなんだ。地元警察官の、ラスボスになったってことなんだ。

そして、この事実上の社長になるためには、これまでの実例を見ると、筆頭署長

＝愛予署長にならなきゃいけない。愛予署長になって、刑事部長になって上がる。

それが、愛予県警の最終勝者なんだ。

もう解るな？

お前が着任する愛予署の署長は、よほどの大ポカか大病でもなければ、まず間違いなく刑事部長になる人なんだよ。要するに、今はラスボス第一形態。すぐにラスボス最終形態になる。愛予県ノンキャリアの超親玉だ。そして刑事部長に睨《にら》まれたら、ノンキャリアは生きてゆけない。その刑事部長当確の、愛予署長に睨まれても一緒だってことは、いうまでもないよな？

いいか上原。ビビる必要はないが、お前の所属長はそういう人だ。それを絶対に忘れるなよ。警察じゃあ、一度貼《は》られたマイナスのレッテルは、まず剝《は》がせないからな……

（ラスボス第一形態——けれど、そんな恐ろしい人とは、とても思えない）

「うん、いい声だ——さあ座りなさい。ああ井伊課長も、それから警務課長も頼む」

「上原巡査、座ります!!」

「内田巡査座ります」

7

愛予警察署長・本多英二《ほんだえいじ》警視正は、やたら写真立てが飾られている、大きな執務卓を離れた。そのまま、すらりとした長身を応接ソファに搬《はこ》ぶ。緋《ひ》の絨毯《じゅうたん》に、『英国紳士』といいたくなるような、ピカピカの黒靴がよく映える。

（事前に聴いた噂《うわさ》だと、手が空いていたら、二時間に一回は磨く人だとか……）

オン・ステージの警察署長だから、もちろん制服姿だ。警部以上を示す金線は当然だが、なんと地金までキンキラキンの、警視正の階級章。そして菊を思わせる、やはりキンキラキンの大きな署長徽章《きしょう》。役満《やくまん》だ。ちなみに巡査の階級章は、銀地に線一本である。一部が金色になるのは、士官クラス――警部補から。地金まで金色になるのは、警視正から。本多警視正は、もう四年近く前に『正《マサ》』へ昇任している。そして、県警本部の部長職から筆頭署長になった。もう愛予署に二年近く、いる。ラスボス第一形態は、確実に終わりを告げようとしている。

「そう堅くならないで。まずは卒業おめでとう。よく愛予署に来てくれた。待っていたぞ」

「ありがとうござ……!!」

「上原巡査」井伊地域第二課長がいった。「学校と所属は違う。上司の前でやたら大声を張り上げるな。着任したなら、ハッキリと腹筋だけ利《き》かせればいい。それから、上司より先に座るバカがいるか。お前はこれから、他の署員より先に座ることなどない。先に箸《はし》を使うことも、後部座席の客になることもない。警電《けいでん》を真っ先に取らないこともない。新任巡査というより社会人として、辨《わきま》えておけ」

はい、と大声を張り上げそうになった僕は、あわてて喉《のど》をぎゅっと絞《しぼ》った。そんな様子を、本多署長はニコニコしながら見ている。やや面長《おもなが》な、優しい馬を思わせる顔に、カッチリした銀色の眼鏡がアクセントをつけていた。やはり英国紳士っぽく整えられた黒髪は、まだまだ凛々《りり》しい。総じて、人気と実力のある大学教授のような感じだ。

（けれど、なんだろう……そうだ、艫利教官と一緒のプレッシャーを感じる。言葉遣いも表情も身のこなしも、全然違うのに）

「ん？　内田巡査、どうしたね」本多署長がアキラの方を見る。「大丈夫かい？」

「はい、強い頭痛に襲われました」

アキラの右手は、右の顳《こめかみ》に押し当てられている。アキラはもともと色白だけど、既に血の気が全くない。僕はアキラの体調不良なんて、六箇月の警察学校生活で、見たことも聴いたこともなかった。アキラは、機械のような自己管理ができる女だ。

それが、ここまで率直に苦痛を示している。

アキラも人の子、激しく緊張しているのだろうか。確かに、強く身体《からだ》を硬直させている。しかしアキラは大きく頭を振ると、目蓋《まぶた》をぎゅっと押さえてから、最終的に姿勢を正した。

「このようなときに申し訳ありませんでした。御心配をお掛けしました。支障ありません」

「そうか、無理はするな。ただ私の顔が不味《まず》すぎて、強いストレスになったかも知れんね」

「いえ、そのような御懸念《ごけねん》は不当です。ただ、署長のお顔を拝見して、いよいよ強く衝撃を受けたものと思われます。御容赦《ごようしゃ》願います」

「いやいや、君の緊張もよく解る。無理もなかろう。あまり深刻に考えないことだ。さて――越智《おち》からも聴いている。名前のとおり、期待の新人だとね。ライトに、アキラか」

（越智？）

名前の検索に失敗した。自分のキラキラネームを怨《うら》んでもいる。そんな僕が返答に窮《きゅう》していると、隣のアキラが淡々といった。

「越智学校長からは、くれぐれも本多署長によろしく伝えるよう命ぜられています。しかし、私たちの名前は、私たちの勤務適性と関係ないものと考えますが」

「おい内田、署長の前だぞ」

「いや井伊課長、かまわない。それはそうだ。内田巡査の指摘は正しい。

だが内田巡査。

愛予警察署には、君もひょっとしたら詳しいかも知れないが、若干、特殊事情があってね。不愉快にさせたなら申し訳ないが、私は心底、縁起を担《かつ》ぎたくなっているのだよ。

愛予署の管轄区域を、そうライトとアキラで、明るく照らしてほしいと。学校長の越智も――強行《キヨウコウ》畑と知能《チノウ》畑の違いはある――私とは刑事仲間だから、きっと二人の名を聴いて、同じ思いを抱いたはずだ。警察の中でも刑事は、とりわけ験担《げんかつ》ぎをするものだからね」

「……その特殊事情とは何でしょうか？」

「それは、このあと井伊課長からの管内概況《かんないがいきよう》説明で教わることになるだろう。そうだね井伊課長？」

「御指摘のとおりです。私から教養《キヨウヨウ》しておきます」

「だから、この写真だけ見ておいてほしい。当署が、その死力を尽くして発見しなければならない子たちだ……」

本多署長は、大きな署長卓の卓上から、三つの写真立てを取った。応接卓の上に並べてゆく。僕らふたりに、写真を向ける形で。

一枚の写真に、一枚の少女。どれも制服姿だ。顔立ちからして、女子高生だろう。うち一枚は、修学旅行だろうか、京都の金閣寺で撮影された全身の姿。正面からの姿。うち一枚は、撮影場所の分からないほどアップで写されたバストショット。やや体の左斜めからの姿。

うち一枚は、愛予駅西口ペデストリアンデッキで撮影されたスカートから上の姿。正面からの姿。

（金閣寺の娘《こ》は、セーラー服を着ている。学校名は分からないけど、制服に見覚えがある。愛予の学校だ）

バストショットの娘は、ブレザーにリボン。背景部分がほとんど無く、わずかなマージンすら夕焼けばかり。だからだろうか。やたら大きな瞳が黒々としていて、美しく強いインパクトを与える。けれど、僕がいちばん美人だと思ったのは、西口ペデのブレザーの娘だ。その制服は、バストショットの娘と一緒の奴。そして、あと少しすればミスキャンパス間違いなし——と誰もが思う綺麗《きれい》さ。

（アキラに匹敵するほどだ。いや、実際アキラによく似ている）

それでも総じて、三人の娘はどこか似ていた。バストショットの娘の、瞳の深い黒さは特に強烈だったが、みんな『真面目な優等生で運動部の後輩に恋されている』系統である。

「これらは御家族、友達から借り受けている写真だ。この子たちの顔は、すぐに覚えることになる──

それでは私から、この警察署のあらましを説明した上で、若干の訓示《くんじ》をしておこう」

8

「愛予警察署は、知ってのとおり、愛予県警の筆頭署であり、県都の守りに任じている。もっとも私は、他の警察署長もやってきたから、すべての署に課題があり、苦悩があり、乗り越えるべき壁があることも知っている。楽な警察署というものは、恐らく日本にひとつもない。

だが。

私は八年前から二年ほど、この署の副署長も経験している。だから解る。実感として。筆頭署はあらゆる警察署の中で、最も過酷な所属というのも、事実なんだ。何故だと思う？」

「それは、あの、ええと……」僕は学校でも、質問型の教官が苦手だった。「……県都を管轄するので、駅や繁華街を管轄するので、取扱事案がとても多い、からかと」

「そうだね。警察のお客さんというのは、被害者であれ被疑者であれ参考人であれ申請者であれ、要は人だね。だから、管轄区域に人が多いということは、すなわち取扱事案も多いし、それ以外の仕事も多いことになる。しかしね上原巡査。それは五〇％の正解に過ぎない」

「実績すなわち」とアキラ。「売上げの問題があるものと考えます」

「言葉を選ばなければ、内田巡査、そのとおりだ」

ここで本多署長はソファを起《た》ち、焦茶色《こげちゃいろ》のドスが利いた、バケモノみたいな本棚へ近づいていった。さすがは筆頭署長室。そんじょそこらの名家では見られないほど、艶々《つやつや》で重厚な書架だ。しかも、ガラスケース状になっている。本多署長はガラス戸を開くと、ズラリと並んでいた『警察官実務六法』の平成二十七年版を取り出し、ソファに戻った。ちなみに『実務六法』は毎年アップデートされるから、分かりやすいように毎年、革様《かわよう》表紙《ひょうし》のカラーリングが変わる。

（ひい、ふう、みい……）

書架には、少なくとも十二色の六法が確認できた。書架の他の棚も、ただの飾りじゃない。警察実務書籍や例規集《れいきしゅう》、判例集でギュウギュウになっている。そういう状態にありがちな、『本の前に列を重ねる』『本の上に横にして置く』という事態も、既に始まっていた。本多署長は、勉強家のようだ。

その署長が刑訴法《けいそほう》の条文を開く。早い。たちまち目的のページを見開きにした。

「刑訴法第一八九条第二項。司法警察職員は、犯罪があると思料《しりよう》するときは、犯人及び証拠を捜査するものとする――

　これは司法警察職員、単純に言えば、犯罪捜査をするときの我々警察官の捜査権について、一般的な根拠を規定したものだね。ここで注目すべきは、『ものとする』と『思料するとき』だ。今回は特に後者について考えておこうか。

　この『犯罪があると思料するとき』の犯罪には、もちろん『既に実行された犯罪』も、『現在進行形の犯罪』も入るだろう。『警察が既に知った犯罪』も、『警察がまだ嫌疑しか知らない犯罪』も、入るだろう。この用語に、何の限定も付されてはいないのだからね。

　するとだ。

　上原巡査がさっき指摘したのは、いわば待ち受け型、発生モノになる。先の例でいえば、私が歩んできた強行畑がこれだ。殺人が発生しました。強盗が発生しました。傷害がありました。それ自体は、警察が探し歩くものではない。一一〇番、被害者、目撃者によって認知するものだ。発生したから、動く。もちろん警察は、事案を解決しなければならない。被疑者を検挙する、というのが典型だね。そのために、例えば強行刑事は血反吐《ちへど》を吐くわけだが、そしてそれは尋常の労苦ではないわけだが、いってみればこれは抜き打ちテストだ。テストの合否は、その点数で決まるだろう。厳しく言えば、それだけ、ともいえる。

　だが。

　内田巡査が指摘したのは、いわば掘り起こし型、内偵《ないてい》モノになる。これもまた先の例でいえば、越智が歩んできた知能畑がこれだ。サンズイ……贈収賄《ぞうしゅうわい》が発生しました、談合《だんごう》がありました、などという通報がそうそうあるはずもない。被害者がいない犯罪だし、犯罪の実情を知る者とはすなわち犯罪者か、それと密接な利害を有する者しかいないからね。するとどうなるか。『発生したことが、指を咥《くわ》えていれば、永遠に分からない』ことになる。そのままでは、警察は、動けない。一年経《た》っても『発生なし』、二年経っても『発生なし』──ところがだよ。警察の常識でいえば、日本全国、どんな僻地《へきち》であっても、サンズイの発生していない所はない。ありえない。とすれば、警察としては」

「テストがいつ行われるのか、テストの内容は何なのか、自ら察知する必要がある」

「そのとおりだ内田巡査。誰も教えてはくれないのだから。しかし絶対に受験して、絶対に合格しなければならないテストなのだから。そしてこれは、何も刑事だけの問題ではない。交通だって、『自分は一旦《いったん》停止をしませんでした、切符を切ってください』などというお客さんはいないだろう？　生安が担当する特別法犯、警備が担当する警備犯罪、そして君たちがこれから担当する地域部門での職務質問も同じ──『自分はシャブとポンプを持っています。警察署に任意同行してください』などというお客さんは、絶対にいない。

　どの部門でもそうだ。

　発生モノは解決して当然。内偵モノをどれだけ稼ぐかどうかで、警察官の、そして警察署の評価は決まってくる。そして、もう解ったと思うが、最も実績を上げなければならないのは、この愛予署だ。これは、筆頭署のプライドのため――という、精神論的な理由もある。だがね、より切実な県民視線からいえば『最大の人員を与えられている』からだよ。最大の資源を投下されている所属は、必然的に、最大の実績を上げる必要がある。上げなければならない。それこそが県民の付託《ふたく》なんだ。

　――警察の実績管理については、色々な議論があるね。

　個々の地域警察官は、客観的なシステムによってランキングされるし、私服部門であっても、検挙実績・行政実績・表彰数といった指標で評価が決まってしまう。警察署全体の実績は、それらの総合評価だ。それによって大規模署・中規模署・小規模署ごとの順位が出され、年間の総括をされることになる。そして愛予署は、常に『大規模署第一位』でなければならない。

　もちろん、評価のシステム自体がおかしいのではないか――という疑問は、大切だ。

　だが社会人の常として、まず既存のシステムで実績を上げない者には、異議申立てをする権利がない。そして私は、システムに改善の余地があるとしても、愛予署が実績第一位でなければならないことには、未来永劫《みらいえいごう》、変化はないと考えている。そう、最大の人員を与えるという、愛予県民の付託が終わるそのときまではね。

　君たちは、そういう所属に配置された。巡査部長試験に受かるか、あるいは受からないと見切られるまで、ここが君たちの職場であり、戦場だ。

　交通切符を何枚。刑法犯検挙を何件。巡回連絡を何軒。注意報告を何枚。そういう日々の中で、月ごとの総合成績に追われ、システムに押《お》し潰《つぶ》されそうになる――そんなことも、あるかも知れない。そのときは、県民の期待が最も大きい、選ばれた所属にいるのだということを、ぜひ思い出してみてくれないかな。

　その気概を持って勤務に当たってほしい。これが訓示の第一だ」

「よろしいでしょうか、署長」とアキラ。「県民の付託は、庁舎その他のハード面には、あまり現れていないと思料されるのですが」

「あっはっは。内田巡査、越智から聴いてはいたが、ハッキリ物を言うね――

　それはそのとおりだ。一般の大学で学んだかも知れないが、東京都を除いては、道府県の財政というのは、とても苦しいのでね。我が愛予県も、その例に漏れない。警察というのは県の組織だから、お金の出所は県だ。県が貧しければ、立派な警察署を建てようがないよ。そうはいっても、そこはまあ、まさに県庁を管轄している警察署だから、なけなしの予算を投入してくれてはいるのだがね。あっはっは——

この警察署はね、内田巡査。

基本的に、戦前にあった、陸軍の歩兵連隊の施設をそのまま使っているんだ。といっても、警察署には広すぎた。できるだけ売り払って、修繕費《しゅうぜんひ》を捻出《ねんしゅつ》した方が賢い。だから、かなり縮小されてはいるがね。

今、君たちがいるこの三階建て本館。渡り廊下で結ばれている、三階建て別館。渡り廊下さえない、二階建て新館。これが残された施設のすべてで、すなわち現在の愛予署になる。すべて戦前のコンクリート庁舎で、内田巡査の指摘どおり、まあ重要文化財級の遺跡だな。それでも昭和の終わりに大規模修繕が認められて、少なくとも雨漏りはしなくなったし、ようやくエアコンが完備されたし、天井や階段が崩落するおそれは遠ざかった。

警察官でいえば、とっくに定年を迎えている大先輩だから——実は私も卒配《そつはい》がここでね——修繕よりも解体・新築が王道なのだけれど、お金の問題以上に、仮庁舎を置ける施設が見つからない。仮庁舎が確保できて、引っ越しできないと、そもそも解体できないだろう？　警察署に閉店はありえないのだから。

おそらく、君らがこの愛予県警を支えるようになる頃には、いよいよ新築——ということになるだろう。だが、警察署の建て替えは県下十九署のローテだから、現在の予定では、あと十年二十年は無理だろうな。そんなわけで筆頭署なのに食堂はないし、仮眠室は狭いし、留置場は古いし、地下倉庫には軍人の亡霊が出るとかいう愛予署都市伝説もあるねえ。どうやら戦前、県庁まで秘密の地下通路が延びていたとかいないとか。なるほど、戦前は県庁も警察も軍隊も同じ、国の出先機関ではあった」

「当該《とうがい》地下通路は現在もあるのですか？」

「まさか。残っていたら、署の保安上問題だよ。それに、県庁まではキロ弱ある。それだけの地下通路が本当にあったとも思えないな。それも都市伝説だろう。

いずれにせよ。

この愛予県警察、最古の警察庁舎が、君たちの家になる。

ここ本館には私と副署長、警務・地域・交通がいる。いってみれば本館は、制服組がメインの庁舎だね。君たちも頻繁に通うことになる、訓授場《くんじゆじよう》と道場もここだ。別館には生安・刑事のほとんど・警備の私服組がいる。留置場はそこに入っている。最も新しい新館には、会議室、捜査本部、各課の別室などがある――

おい井伊課長。職場実習、各課はどうやって回るんだったかな？」

「はい署長。トータル三箇月のうち、二箇月は私の地域第二課でやらせます。次いで刑事二週間、生安一週間、交通一週間の予定です」

本多署長は律儀《りちぎ》にメモをとった。右手のペリカンに独特の渋味《しぶみ》がある。

「相変わらず警備はないんだね。まあ、それも私の頃からの伝統だが」

「署長の御下命《ごかめい》ならばプログラムには組めます。ですが、どうせ右翼関係の捜査書類を読むだけに終わりますから」

「秘密主義の警備公安ならそれもそうか。しかし警備以外は、現業の全部門をやらせると」

「御指摘のとおりです」

「上原巡査。上原巡査は、専務《センム》志望はあるのかな？」

「あっ、はい、その、ありません現在は。地域《チイキ》のスペシャリストになりたいと思います」

「ほう、目指すは職質《しょくしつ》の達人かい？」

「いえ、あの、地域実態把握をやりたいです」

「おやおや」本多署長の瞳が細まった。「それは頼もしい。警察の仕事は実態把握に始まり実態把握に終わるのだからね。ならそれが訓示の第二だ――

内田巡査はどうかな、専務志望は？」

「刑事を志望しています」

「刑事畑としては、嬉《うれ》しいね。理由を訊《き》いてもかまわないか？」

「私は基本からしか学べない人間です。したがって、徹底して刑法犯の処理と刑事手続を体得したいと考えるからです。

もっとも、私自身にもよく分からない衝動がある。それも事実です」

「刑事になりたいという衝動かい？」

「犯罪者を摘発しなければならないという強迫的な心理状態に襲われることがあります」

（な、なんて女だ……）

「君ならばそうかも知れんね、内田巡査。

では訓示の第三だ。どの部門であれ、捜査書類が書けない警察官は既に警察官ではない。教科書、過去の資料、添削願い、盗み読み。あらゆる手段を尽くして、書類への恐怖心を克服するように。

そして。

辞令を読めば分かるとおり、君たちは警務課付《づき》だ。職制上は、こっちにいる警務課長の部下、ということになる。上原巡査、理由は聴いているね？」

「はい。警察署のすべての部門の実習生、という意味で、管理部門の警務課に所属するのだと教えられています」

「警察官の基本は外勤《ガイキン》、いや失礼、地域《チイキ》だ」外勤が地域と改名したのは平成の頭らしいから、上級幹部の世代だとまだ『ガイキン』意識が強い。「それはもちろん、地域警察官が、あらゆる警察事象について、すべて、初動措置をするからだ。まさに基本だ。したがって、実習期間も、地域警察がいちばん長い。

だがそれは、地域部門に閉じこもれ――という意味ではない。実際上も、そんなことは不可能だ。あらゆる初動を担当するのだから、生安とも、刑事とも、交通とも、いやあの警備とも接点がある。必ずある。まして専務志望があるのならば、本館に閉じこもることなく、積極的に別館の私服組のところへゆきなさい。よい地域警察官とは、すなわち、専務との関係がよい警察官だ。実習生のときはなおのこと。ほぼすべての専務――いや署長・副署長にすらアクセスできる、特別な位置にいる。それが実習生、新任巡査なのだからね。

専務を恐れるな。これが訓示の第四になる。

そして、私から最後に。

オヤジと呼ぶか、オフクロと呼ぶかは別として、君たちはもう、私と副署長の子供だ。署員はすべて兄姉《きょうだい》。そのうち特に井伊地域課長は、担任教官でもある。また、マンツーマンでつける巡査部長は、歳《とし》が最も近い兄姉。誰もが君らの家族だ。

家族に恥じることは何もない。解らないことは何でも訊きなさい。何でも教えろ、出し惜しみするなと全署員に指示してある。そして何でも訊けるのは、新任巡査のうちだけだ。それを肝に銘じなさい。新任巡査が、新社会人が訊くのは恥でも何でもない。訊かれずに失敗されることこそ困る。君たちはこの点、大丈夫だろう。私はそう感じるが、念の為《ため》に強調しておく。自分を過大評価する変なプライドは捨てなさい。訊くことを恥じる臆病《おくびょう》さも捨てなさい。今は、恥も給与のうちだ。

また。

私たちが家族だ、ということは、違う意味をも持つ——

すなわち。

これまでは警察学校の生徒だ。致命的な失敗をし、あるいは致命的な不祥事を起こしても、自分が腹を切ればすむ。学校側にも処分はあろうが、新人未満のやることだ。県民も新社会人未満ならば——そう研修中の身の上ならば、個人責任だと思うだろう。

だが。

もう辞令は出た。

もう君たちは愛予署員だ。その意味では私と同じだし、井伊課長とも同じだね。もし上原巡査が痴漢をしたら——もちろん仮定の話だよ——それは生徒のやったことではない。愛予署員のやったことだ。内田巡査が万引きをしてもだ。いや、もっと些末《さまつ》な例を挙げれば、ラーメン屋の行列に割り込んでも、スーパーで落ちていた百円玉をネコババしてもだ。それは愛予署員がやったことになり、マスコミが大喜びで書き立てるネタとなり、もし君たちが腹を切ったとしても、事は到底、それでは収まらない。愛予署員すべてが、かなりの長期間にわたり、県民から罵倒《ばとう》され、嘲笑《ちようしよう》されることになるだろう。何故か？

そう、我々はひとつの家族だからだ。子供の罪は、親兄弟すべての罪だからだ。むろん親の罪は子供の罪。上司上官といえども、非違《ひい》あらばこれを正すのが家族の務めだ。『家族』という言葉の持つ意味を忘れず、これまで以上に、模範的な社会人であるように。

これが第五にして最後の訓示になる。ちょっと、説教臭かったがね――三箇月でいったん学校に帰るとはいえ、すぐ帰ってくる先はどのみちこの家だ。我々は、よい家族でありたいと思う。上原巡査、内田巡査。君たちも家族として、家族のために何ができるか、よく考えてほしい。私からは以上です」

9

「気を付け!!」

「バカヤロウ上原」と井伊地域課長。「これは署長訓示だぞ。お前、式典でもやってるつもりか？」

「すっすみません、警察学校の癖で、『以上』が出ると……」

「まあまあ井伊課長。いいじゃないか元気で。それで、この後は？　これから課長の教《キヨウ》養《ヨウ》かな？」

「はい署長。第三会議室で管内概況《かんないがいきよう》、及び、交番勤務の基本を教養します」

「いつから泊まりだい？」

「私の二係で預かりますので、ちょうど、明日からになります」

「確か上原巡査が、東口交番で——」

「——内田巡査が西口です。女子トイレ、女子休憩室は、西口にしかありませんので」

（やっぱり駅前交番、しかも僕は東口交番か……予想はしていたけど、いきなり聴くとキツいなあ……どう考えても繁忙《はんぼう》交番だろ）

「井伊課長、ふたりの勤務日誌は、悪いが私のところまで上げるようにな」

「はい、御下命のとおりに。職場実習記録表も含め、当務《とうむ》ごと確実に御決裁を受けます」

「署長にまでなって、煩《うるさ》くてすまん。だが警察の書類・簿冊《ぼさつ》はね、トップが実際にその眼で検査しなければ、どんどん腐ってゆく——私はそのことを、これまで何度も経験しているのでね」

「もとよりであります。そういえば先日は、ＰＣの運用日誌に記載ミスがあり、大変申し訳ありませんでした。署長に直接、御指摘を受けるなど、警部として恥ずかしいことを」

「いやそれはもういいさ井伊課長。ミスは怒るものじゃない。直させるものだ。それだけだ――では二人とも。愛予警察署のルーキーとして、活躍を期待しているよ」

ありがとうございます。

腹筋を利かせつつ、抑えた声量で感謝を述べる。アキラの淡々とした声がそれに続く。頷《うなず》いた署長は執務卓へ帰り始める。僕がいよいよ回れ右をしたとき――

肩をガシッとつかまれた。いや、身柄を確保された。確保した井伊警部はいった。

「バカヤロウ」

「えっ、は、はい、すみません」

「まだお客さん気分でいるのか？」

「いえ、そのような」

「これから俺の教養だな？」

「はい、そのとおりであります」

「どこでやるんだ」

「…………」

「わざわざ第三会議室といってやったはずだがな。で、会議には誰が出るんだ？」

「はい、井伊課長と、私たちふたりと――」

「――警務課長も出るだろう。辞令読んでるのか警務課付？」

「はい、そうでした」

「警察署の会議では飲物を出すのか？　灰皿は出すのか？」

「…………」

「この警察署三〇〇人のうち、新任巡査より下の者がいるか？」

「いらっしゃいません」

「なら会議室の設営は、誰がやるんだ」

「あっ」

「艫利《ともとし》が泣くぞ」

そういうことか。僕は大袈裟《おおげさ》ながら、電気ショックを受けた気がした。警察学校でさんざんやったはずだ。教場当番《きょうじょうとうばん》。教官は誰か、何人か。授業連絡はあるか。教場はどこか。教場の鍵《かぎ》は。ホワイトボードはあるか。キレイか。水差しその他の三点セット。もちろん、署の会議は学校の授業じゃない。この警察署の設備も分からない。飲物なんかたぶん要らないだろう。けれど、やることの本質は一緒だ。やるべき人間も、ルールで決まっている。そして、自分がこの署の細かいことを全然知らないのは、井伊警部も重々承知の上――

（始まっているんだ。

気を回せ。学校で学んだことを実戦に活《い》かせ。どう動くかをいつも考えろ。大事な情報を聴き漏らすな。そして、『解らないことは何でも訊きなさい』――）

「上原巡査、第三会議室の設営に向かいます」

「内田巡査向かいます」

「庶務的なことは」井伊警部は背中越しにいった。煙草《たばこ》パケを出している。「警務課の糸坂《いとさか》嬢を頼れば、まあ間違いない――五分後に教養開始だ。俺は煙草を吸うのが速いんでな」

第3章 独身寮

10

独身寮の個室。朝五時半に起きる。

今日は職場実習、初日だ。いよいよ交番に出る。

昨日、引っ越してきたばかりだから、全然落ち着かない。

六畳一間。

昔はここに、二人ずつ詰め込んでいたらしい。今、独り住まいを許してくれているのは、プライバシー尊重とか、そういった理由じゃない。単に寮室《りょうしつ》が余っているからだ。寮室が余っているのは、愛予県警では、『巡査部長以上なら独身寮に住む義務がない』からだし、『独身寮住まいを耐えてお金を貯《た》めよう』という先輩が少なくなったからでもある。けど、それ以上に大きな理由もあった——すなわち、より魅力的な、ワンルームマンション型待機宿舎《たいきしゆくしや》が、三年前に落成したのだ。しかも、そっちの方がよほど署に近い。この独身寮からだと、署まで四五分以上掛かるけど、新しい待機宿舎なら三〇分を切る。ところが新任巡査は当然、独身寮の方へ入らなければならない。だから、朝五時半起きになる。

（アキラはいいよなあ。やっぱり女性警察官の方が、なんだかんだいって優遇されてるよ）

アキラは、新任巡査なのに、待機宿舎の一室を与えられた。ただ、これは仕方ないといえば仕方ない。独身寮は、完全に男性用なのだ。大風呂《おおぶろ》もひとつしかない。もちろん寮室にシャワーなんてない。だから、新任巡査でも女警《じょけい》なら、ワンルーム型の待機宿舎に入るしかない。もっとも、あっちはあっちで面倒だ。例えば室内に男を入れることが、懲戒処分の対象になったりする。

（まあ大規模県だと、なんと独身寮が署の上層階にくっついてるらしい。それを考えれば、よっぽどいいや）

とてもじゃないけど、組織のいちばん下《した》っ端《ぱ》の身分で、職住《しょくじゅう》一体だなんて恐ろし過ぎる。術科《じゅつか》の朝稽古《あさげいこ》は絶対に逃げられないし、突発重大事案《とっぱつじゅうだいじあん》があれば叩《たた》き起こされるし、いつ外出したかまでエントランスでチェックされてしまう。愛予県警は、恵まれた方だろう。

寮室には、水道もない。

現時点、あるのは布団《ふとん》一式と、警察学校から送った段ボール一箱だけ。

（隣の電気屋で、とにかくテレビを買おう。ワンセグじゃあキツい）

僕はタオルと洗顔用具をとると、サンダル履きで流しに向かった。この三階建てオンボロ長屋には、各階にひとつ流しがあって、一階にひとつ、銭湯タイプの大風呂がある。僕は本当は朝シャン派だ。けれど、朝のシャワーなんて、半年間の生徒暮らしでは当然許されなかった。そして、この独身寮の給湯施設も、朝は使えないようになっている。水風呂なら二十四時間、浴びていいそうだが……

「オウおはよう。眠れたか」

「あっ寮長《りょうちょう》、おはようございます!!　あまり眠れませんでしたっ」

11

ここは愛予署の独身寮だから、寮長も愛予署員だ。三四歳の巡査長。スエットに袢纏《はんてん》に雪駄《せった》と、かなりくだけている。実は昨晩、挨拶《あいさつ》に行った。艫利《ともとし》教官からも、教わっていたからだ――どこの署でもだが、寮長に嫌われるなよ。まあ、色々な事情があるからな。

（そういえば、あの変な公安課長がいってたな。艫利教官が警部になったのは、三四歳のときだって。すると寮長と同じ歳のとき、もう管理職になったんだ。そう考えると、三四歳

あの人のすごさが分かる）

「そういえば、上原は二係だって言ってたなあ。ならさっそく、泊まりだな」

「はい今日から、東口ＰＢで」

「井伊サン、厄介《やっかい》だろ？」

「井伊課長ですね、はい、まあ」

「三人の地域課長のうち、出世頭だからな。まあ、一年もすりゃあ本部に栄転だろうけどな。俺んとこの第三課長は、そりゃ面白くないだろう。五六歳の警部で、先が見えてるからなあ」

「……井伊課長は、畑《ハタケ》は、何なのでしょう？」

「生安《せいあん》。生経《せいけい》のプロ」

「生経……」

「生活経済さ。特殊詐欺《さぎ》とか、悪質商法とか、ヤミ金とか、ネズミ講とか、食品偽装とか、著作権法違反とか――頭とセンスと根気がなきゃあ、務まらない」

「確かにすごく、仕事、できそうですよね」

「まあ俺よりはできるね」

僕は言葉に詰まった。一所懸命、歯磨きをする。

「なんだよ、そんな顔するなよ。警察なんて年齢と階級で大抵、立ち位置が分かるもんだろ？　まさか三四歳独身・巡査長巡査の俺が、将来の刑事部長のはずがないしな。ハハ」

「ぶくぶく……りょ、寮長の畑は、何ですか……ごろごろ」

「地域《チイキ》」

「えっ」

「いや俺、実はマル暴刑事やりたくてさあ。必死で刑事課にアピール、したんだよね。マル暴と見れば徹底職質《しょくしつ》したし、周辺者の注意報告、無闇《むやみ》やたらに上げたり――でも俺、どうしても刑訴法、苦手でさ。昇任試験の成績、非道《ひど》かったんだわ。刑訴法の成績がやたら悪い奴を、しかも合格すらできない奴を、わざわざ刑事に登用《とうよう》、しないよなあ。刑事専務員試験も、背伸びして何回も志願したさ。けどもう、次の試験に推薦してもらうのも一苦労って感じ？

結局、新任巡査のときからずっと交番勤務、交番勤務。これぞ地域のスペシャリストって奴だな。ハハ」

僕は不安のような、反感のような、不思議な気持ちに襲われた。地域のスペシャリスト。僕が希望してる奴だ。本多署長も、地域は警察官の基本だといっていた。だけど。寮長みたいに、やむをえず地域ばかりやっている人も、いるのだ。

確かに、署の専務に気に入られ、推薦をもらい、専務員試験に通って登用名簿に載らなきゃ、未来永劫《みらいえいごう》、地域警察官だ。雨の日も風の日も交番だ。それはいわゆる、落ちこぼれ……いやそれはさすがに失礼だろう。会社でコースに乗っていない人、というだけだ。

（でもそれなら、僕みたいに最初から『地域警察に骨を埋《うず》めたい』なんて思ってる警察官は、いないんだろうか？　僕は、署長室で志望の話になったとき、会社の常識ではバカだと思われる様なことを、喋《しゃべ》ってしまったんだろうか？）

「まあ俺はさ、どう足掻《あが》いても、無茶苦茶ラッキーでも、警部補止まりだからさ。だから、俺にあんまり気を遣わなくてもいいし、逆に俺も若い奴、虐《いじ》めたりしないから。いるんだよねー、古参の寮長でさ、自分が諦《あきら》めモードだからって、難癖《なんくせ》つけて若い奴の邪魔するバカ。無理矢理大酒飲ませたり、靴磨きばっかさせたり、昇任試験の勉強さえ妨害するんだぜ。でもまあ、機動隊ではチン毛を燃やしたりするからなあ。警察ってとこは、根っから陰湿《いんしつ》なのかも知れないなあ。

だから上原もさ、昨日、わざわざ菓子折り持って来てくれたけど、ああいうのは俺はいいから――おっと、それこそ邪魔しちゃ悪いな。これから出勤だ」

「いえ、まだ大丈夫です寮長」

「いやいやいや。俺たちは車でもバイクでも使えるけど、新任巡査は自転車に電車だろ？

偉そうをいうと、『自転車が突然壊れました』とか、『電車が事故で遅れました』なんて、新任巡査にとっては言い訳にもならないぜ。新任巡査に遅刻はありえないんだからな。余裕をもって出とけ、な？」

「はい、ありがとうございます寮長――寮長は今日は日勤《にっきん》ですね？」

交番は三交替。当務‐非番‐日勤。泊まり‐明け‐昼勤務だ。ただし、これじゃあ週休二日にならないから、実は『日勤』のほとんどは、休日だけど。僕は二係。寮長は三係。泊まりはそれぞれ今日と明日。だから明日泊まりの寮長は、今日は休日。これは警察官なら、すぐ弾《はじ》き出せる。

「ああ日勤さ。だから休みなんだけどなあ、本当は」

「えっ、勤務指定されたのですか？」

「まさか。昇任試験対策委員会に召喚《しょうかん》されたのさ!! 拒否権がないから、勤務同然だけど」

「しょ、昇任試験対策委員会？」

「さすがに知らないか。まだまだ関係ないしな――

ウチのオフクロは、おっと俺の母親じゃないぜ、石川《いしかわ》副署長だが、これまた交通のエースでな。まあ最近の時流は、最大閥の警備を喰い終えつつある、井伊サンの生安だけどな。まあそれはともかく、副署長といえば――しかも筆頭署の副署長といえば、ますます上を狙《ねら》わなきゃいけないポストなんだよ。そしてオフクロは、いってみりゃあ、愛予署の庶務全般の責任者だ。当然、庶務全般が自分の評価に直結する。署内人事もこれに入る。入るどころか、自分の署に『長期未昇任者』がいると、その数に比例して、オフクロ自身の評価が下がるんだよ――ちなみに俺が、その長期未昇任者だけどな」

「えっ、それじゃあ昇任試験に合格しない署員がいればいるほど、副署長としては」

「管理能力を問われて、面白くないことになる。しかも、さっきいっただろ？　最近の時流は、警備から生安。特に人事とか、総務とか、会計とか、秘書官とか――中枢《ちゆうすう》ポストをほとんど制し終えた。生安部門がだ。

ここで、交通畑のオフクロはどう思うか？

交通部門に危機感を感じるだろう？　シンパと影響力を増やしたい、そう思うよなあ。そのためには、こんなことでミソ付けたくないんだよ。ホンネの所は、若い巡査や若い幹部をどんどん合格させて交通に掻《か》っ攫《さら》いたい、俺なんかどうでもいい――ってところかも知れないけどな。もちろん、昇任試験対策なんかよりもっと大事な評価項目は他にあるけど、今のところ、愛予署の売上げは対前年比一四〇％、行ってるからな。そっちは、ホクホクだ」

「だ、だからこの際、長期未昇任者も」

「どうにかしようと。それで、ちっとも巡査部長試験に受からない俺あたりが、会議室に軟禁《なんきん》されて、模擬試験を受けさせられる。極少数《ごくしょうすう》の悪友と、そしてもちろん、大多数の若手優秀者と一緒にな。まあ、そんな絡繰《からく》りだ。模擬試験って高校生かよ、ったく」

「し、失礼します」

「オウ、頑晴《がんば》れよ」

……どうやら警察というのは、特に現場というのは、思っていた以上に摩訶不思議《まかふしぎ》なところらしい。部内で、河合塾や代ゼミの真似事《まねごと》までやってるとは。しかも副署長、つまりは副支店長の強制だという。二二歳新入社員の自分も、十年後、こうして一世代離れた後輩を、巡査長巡査として迎えることになるんだろうか？

12

スーツ姿になって、玄関近くの食堂に行く。バッグも持った。すぐに出られる。

食堂は、二〇席ほどの広さだった。そして机や椅子《いす》の間隔が、やたら離れている。その昔はきっと三〇席、いや四〇席の大食堂だったに違いない。席が少なくなったのは、寮室が個室になった理由と一緒だろう。眺めていたら、管理人さんから声が掛かった。

「おっルーキー、おはよう!!」

「おはようございます!!」

メニューに選択肢はないけど、カフェテリア方式だ。つまり銀のカウンタがあって、奥から管理人夫妻が、主菜と副菜を出してくれる。ご飯と味噌汁《みそしる》は、巨大なジャーからセルフサービスだ。管理人夫妻は通いだけれど、御主人は元自衛官で、やはり昨日挨拶したけどやたらに明るい。

「いよいよ泊まりだね。夜と明日の朝は、欠食《けっしょく》だね」

「あっはい、すみません、お願いします」

社会人の寮だから、昼食は出ない。そして地域警察官は、泊まりの日なら、夕食は交番でとる。明けて寮に帰って来られるのは、平穏無事な勤務で午前一一時過ぎ——つまり、寮の朝食時間は終わっている。

だから泊まりの日の夜と翌朝は、食事がいらないのだ。

欠食届を出しておけば、食材が無駄にならないし、何より寮費で落とされる給食費にも無駄がない。『欠食届』といったところで、食堂に貼《は》られているエクセルシートに◯×をつけてゆくだけだ。ただ欠食届には、もっと切実な意味もある——例えば、非番や日勤の夜、彼女とデートしたいとき。けど僕に彼女はいない。彼女どころか、いま僕の世界にいるのは、自分より目上の人間だけだ。

（人格的に、まったく頼りにできない同期もいるけど……まあ女は女だけど……）

「アッハッハ。艫利さんも、井伊さんも、同じ顔してたなあ」

「えっ」

「あの子たちも、愛予署だったからね。誰にでも最初はあるさ、ルーキー」

プラスチックの盆を渡された僕は、改めて食堂を見渡した。四人しか座ってない。それも、それぞれが極端に離れている。そして、誰もがテレビに正対している——つまり、向かい合って談笑しているような人は、誰もいない。僕は思いっ切り途惑った。しかし。

（あっ、あの留置管理の先輩は）

昨晩挨拶回りをしたとき、いちばん優しそうに見えた先輩巡査だ。少なくとも、いきなりのバカヤロウはありえない。僕はおっかなびっくり、その留管《リュウカン》の、鈴本《すずもと》先輩に近づいていった。

「お、おはようございます!!」

「ああ、上原君か、おはよう」

先輩は箸《はし》も止めない。視線はＮＨＫに固定されている。

「失礼します。前の席、よろしいでしょうか？」

「そういうの、いいから」

「えっ」

「気を遣ってくれてありがとう。だけどね、ここでは自分の時間を自由に遣っていい。食堂や風呂で先輩に気を配る必要はない。疲れるだろ？」

「は、はあ」

「自分の食べたい所で、自分のペースで食べればいい。ほら、みんなそうさ。出勤前に少しでも自分の世界に入っていたかったら、寮室に盆を持っていってもいい。食器は確実に返してほしいけどね。出勤前に世間の動きを知っておきたかったら、こうやってテレビを見、新聞を読みながら食べてもいい。警察官に一般常識は不可欠だからね。

寮長の方針もあるけど、ここは個人主義さ。

上原君に同席を強制する人間もいない。逆に、上原君から同席を強制されても困る――勘違いはするなよ。誰でも君の人生相談を受けるし、誰でも君の指導をよろこんでするさ。いちばん新しい弟だからね。ただ、ここは学校じゃない。社会人の集まりだ。偉そうを言うと、相手と周りをよく見ろってこと。例えばさ、交番で、疲れ切った係長が栄養ドリンク飲んでいるとき、君はその前にドカッと座って、井戸端会議《いどばたかいぎ》を始めるかい？」

「……はい、すみませんでした」

「謝らないように」

「えっ」

「君がここの寮のしきたりを知らないのは当然だ。だから僕は教えた。若干の余計なアドバイスもした。それだけだよ。君がもし叱《しか》られたなら思いっ切り謝れ。けれど、もし教えられたなら思いっ切り感謝しろ。つまり、何でも謝るってのは、実は何も教わってないってことさ——

悪い、俺ニュースが気になるんで」

「はい、すみま……ありがとうございました」

「うん、頑晴れ」

僕は他の先輩同様、テレビに正対する形で独り、朝食を終えた。雰囲気からして、確かに、全員に朝の挨拶を仕掛けるのはためらわれた。けれど、対面して座ることにまで気を遣わなきゃいけないとは、思いもしなかった。

(学校では、自分の時間なんてなかった。そして謝って謝って、走っていればよかった。そうじゃないんだ。朝の時間をどう遣《つか》うかまで、自分の頭で考えるんだ)

玄関を出、自転車を漕《こ》ぎ始める。新聞。テレビ。そんなに大事なことだろうか。警察学校では、新聞の購読が強制されたけど、自分は流し読みだった。それで学校生活、特に困ったことはない。なら寮室に閉じこもって、自分の時間にしようか。でもそれだったら、できるだけ睡眠時間を確保した方がいい気もするし、何より警察官らしくない気もする。

第4章　初出勤

13

──自転車で十分強。

すごい距離を駆けて、独身寮最寄り『白鳥駅《はくちょうえき》』に着いた。駅といっても、私鉄のローカル線。しかも私鉄の拠点駅『愛予市駅』から六駅も離れている。駅前には駐輪場と、小さな地元銀行、そしてスーパーしかない。恐ろしく牧歌的な駅だ。ここから『愛予市駅』まで行き、また路面電車に乗り換えて五駅。『愛予警察署前』で下りると、約四五分で出勤、というわけだ。

(路面電車がもっと飛ばしてくれれば、もう少し短縮できるんだけどなあ)

さすがに戦前の、軍隊の庁舎とあって、愛予警察署の面構《つらがま》えは厳《いか》めしい。

ドスの利《き》いたコンクリ庁舎の自動ドアをくぐる。すると、女警《じょけい》姿のアキラが立っていた。装備品の貸与さえ受ければ、もう交番に出発できるスタイルである。

「おはよう」

「お、おはようアキラ。朝、早いね」

「どうかしら。もう七時を過ぎたわ」

「し、七時半に着換えを終えて集合していればいいって聴いたけど――それにアキラの待機宿舎の方が、署に近いし」

「私たちは何？」

「何って……奴隷《どれい》、いや新任巡査だよ」

「私たちのオフィスはどこ？」

「交番」

「この警察署では？」

「どこにもないよ」

「……それで奴隷とは恐れ入るわ。

辞令はどうなっているの？　そして今日から勤務する課は？」

「辞令は警務課付《づき》で、勤務するのは地域第二課」

「昨日、井伊課長から教養を受けなかった？　この警察署三〇〇人の中で――」

「あっ、まさか!!」

「思い出したのなら、始めましょうか」

「い、井伊課長はもう出勤してる？」

「さいわいにして、まだよ——わざとかも知れないけれど。あの人はそういう人だから」

なんてこった。また試されている。いや、試してくれているのか。

僕ら新任巡査は、この警察署の末端《まったん》にいる。自分たちより下はいない。会議室の件で、学んだつもりだった。でも、何も学んでいなかった。七時半に着換えていれば間に合う。もちろん嘘《うそ》じゃない。けれどそれは、勤務に間に合うだけだ。

僕らは警務課員。席なんかなくても、オフィスは警務課だ。そして今日から職場実習が始まるのは、地域第二課。これもまさかデスクなんかないけど、自分のオフィスだ。すなわち、今日から僕らがお世話になるのは、警察署では取り敢《あ》えず、警務課と地域第二課だ。

そして、職務上の秘密を扱う警察庁舎に、清掃業者など入《い》れない。ましてどこに、お茶汲《ちゃく》みやコーヒーメイカーのセットを外注する会社がある？ 朝の換気。シュレッダーやコピー機の確認。空調は学校みたいに自動だろうか？　いずれにしても、誰かが朝のオフィスを整えなきゃ、仕事は始まらない。その誰かとは？　この署でいちばん下にいる誰かさんだろう。すなわち——

（井伊課長が出勤する前に、どうにかしなくちゃ）

学校にいたときだったら。艫利《ともとし》教官が恐いとか、懲罰が嫌だとか、それが動機だった。

けど僕は今、とんでもない『恥ずかしさ』に動かされ、階段を駆け上がっていた。

14

警務課のドアは、もう開け放たれている。誰かが鍵をもう、使ったということだ。すると中からゴミ袋を抱えて人が出て来る。警務課の係員、一般職のエース、二十歳代半ばの糸坂《いとさか》嬢。いや、糸坂お姉さんだ。

「あら〜おはようライト、アキラ」

「おはようございます糸坂さん!! け、警務課の掃除に来ました!!」

「合格」

「ご、合格……？」

「あたし、最初の朝に掃除に来なかった子は、面会謝絶《めんかいしゃぜつ》にするの——って嘘よ!! あたしそんな意地悪じゃないし。

でも来てくれれば、プレゼントはする」

「プレゼント？」

僕はドキドキしながら嘆息《ためいき》をついた。もちろん恐怖からだ——署の庶務を一手に握る、一般職女性を敵に回したら。面会謝絶になどされたら。あのラスボス第一形態・本多署長だって泣きを入れるだろう。くだらないことだけど、例えば糸坂お姉さんは、署内のボールペン供給を遮断することも、コピー用紙の発注をストップすることも、出前業者の出入りを禁止することも、いや、公用USBキーを使用不能にしてサイバーテロを仕掛けることすらできる。捜査書類を糸綴《いとと》じする綴《と》じ紐《ひも》と錐《きり》がなくなれば、あらゆる専務は商売あがったりだ。

「そうプレゼント。今後、警務課の掃除いっさい免除——っていうか、もともとあたしの仕事だしね。あたしだって係員。警察官でいえば巡査よ？　まだまだ下積み、必要だし。正直、他人に荒らされるのも嫌なの。

それに、あなたたち、警務課にかまっている時間はたぶん、ないわ。地域課のセッティングで、どう足掻《あが》いても十五分二十分は掛かるでしょうから——

あと本当は、署長室のお掃除、お願いしたいところね。昨日から二週間、署長秘書の茜《あかね》の奴、ああ私の同期の一般職の左京《さきょう》茜っていうんだけど、年休で海外旅行なのよ‼

帰ってくるまでは、朝、本多署長のお部屋、掃除してくれると助かるわホント。今朝は私がやったから大丈夫。今度の泊まりからでいい。朝の鍵は私が開ける。前日署長が退勤するとき、署長室ガッチリ閉めて、その大事な鍵は銀行並みのセキュリティを誇る、ううんスイス銀行並みのセキュリティを誇る警務課の金庫にしまうから。ウチの課の金庫ね。あなたたちは実習生。そのあたりは、まだやらなくていい。

しかし茜の奴……

旅行出発直前なんだけどね、署長卓上で充電中の署長のスマホ、雑巾《ぞうきん》バケツの中にぶち込んで溺死《できし》させた、とんでもない女なのよ。あの温厚な本多署長が、怒りで真っ青になったくらいの不祥事ね。あなたたちも気を付けて。

あと、また時間を見つけて教えるけど、署長卓上の写真立てね、あまりいじらないで。角度とか位置とか。これも茜のバカなんだけど、二週間ほど前だったかな、机、拭《ふ》き掃除させていただいたときに、あれは確か……そう、駿府《すんぷ》公園が写っている写真だったわ。それ、邪魔だからって、勝手に応接卓へ移しちゃったのね。応接卓よ!! お客様に写真立て並べてどうするのよ!! 当然だけど、これまた本多署長、顔を青ペンキ、塗りたくったみたいにして激怒されてね。ううん、紳士的で穏やかで、滅多《めった》に怒りはしない方なのよ。けど、どうも茜の奴、署長がツボることとやる癖《へき》が……

そういうわけで、例えば署長室の写真立てみたいに、どこにでも地雷はある。よく調べてよく聴いて、よく観察しないと掃除ひとつできないわよ。そこのところお願いね。精一杯フォローするから」

「ありがとうございます!! そ、そうすると、地域第二課というのは、どこでしょうか？」

「ないわ」

「ない？」

「不思議よねえ。警察の伝統で、地域第一課長から地域第三課長までいるのに、地域第一課から地域第三課なんて部屋、どこにもないのよ。まあ地域は三交替《さんこうたい》で泊まるから、『日替わりの地域課長』が三人いる――ってことなんでしょうけどね。

ゆえに。

二階のいちばん奥に当署最大の大部屋、『地域課』っていうシンプルな名前の課がある。警察署では、そこがあなたたちの担当になるわ。おっと新任巡査さん、急ぐだろうから手短に参考情報。

毎日泊まりの係がいる。だから地域課は不夜城・二十四時間営業。だから署長室と違って、鍵を探す必要はないわ。閉じないもの。そして前の夜の仮眠時間は、七時で終わる。でも、まさか七時ジャストになんて起きはしない。必ず七時前にはデスクへ帰ってくるわ。泊まりをした課長以下のデスク幹部がね。だからもう、昨日泊まった一係の課長以下デスク幹部は、『地域課』に座ってる――というわけ。そして、次に泊まりをする二係の課長以下が出勤するのは、そうね、井伊課長が律儀《りちぎ》だから、七時四〇分あたり。かなり早いわよ――

さて、あなたたちがすべきことは分かる？」

「デスクの拭《ふ》き掃除。フロアの掃き掃除」アキラはあの小さな手帳を開いていた。「ゴミ箱のゴミ回収。シュレッダー専用ポリ袋の確認。コピー機のガラス面磨きとコピー用紙の充塡《じゅうてん》。事務用品キャビネの整頓《せいとん》と足りない備品の発注。公用の共用パソコンが起ち上がっているかの確認。ポットとコーヒーメイカーの再セット。洗い物が残されていれば下げて洗う。灰皿は交換する」

「あらすごいわねアキラ、誰かが教えたの？」

「いえ実査《じっさ》しました。私、マニュアル人間なので。マニュアルを作らないと動けません」

「そうは思えないけどね。あっ補足《ほそく》事項。『地域課』の大ボスは地域指導官という人。警視よ。三人の課長より偉い。奥に個室があるから掃除は入念に。ちなみに、関係者の朝の飲物リストはこれ。砂糖、ミルクその他も書いておいたわ」

「用意して下さっていたんですね」アキラはメモをさっと一瞥《いちべつ》すると、丁寧《ていねい》に折って手帳に挟《はさ》んだ。「整理する手数が省略できました。ありがとうございました。ひとつ、確認させてください」

「どうぞ？」

「七時四〇分からは、ふたりの課長とそのスタッフが、地域課で混在するのですね？」

「……いい着眼ね。そして、実査したなら分かるはず。大部屋だけど、机をギチギチに詰め込んだ、そもそも掃除担当泣かせのオフィスよ。

以上、参考情報でした。

これをどう使うかはあなたたち次第よ。七時に合わせるのか、七時四〇分に合わせるのか、とかね――さあ行ってらっしゃい!!」

15

次の泊まりのときはともかく、今朝はもう時間がない。超特急で地域課の大部屋を整え終わったのは、何と七時三八分だった。しかも、アキラはもうオン・ステージ姿だが、僕は就活のとき作ったスーツのまま。時間がない。あわてて本館三階、地域課控室《ひかえしつ》へ駆け込む。要はロッカールームだ。

(七時半には、制服姿でいなければダメだったのに。

あれ、それにしては無人だけど……)

入口にいちばん近い所にあるロッカーが、僕に新しく貸与されたものだ。貸与といっても、どこのジムにもありそうな、ただのスチールロッカーだけど。

あわててVネックのアンダーシャツと、どうにも締まらないパッチ姿になる。制服に巡査の銀々《ぎんぎん》階級章を留めてから、制ワイシャツを手に取った。白いアンダーシャツは趣味じゃない。けれど色つき・柄《がら》つきは、学校なら懲罰ものだ。確かに制ワイシャツから透けてしまうし、制ワイシャツ姿で職務執行をすることもあるから、仕方ない。

（だけど、鏡は見たくないなあ。二二歳で、すっかりオヤジ・スタイルだもんなあ）

僕はオヤジ・スタイルを隠すように、制ワイシャツに袖《そで》を通した。階級章を最初に留めておくと、『あっネクタイまで締めちゃったのに左胸がスカスカ』というポカを避けられる。

（しかし、合服《あいふく》でも重いなあ。しばらく夏服で、楽しちゃったからな）

春と秋は、合服だ。

その合服の制ズボンを穿《は》いて、やはり官品《カンピン》のベルトを締める。制ワイシャツの皺《しわ》と腰回りを整える。合《あい》ネクタイを締める。最後に上着を着用し、ボタンを留めたなら、警察官のいっちょうあがりだ。いや、正確にいえば、制服警察官のいっちょうあがり。地域警察官は、まだだ。地域警察官は、装備品をつけなければ完成しない。だから、まだ上着は着ないでおく。腰回りが面倒になるからだ。その腰回りとは――
・左腰に、警棒。シャキンと展張《てんちょう》するのは、人にはいわないけど気持ちいい
・背中に、手錠。実戦で使う日が来てくれなければ困るし、来たら恐い気もする
・右腰には、拳銃《けんじゅう》ホルダーを吊る。スミス&ウエッソンが入ると、とにかくヤバい
あとは、腰回り以外の必需品――

・左胸は、今は空っぽ
・右胸は、警笛とその黒い紐

――だから、ロッカールームで用意しておかなければならないのは、警棒＋手錠＋警笛。特に警笛忘れは恐いから、上着の右胸部分を何度も叩いて確認する。OK。あとはロッカーから『帯革《たいかく》』というベルトのバケモノ――まわしだ――を取り出して、これにセッティングすべき腰回り品をチェックしてから、制ズボンのベルトの上に、二重になるよう巻く。カチカチ、カチ。確実に留める。

警察署の外に出る制服警察官は、このまわしに装備品を着装するのだ。裏から言えば、署長・副署長、内勤といった人々は、まさか署内でこの帯革を着けはしない。それはそうだ。例えば、警察署で警棒を振り回す仕事じゃないから――

さて腰回りが完成した。いよいよ上着を着、まわしの位置を整えながらボタンを留める。ブルゾン・スタイルの『活動服』ならこれ以上の調整は必要ない。よりフォーマルな『制服』だと、まわしが上着の下に隠れてしまうから、例えば拳銃ホルダーを、ポケットというかスリットからべろんと出す必要がある。これは、面倒で意味不明なデザインだ……

（これでよし）

ここまでは、警察学校で死ぬほど繰り返していること。どちらかといえばトロい僕でも、まさか三分掛からない。ベテランなら、一分未満という数字も考えられる。

（結局、誰も入って来なかったなあ）

僕はまた駆けた。新人は駆けるものなんだろう。さっきアキラと掃除した、二階奥『地域課』の前でカッ、と止まる。急いで息を整え、井伊警部がもう座っているに違いないオフィスに入った。

このオフィスは、キレイに三つの島《シマ》に分かれている。

向かって右から一係、二係、三係。別段、民間企業のオフィスと変わるところはないはずだ。民間でいう上長《じょうちょう》、警察でいう上官のデスクが頭というか奥にあり、そこから二列にスチールデスクが並んでいて、それが一つの島になる。

そしてもちろん、井伊地域第二課長は二係だから、真ん中の島の頭に座っていた。よく見れば、エクセルシートの束を左に置き、すごいブラインドタッチでパソコンを叩いている。ルーキーの僕は若干、腰が引けた。けど、とにかく井伊警部の指示を受けないことには、何も始まらない。自分は今日、具体的に、どう動けばいいのかすら、全然分からないのだ。

（アキラがいてくれたらなあ。でも着換え終わってたし、指示も受け終わったんだろうなあ）

僕は勇を鼓《こ》して、二係と三係の狭間《はざま》ルートを進んでいった。各課長の席はいちばん窓側。すなわち入口からいちばん遠い――遠い道程《みちのり》――

「おはようございます!!　上原巡査、出頭しました!!」

16

「……バカヤロウ」

「やっぱり」

「やっぱり、だと?」

しまった、と思ったときは遅かった。いつだったか、誰かが言っていた。『吐いた唾《つば》は飲み込めない』と。でも、何を言っても、何をやっても、新人の自分が受ける言葉は『バカヤロウ』なんじゃないか。そう諦《あきら》めていたのも事実だ。

(総合成績、三一番だしな……)

「なにがやっぱりだバカヤロウ」

「いえ、その、つまり、自分がバカヤロウであることがヤッパリなのでありますっ」

「お前にしては、上々《じょうじょう》の切り返しだ――では何故お前がバカヤロウなのか教えてくれ」

「そ、それは……自分は、警察官として、あたかも、すべからく辨《わきま》えがない、からで」

「そのすべからくは誤用だぞ。

公安課長は何と言っていた」

「こ、公安課長でありますか？」

「現場に出る新任巡査にとっていちばん大切なこと。『卒業配置の心構え』で聴いたろう」

「………」

井伊課長は学校教養の、それもたった一コマの内容まで押さえているのか。この人だったら、そうかも知れない。あらゆる授業日誌は、艫利《ともとし》教官からカンタンに手に入るから。

（けど、それにしても。初任科はトータル半年間もあったんだけど……）

いずれにせよ僕は、あの変なキャリアの発言など覚えてはいなかった。思い出す気にもなれなかった。ハードディスクから完全に削除したことは、自分がいちばんよく分かる。仕方なく、黙っていた。黙らざるをえなかった。

だから、井伊課長が次に発言したことが、全然理解できなかった――

「そうだ上原巡査。そのとおりだ」

（えっ、バカヤロウじゃないのか……でも何がそのとおりなんだ？）

「公安課長はそういっていたな。現場に出る新任巡査にとっていちばん大切なことは、『答えを焦《あせ》らないこと』だと。よく覚えているじゃないか、ん？

朝飯をしっかり食べてきたからかも知れんな。どうだった独身寮のメシは？ 食堂で留置管理の鈴本巡査と鉢合《はちあ》わせ、しなかったか？」

「あっ、はい、今朝食堂で」

「あいつは説教好きだからな。悪い奴じゃないんだが、まあ水に流してやってくれ、な？」

「それは全然……うっ」

「ん？ どうした。俺と世間話ができないか？」

（答えを焦るな。答えを焦るな――もう忘れる所だった）

カシャカシャカシャ。カシャ。カシャカシャ。井伊課長は淡々と実務を続けながら、いや、実務を続けるふりをしながら、僕の態度を観察している。いくら鈍い僕でも、もう課長のやり方が解ってきた。井伊警部は徹底している。僕の実態把握も徹底しているし、僕の育成方針も徹底している。それはきっと『一度教わったことを、実戦で活《い》かせる巡査にする』というものだ――艫利教官もそうだったし、実際、そう言っていたからよく分かる。

チャンスは与える。ヒントもちゃんと出す。突き放すことは、しない。

どれだけバカヤロウバカヤロウと罵倒《ばとう》していても。

だが、必ず実戦で試験をする。それも、確実に教え終わったことを。教え終わったことを、自分の頭で考え、どんな状況でも出力できるかどうか、試験をする。そんな井伊課長の発言には、ひとつの無駄もないはずだ。だとしたら。『今朝の食堂の話』を出した理由は何だ？　食堂であの先輩巡査は何を言った？

（答えを焦るな。答えを焦るな――）

僕は井伊課長に向き直った。姿勢を正す。

「……もう一度、朝の挨拶《あいさつ》からやり直させてください。願います」

「許可する」

「失礼します、井伊課長。上原巡査です。勤務時間前の、お忙しいところ申し訳ありません。本日の職場実習の指示をお願いします」

「ふん。言葉遣いの問題じゃない――ってことは、解るな？」

「はい、よく解りました」

「お前は巡査、係員だ。

もし相手が警部で課長なら、礼を尽くせとはいわん、気働《きばたら》きをしろ。課長は寝ているのか。雑談しているのか。仕事をしているのか。アトの予定はあるのか。警察官でなくても一緒だ。係員が課長に決裁を持ってゆく。そのとき相手が多忙だったら。いきなりおはようございますビックリマーク付きは無いわな。社会人は、互いに給与もらって、互いの仕事をしているんだ。課長に時間を割いてもらうなら、それなりの組立てがいるだろう。相手が、気持ちよく。自分の段取りも、スムーズに。くだらんことで怒らせたら、それこそ時間の無駄遣いだ。その気働きと観察のできない奴が、どうやって職質《しょくしつ》で不審者の観察をする？

　それから。

　名乗ったら相手が段取りしてくれるのは警察学校まで。ここは職場だ。実戦の場だ。新社会人が、係員が、いきなり課長の所へ行ってだ。『おはよう、俺だよ、頼む』みたいな挨拶をしたらどうなる？『何を頼むんだコラ、あァ？』となるだろうがよ。社会人の仕事ってのは、相互作用だ。お前は、俺を動かしたいと思う。俺は、それに対応せにゃならん。だとすればだ、上原巡査。端的《たんてき》に用件が明らかにされない限り、何も始まらない。こうしてください。こうしたいと考えます。これはどうなりますか——

　キャッチボールだよ。

　その気働きと目的意識のない奴は、『オイコラ警察だ』って職質する奴だ。ハァ？警察だからなんだよ、となるわな。『今晩は、警察です、防犯警戒やってましてね、ちょっと持ち物、見せてもらっていいですか？』とは雲泥《うんでい》の差になる。

　すべては地続きだ。
寮の食堂であっても、警察署の課内であっても、まさに路上・街頭でも。それが現場だ」

「はい、すみま」謝ってはいけない。「ありがとうございました、課長」

「ふむ。そういえば、地域課の掃除をしてくれたそうだな?」

「自分の仕事であります」

「何故だ」

「うっ……」口頭試問《こうとうしもん》は続く。答えを焦るな。「……し、新任巡査の職務であります」

「掃除した後は気持ちがいいな?」

「はい、課長」

「さっきのやり直し挨拶も気持ちがよかった。こうしてパソコンの指も弾む。まさか、新任巡査を怒鳴りつける気にもならん。これからも俺の気持ちをよくしてくれ、頼むぞ」

「い、いいえ」

「ん?」

「じ、自分は、愛予署のすべての職員がよい仕事をできるよう、新任巡査のこの職務を果たします」

「ああ、そうだな。どうせ媚《こ》びるなら全員だからな」

「いいえ、その……気持ちよく働いていただければ、職場の雰囲気がよくなります。職場の雰囲気がよくなれば、たぶん、いえ必ず実績が上がります。だから自分は」

「よろしい。社会人の『気持ちよく』ってのは、実は精神論なんぞからいちばん遠いものだ——」

その職務を思い出させてくれた、アキラにも感謝をしておけよ。

意外な結果だった。俺は本当に気持ちがよくなっている。退《さ》がってよし」

「ありがとうございました。上原巡査、退がります!!」

「バカヤロウ!!」

裂帛《れっぱく》の気合《くうき》と腰の入ったバカヤロウが、地域課内に響いた。

「おまえ何しに来たんだ。俺の指示を受けに来たんじゃないのか!!　すっトボけた態度とってんじゃねえぞ、この新任巡査!!」

（そんな、騙《だま》し討《う》ちだよ。感動モードにさせて……怒鳴りつける気、満々じゃん……）

そんな僕の泣き言すら、井伊課長の掌《てのひら》の上だったようだ。井伊警部はたちまち平常モードにもどって、告げた。

「すべては地続き。警察官は常在戦場《じょうざいせんじょう》だ。覚えておけ」

第5章 朝会

17

九時○○分、訓授場で朝会。

署長の臨席する朝礼が入ることもあるし、装備品の点検という礼式が入ることもあるけど、この日は特別な行事がなかった。すなわち——

地域部門のトップである地域指導官が頭で『校長先生のおはなし』みたいな一席をぶち、次いで地域課長、次いでデスク係長が実務的な指示をして、表彰される警察官の表彰式があり、今日の当番(!!)の三分間スピーチがあり、さあ事故に気を付けて二十四時間頑晴《がんば》りましょう、みたいな感じで締まる。

ほとんど学校。それも、警察学校じゃなくて中学・高校のHRのノリだ。確かにわんさと座ってるのは、全員制服姿だけど。そして係長＝警部補以上の実務的な会議は、この朝会の前に終わっているとか。ならそっちは職員室の、職員会議ということになるだろう。

イレギュラーだったのは、新人紹介。

警察の所属では、新たに配置された者は、まず自己紹介というか着任挨拶をしなければならない。これは、制服でも私服でもそうだ。どこの民間企業でも、きっとそうだろう。そして、今日現在でいえば、新たに配属された者というのは、二人しかいない——

「初任科第一六九期を卒業し、愛予警察署に配置されました上原頼音《らいと》巡査です。趣味はサッカーと囲碁です。出身は諏訪《すわ》警察署管内です。両親と妹がいますが、彼女はいません。警察学校で学んだことを活かし、先輩方のような一人前の警察官になれるよう頑晴ります。どうぞよろしくお願いします」

「同じく内田希《あきら》巡査です。学んだことしかできません。できるだけ自分の眼で盗みます」

それぞれに拍手が起こる。それも学校みたいだった。転校生を迎えるクラスメイト。丁寧に拍手する人。親切で拍手する人。適当な拍手をする人。我関せずの人——

(これだけの人数がいるんだ。色々な人がいて当然だ)

——朝会が終われば、とうとう、交番へ出発となる。

交番へ出発する前には、手帳と拳銃を装備する。これで地域警察官は九〇%、完成だ。手帳は地域課のオフィスに、鍵《かぎ》の掛かる箱入りで保管されている。一冊一冊差し込める、スリットの入った箱だ。自分のを受領したらすぐ、左胸ポケットに、手帳から伸びた紐《ひも》をくりつける。警察手帳はそこそこ出し入れするのだから、しっかり縛っておかなければ、職業人生上、かなりイタいことになりかねない。

拳銃は、愛予署では、副署長室の隣に保管されている。その副署長室は、地域課から遠くない。というか廊下のすぐ先だ。入れば右手に署長秘書と、署長運転担当のデスク。そして左手奥にはデーン、と副署長の執務卓がある。何故、左手奥かというと、左手の手前側は、署長室への入口だからだ。要するに、副署長室に入ると、まず左手に署長室のドア、それに対面して署長秘書・運転担当のデスク、奥に進むと左手に副署長席、右手に拳銃保管庫入口がある——ということになる。

そして、署員が三〇〇人規模ということは、地域課のひとつの係には、四〇人近くの制服警察官がいるということ（やっぱり中学校のノリだ）。すると、いざ拳銃を受領するときは、副署長室の中から廊下にまで、順番待ちの列ができる。並んだ地域警察官は、防空壕《ぼうくうごう》を思わせる拳銃保管庫の中で、厳重に管理された拳銃を、もちろんキチンと記録されながら、自分でも確認しながら、受領するのだ。拳銃保管庫は、警察署でいちばん密閉度が高く、いちばんセキュリティが強い所。銀行の地下金庫室というのは、見たことがないから広さが分からないけど、きっと、こんな感じに違いない。

——拳銃を着装すれば、もう、出発あるのみ。

さっきまでは意識もしなかった帯革《たいかく》が、スミス&ウエッソンを右腰に着けただけで、ズーンと腰に響いてくる。それはそうだ。警棒＋手錠だけの重量と、それに拳銃が加わった重量とでは、誰が考えても段違いだから。地域警察官は、二二歳だろうと、五九歳だろうと、このジワジワ腰に来る重量に、耐えなければならない。

18

「おーい、上原」

「あっ、赤間《あかま》係長」

周りは、自分の役割と立場を知っている先輩たちの波。

それに、あわあわと揉《も》まれているだけだった僕は、赤間警部補の姿を現認《げんにん》した。そして、ホッとした。

（やっぱり、ダルマだなあ）

体型といい、赤ら顔といい、どこか達観《たっかん》した感じといい。それでいて、どこかユーモラスなところといい。どう見てもダルマである。訥々《とつとつ》とした口調の、どちらかといえば寡黙《かもく》な人だ。合服のズボンも、帯革も最大サイズ。いや特注品かも知れない。もちろん井伊課長から紹介を受けていた。いや紹介どころじゃない。この赤間警部補こそ、愛予駅東口交番の責任者であり、さらに、愛予駅東口ブロックの『ブロック長』でもあった。

この眼前の、酒酔い顔の、五五歳の警部補が、その『東口ブロック』に属する三の交番を仕切るのだ。警察署を離れてしまえば、警部以上は誰もいないから。

「まず、課長の所に、申告に、行かなきゃいかんだろう。出発の、申告だろう」

「はい、了解です」

「なに、隣にいりゃあ、いいだろう」

「はい、了解です」

赤間係長はズンドンと人波を掻《か》き分け、地域課の大部屋に入って行った。

（あれ？　係長と僕だけだ……）

東口交番の先輩たちは、出発の申告をしなくていいのだろうか。

「あの、係長、よろしいでしょうか」

「うん、何だろう」

「交番に出発するときは、勤務員全員で申告しなくてよいのでしょうか？」

「そりゃ、無理だろう」

「は、はあ」

「学校流なら、そうなんだろう。

ただ、この大部屋を見ろ。狭いだろう。全部の交番の、全部の勤務員は、入らないだろう。それぞれが、全員で挨拶に来たら、芋《いも》の子を洗うように、なるだろう。芋の子を、揉《も》んでいたら、デスクから、大事な書類が、消えるかも知れんだろう。俺たちは、俺たちで、装備品が、消えたりもするだろう」

「あっなるほど」

「……いや、まだ半分しか、話しちゃいないだろう」

「し、失礼しました」答えを焦《あせ》るな。答えを焦るな。「すると、もう半分というのは」

「通勤時間帯だろう」

「つ、通勤時間帯、でありますか？」

「通学でもいいだろう。駅前や、市街地が、騒々《そうぞう》しくなるのは、何時頃だろう」

「それは、ええと……」自分の頭で考えろ。自分の頭で考えろ。「……自分の経験では、だいたい、朝七時から朝九時くらいが、ピークだと感じました」

「まあ、そうだろう。愛予なら、七時前は、早いと感じるだろう。九時だったら、始業だろう。公務員なら、勤務時間は、八時半からだろう。

俺たちの交番は、駅前交番だろう。

その時間帯は、お客さんが多いってことだろう。警戒する必要も、多いってことだろう。俺たちが、朝会に出ているときが、その時間だろう。

なら今朝、駅前交番にいたのは、誰だろう？」

「一係の勤務員の方です。前夜の泊まりの方です」

「そうだろう。理屈では、八時半に勤務を始めて、八時半に終わる、勤務員だろう。勤務は、二十四時間だろう」

「はい、そうなります」

「なら、八時半には、上がりたいだろう」

「あっ、それは、はい、そうです」

「だが、八時半に、上がっていいか？」

「……よくありません」

「そうだろう。いちばん、お客さんが、多いときに、仕事、上がれないだろう。公務員の理屈は、通らないだろう。だから、泊まり明けの朝は、九時過ぎまで、警戒を、せにゃあならんだろう。いや、それだけじゃ、ないだろう。交番は、二十四時間営業だろう。俺たちが、引き継ぎに行かなきゃ、九時過ぎどころか、五時六時になっても、一係、帰れないだろう」

「はい、確かに」

「だから、俺は、勤務員を分ける。朝会が終わったら、俺の勤務員を分けて、先発隊を出す。先発隊に、なるべく早く引き継ぎさせて、一係を、解放してやるためだろう。誰だって、朝は、早く帰りたいだろう。そして、先発隊を出せば、どのみち、俺の勤務員は、全員そろわないだろう。だから、俺は、井伊サンに頼んで、出発の申告は、俺だけが、やることにした。これが、理由だろう――

「意外にな、上原」

「は、はい」

「警察の、やることには、いちいち、理由がある。くだらんこと、一つ一つに。それが、いつも正しいとは、限らんがな」

ここで赤間係長は、酒酔い顔をいっそう赤らめた。どこか恥ずかしがるように、ドスドスと地域第二課長のデスクへ向かってゆく。そこへ僕が顔を向けると、急に、井伊課長の顔がパソコンに落ちた。そんな気がした。

（そういえば、本多署長がいっていた――『何でも教えろ、出し惜《お》しみするなと全署員に指示してある』って。そして井伊課長は、自分の頭で考えるためのヒントを、惜しまない人だ。この寡黙そうな赤間係長が、いきなりあんな教養を始めたのは、きっと）

交番で僕を預かることになった、赤間係長。きっと赤間係長には、『自分で考えさせる素材を、新任巡査に叩《たた》きこめ』という指示が下りているに違いない。

独りじゃないいんだ、という安堵《あんど》。

すべてが試されている、という戦慄《せんりつ》。

それらをひしひしと感じながら、あわてて赤間係長の巨大な背を追った。

（逃げられない――井伊課長からは、逃げられない）

19

赤間係長は、朝方の僕みたいに、課長卓の右脇《みぎわき》に立った。踵《かかと》を合わせて気持ち、胸を張る。

「東口勤務員、出向《しゅつこう》します」

「よろしく頼みます」

井伊課長は、僕に気合《くうき》を入れたときとは違い、椅子《いす》から立った。正面から赤間係長を見据え、指示をし始める。赤間係長は緊張した姿勢を解き、私物の手帳を取り出す。

「東口、東口ですね――

第一に、やはり通学路警戒です。住民感情がとてもナーバスになっています。見せる警戒にシフトしてください。パトカードの投函《とうかん》、しつこいほどお願いします。

第二に、そうはいいながら検挙、落ちてます。夜間検問もいいですが、この際、思い切った繁華街シフトをとることも、検討してください。シャブに行ってください。

第三に、先の公安委員会で指摘された傘差し運転。まさに今夜は、雨になるそうです。公安委員の先生からまた御下問《ごかもん》があると、本多署長もう立場がありません。よって、切符対応でお願いします。ただし、地域住民を怒らせてもまずい。寄《よ》り戻《もど》しに十分、配慮してください。

第四で最後ですが、黒川査長《くろかわサチヨウ》の件。ワイシャツの襟《えり》と靴にはお気付きですね？」

「……面目ない。私に免じて、もう一当務の、チャンスを。お願いします、課長」

僕は足下に目線を落とした。赤間係長の靴も、井伊課長の靴も、顔が映るほどピカピカである。

「赤間係長の温情は解りますが、今夜の巡視で指摘事項があれば、私が指導をします。今更ですが、署長も、臨機の巡視を大変好まれますから。署長に知られ、問題が大きくなってからでは、かえってマズい……

以上四点ですが、赤間係長の方から何か、ありますか？」

「一件、失礼します、課長。上原巡査ですが、単独職務執行に、問題は、ありますか？」

「認めます。ですが、見取《みと》り稽古《げいこ》の段階です。やってみてから、やらせてみてください」

「了解しました」

「上原巡査は、特に地域《チイキ》に思い入れがあります。指導部長の白石《しらいし》には伝達してありますが、ぜひ赤間係長のワザも、見せてやってくれませんか？」

「……私の同行指導《どうこうしどう》、ということだろうか」

「そうです。それも伝承教養《でんしょうきょうよう》です」

「了解です、課長」

「さて、と──なあ上原」

（さあ始まったぞ、今度は何だ）

五五歳の部下に礼を尽くしていた井伊課長は、口調まで変えて僕を見据えた。

「警察学校ってさ、卒業試験の前になると、教官室の人口密度が高くなるよなあ──あれは何故だ？」

「ああ、それなら教官を取り調べて、いえ教官に質問攻勢を掛けて、試験問題か、少なくとも出題分野をゲロさせるためです」

「だよなあ。俺もやったよ。まあ艫利《ともとし》だったら、逆にお前らがどこにヤマ張ってるか、ゲロさせてたはずだけどな──」

そこで、想定だ。

想定。〈君は偶然にも、学校長と教官が試験問題について検討している室へ、茶を搬《はこ》べと命ぜられた。テーブルをキレイに拭《ふ》いてこいとも命ぜられた。さあどうする？〉」

「それは……儲《もう》けものですから、許されるならメモするか、録音するか」

「誰でもそうするわな。

なら何で、今のお前はそうしない？」

（今の僕？　試験問題？　メモする……あっ!!

試験問題ってのは、東口交番の重点課題。井伊課長は、実績の問題まで指示している

じゃないか）

こういう勤務をやれ、ということは、これを評価するぞ、ということとそのものだ。それなのに、僕はただ係長の隣に立って、聞き流していただけだった――まるで他人事みたいに。メモも用意せずに。

すべては地続き。

警察学校でなら嗅覚《きゅうかく》の働くことが、どうしてこんなにできないのか。赤間係長がキチンとメモしているのを、目撃しているっていうのに。

（そして井伊課長は今朝、『社会人の仕事は相互作用』だといった。コミュニケーションだと。だのに僕は今、自分を閉ざしていた。それは、社会人として、給料分の仕事をするのを、端《はな》から放棄してたってことだ……）

そもそも社会人なのに、すぐメモがとれるよう手帳を買ってなかった自分が、どうにも恥ずかしい。

「あ、ありがとうございました!!」

「ほう、謝らなくなったな――赤間係長、員数外《いんずうがい》が御迷惑をお掛けしますが、係長を信

頼してお預けします。若手は警察の宝です。どうかよろしく頼みます」

「井伊課長そんな——頭を上げんと、いかんだろう。あんたほどの人が、それは、いかんだろう。

赤間警部補、愛予の宝、責任をもって預かります‼」

第6章　交番

20

警察署から交番までは、自転車だ。

あの白い、警察御用達《ごようたし》の、荷台にボックスが付いてるカッチリした自転車。一列縦隊《いちれつじゅうたい》で、交番まで。ショートカットの裏道を、ただ疾駆《しっく》してゆく。学校でも叩き込まれていた。二列になるな。無駄話は一切するな。歩道は避けられるだけ避けろ。事故は論外。自転車とはいえ、人身でも物損《ぶっそん》でも懲戒ものだぞ。それから、現場警察官はすごいスピードを出すから、遅れるな焦《あせ》るな。

（確かにすごいスピードだ。そして、住民の人の視線）

制服警察官が列を成して飛ばしているのだ。まず見ない方がおかしい。そして朝会の様子。警察官にだって、色々な人がいるのだ。なら地域住民は、もっとバラエティに富んでいるだろう。

（もちろん、大の警察嫌いもいるはずだ。今朝は何故かムシャクシャする、という人

も）

要するに、警察官が二列走行で談笑してたり、本来走るべき車道を使わなかったりすれば、それだけで警察不祥事だ、一一〇番だ——という人もいるわけだ。法令を守り、模範的な職業人であることはもちろん大切だ。けれど、仕事をしていく上で、無駄なコストや無駄なトラブルは極力避ける。それもまた、社会人として当然のことだ。

（すべての指示には理由があり、その理由には裏がある。自分の頭で考える）

すっかり井伊イズムの洗礼を受けた僕は、そんなことを思いながら、とうとう愛予警察署・愛予駅東口交番の駐車場にたどり着いた。

21

すぐに自転車を置き、壁際《かべぎわ》に整え、赤間係長の後に続いて交番に入る。すると、ダルマ係長が相撲《すもう》取りのような声でいった。

「赤間、現着《ゲンチャク》」

「お疲れ様です!!」

交番のカウンタ奥から声が掛かる。先発隊の二係員、つまり僕の先輩方だ。もう一係からの引き継ぎを、すっかり終えた後だろう。

――交番に、到着したら。

地域警察官『最後の装備』を着装しなければならない。無線機だ。僕自身、まだ民間人のとき街でよく見た。電話みたいなコードでビヨンと肩に掛けられてる、マイクみたいな奴《やつ》。あれはまさにマイクで、無線機の本体は、例の帯革《たいかく》にくっつけなければならない。これまた、拳銃とならんで重い装備だ。学校では、年々軽量化が進んでいると教養を受けたけど、まさかガラケー、スマホの軽さというわけにはゆかない（ちなみに地域警察官用ガラケーは、愛予県警も開発済みで、既に実戦配備されつつあるらしい。でも何故ガラケーなんだろう？　警視庁なんて、公用スマホを導入してるって話なのに）。

ここで、地域警察官の無線機には二種類ある。

今、僕が交番で装備したコードでびよん型は、『愛予警察署用の無線機』だ。ハードは全国統一規格だけど、基本的に、愛予署の地域課員としか通話できない。堅い言葉でいうと、このコードでびよん型の指揮系統は、愛予署の地域課にある『リモコン』がトップになって、交番に流したい指示を、バンバン飛ばすものだ。もちろん無線機だから、交番勤務員の側も『リモコン』と通話できるし、交番勤務員どうしですら、会話することができる。あの中学校みたいな雰囲気からも分かるとおり、かなりくだけた会話も、まあ、許される。

そして、この『署用無線機』以外にもうひとつ、『県警用無線機』といえるものがある。

ハードからして違う。そしてそもそも、交番勤務員はそれを持たない。愛予署なら、専務《センム》に当直、それからパトカーが持ってるだけ。これらからは、県警本部の通信指令室と、直接やりとりできる。逆に言えば、県警本部の通信指令室は、交番とはやりとりしない。『本部－署』『署－交番』で、無線の系統が違うのだ。

だから、どちらも大切だけれど、命綱《いのちづな》ともいえるのは『県警用無線機』の方。したがって、こちらは、テレビの特番で時々流れるような、あの流暢《りゅうちょう》・独特な無線口調で、厳格な通話が行われるのだ。

もちろん僕は交番勤務員だから、それを着装する必要がない。僕が着装する必要があるのは、県警用無線を傍受《ぼうじゅ》する機能しかない、『受令機《じゅれいき》』と呼ばれる薄型ウォークマンみたいなものだ。県警用無線が聴けないと、素早く立ち上がれない。でも、こちらから県警本部に喋《しゃべ》る必要は、ない。すると、ラジオ的な、聴けるだけのものがあればいい。だから受令機だ。

その受令機を胸に入れ、イヤホンを片耳に挿《さ》し、腰に署用の無線機を着装し、マイクを肩に差し掛ければ――ようやく、地域警察官が一〇〇％完成する。階級によって装備品の違いはないから、二三歳巡査の僕だろうと、五五歳警部補の赤間係長だろうと、ハードとしての違いはない。ソフトとしては……いうまでもないだろう。

22

「ようし、いいだろう」

赤間係長は、東口の先輩をカウンタ内に集めた。

「朝会で、聴いたろう。この当務から、二箇月、上原が、ウチに泊まるだろう。純増《じゅんぞう》だ、嬉《うれ》しいだろう。みんな、自己紹介を、してやったら、いいだろう」

階級社会は便利だ。こういうとき、誰から始まって誰で終わるのか、最初から決まっている。だから、口火を切るのがナンバー・ツー。締めくくるのがいちばん下。もちろん、この東口交番のいちばん下は、もう僕だから、その人さえ直近上司になるのだけれど。

「東口主任の葉山《はやま》だよ、そう緊張するな」

「主任の白石《しらいし》だ」

「班長の黒川《くろかわ》ね。まあ、ボチボチやろうや」

「もう会ってるけど、係員の青海《あおみ》です。艫利《ともとし》教官から聴いてる。一緒に頑晴《がんば》ろう」

「ありがとうございます、上原頼音《らいと》です、御迷惑をお掛けしますが、精一杯やります」

嬉しいことに、今、交番にお客さんはいなかった。大きな拍手が交番をつつむ。出し惜しみしたり、無視したりする人は、東口交番にはいないようだ。もっとも、五人＋新任巡査一人で、和を乱すようなことをしたら、目も当てられないだろうけど。なにせ、来る日も来る日も三日に一回、必ず二十四時間、顔突き合わせるメンバーだから。僕はきっと五年以上、愛予署にいなければならないのだから。

「指導部長は、ええと、白石だったろう」

「はい赤間係長。本多署長に命ぜられております」

……僕は正直、げんなりした。

指導部長というのは、新任巡査を指導する巡査部長だ。府県によりけりだと聴いたけど、愛予県警の伝統では、巡査が巡査の指導をすることはない。

それが第一の不幸だ。

例えば、青海先輩。もし青海先輩が、僕の指導担当だったなら……この人は独身寮に住んでいて、何とわざわざ、僕の寮室へ挨拶に来た。柔らかい感じの眼鏡を掛けた、文学部肌の、嫌味のない学級委員タイプの人。先輩のことをよく知らなかった僕は、『きっと一年先輩くらいなんだろう。優しい人なんだろう。実務も自分と同じ程度なんだろう』とか思ってしまったけれど——何と三年先輩で、この春の部長試験に合格していて、職質実績優秀とかで『本部長賞』と『地域部長賞』をゲットしているバケモノと知って、愕然《がくぜん》とした。

（確かに二年の禁止期間が明ければ、部長試験は受けられるけど……そんなの採用パンフ用の釣りだろ。それに本部長賞って、地域部長賞って……シャブ、獲《と》りすぎだろ）

そんな青海先輩であれば、巡査どうしと言ったって、上下関係は明らかだ。まさか、比較対象にもならない。しかも、部長試験に通っているのだから、来春には異動。後腐《あとくさ》れもない。それに、そこまでの達人であれば、きっと学べることだらけだろう。『優しくて優秀で期間限定の先輩』――これだけ理想的な指導者がいるだろうか。僕にとって理想的、という意味でしかないけれど。

（でも、変な伝統がある。係員つまり巡査である青海先輩は、指導担当にはなれない）

そして、僕の不幸の第二――

指導部長は、実務能力と指導能力に秀《ひい》でた者でなければならない。そう決まっているらしい。しかしそう決まっているのには、やはり理由があり、裏がある。

艫利教官がいっていた。

ここでいう『実務能力』ってのはな、翻訳すれば、勤評《きんぴょう》だ。具体的にはいえんが、一定以上の者でなきゃあ、署長はソイツを指導者に任命できない。そして『指導能力』ってのはな、これも翻訳すれば、学校成績だ。頭がいいか悪いかって話だからな。これも具体的にはいえんが、一定以上の者でなければ以下同文だ――要するに。

指導部長が、『まあお茶でもどうですか？』みたいな優しい爺《じい》ちゃんだってことは、制度としてありえないんだよ。学校でもギリギリ勉強して結果を出して、署でもバリバリ売り上げて実績出してる巡査部長しか、指導部長にはならない。なら、鬼軍曹《おにぐんそう》でない確率の方が、まあ、少ないだろうな。

　どうだ上原、我が社は後輩思いだろう、ん？

（同じ巡査部長なら、葉山主任の方が、よっぽどよかったのに。それにしても、警察って所は、学歴社会だ。一般の大学じゃない。警察の中の学校の学歴が、本当に物を言う）

　葉山主任は、見たところ四十歳代ちょっと過ぎだろうか。老《ふ》けて見える。頭がかなりテカテカし始めているからだ。赤間係長ほどじゃないけど、恰幅《かっぷく》もいい。そして何より、夜間学校の人情教師みたいな、温和さにあふれている。

（ところが、白石主任ときたら……）

　艫利教官が泣いて喜びそうな、レンジャーカットの鬼軍曹である。まだ交流はないが、もう眼からして違う。なんで睨《にら》んでるんですか、と泣きを入れたくなるそんな眼だ。

『趣味は腕立てだ』とかいわれても、納得するしかないタイプ。

（確かに若い。ひょっとしたら一〇歳、違わないかも知れない。それで指導担当の巡査部長だから、やっぱり署のエース級。『実務能力と指導能力に秀でた』って奴か……）

仕方ない。

決まったことは決まったことだし、ルールがある以上、これは避けられなかったことだ。そして新社会人としては、いつまでも悪い感慨に浸っているわけにはゆかない。取《あ》り敢えず、東口交番五人の顔と名前と職。すべて一致させないと。それこそ白石主任に殺されるかも知れない。

——僕は、コードネームを付けることにした。要は綽名《あだな》だ。死んでも口外できないけど。

（赤間警部補は、係長で、ブロック長で、ダルマ。

葉山部長は、主任で、ゲーハー。白石部長も、主任で、レンジャー。

青海巡査……青海先輩は、係員で、王子様。

あれ？　四人しかいないぞ）

僕はもう一度、東口交番の面々をそっと見た。忘れていた。黒川、という巡査長だ。年齢が読めない。四十歳代後半？　五十歳代前半？　とにかく髪はシルバーグレイ。笑い皺《じわ》のような、顔の線がとても深い。銀縁眼鏡を掛け、ちょっと制帽を傾けている。不思議な笑みを絶やさないけど、そして上手《うま》くいえないけど、それは、王子様の微笑《ほほえ》みとは全然ベクトルが違う。そんな気がする。

（とにかく、黒川査長は、班長で、ええと……ボチボチだな。

だから偉い順に、ダルマ、ゲーハー、レンジャー、ボチボチ、王子様だ。ダルマ、ゲーハー、レンジャー……)

「そしたらな、白石な」

「はい赤間係長」

「上原は、取り敢えず、お前のケツに、くっつけとくのが、いいだろう」

「職務執行させますが、よろしいですか?」

「お前が、やってみせた後なら、いいだろう。井伊課長も、やってみせて、やらせろと、いっていた。当然、言って聴かせることにも、なるだろう」

「山本五十六《やまもといそろく》ですね。最近の若い奴は恵まれたもんだ。ただし、自分は褒《ほ》めませんよ」

「それはそれで、いいだろう」

(よくないよ!!)

「赤間係長、よろしいでしょうか?」王子様が、助け船のようにいった。「これからは、私たち巡査二人で、交番を整えさせて頂くことになります。そこで、上原を一〇分お借りして、この交番の庶務的な事項を、説明して回りたいのです。よろしいでしょうか?」

「それもそれで、いいだろう」

「勤務はもう始まっている。青海、一〇分だぞ」

「厳守します、白石主任」

「他の者は、基本勤務で、いいだろう。解散」

号令も礼式もなく、制服警察官たちは動き出した。デスクに座ったのは、ダルマ係長だけだ。すると王子様が、僕の袖《そで》を引く。

「ライト、行くぞ」

「はい、おう……」じさま、じゃなくって。「……青海《あおみ》先輩」

「ああ、僕の名前」王子様はにっこり笑った。「おうみ、とよく間違えられるからね」

23

僕ら巡査二人は――いや、巡査と巡査補は、カウンタがあるオープンスペースから、交番の奥の院に入った。
オープンスペースに隣接する、扉が始終開け放たれた、八畳程度の空間。そこにスチールロッカーが詰め込まれ、また、スチールデスク三つが島《シマ》を作っている。その隣には、さらにドアで仕切られたキッチン・スペースと、トイレらしき個室があった。八畳間+キッチン+トイレ。あと、上へ伸びている激烈に狭い、激烈な角度をした階段もある。確かに東口交番は、外から見れば誰でも分かるけど、二階建てだ。

「制服研修、あっただろ？　どこだった？」

「はい青海先輩。貴船《きぶね》署の、温泉交番です。それも、五当務だけです」

「まあ、学校のときにやる制服研修だと、ほとんどお客さんだからね」

「実際、取扱《トリアツカ》いと呼べる仕事は、できませんでした。あっ、自分が消極的だから、です」

「あっは、僕は教官でも指導部長でもないから、そんなに飾らなくていいよ――制服研修と職場実習は、まるで違う。これからはライトだって、実績管理される実働員だからね。当然、交番でも、そう実働の下《した》っ端《ぱ》。雑用全般係になる。そんな感じで、制服研修とは、まるで違う。

だから、制服研修で学んでいることもあるだろうけど、取り敢えずは全部説明するよ。この愛予駅東口交番。実は十五人が使う出張所だってことは、解るね？」

「あっ、はい。各係五人の配置ですから、一係から三係までで、十五人」

「そうだね、三交替《さんこうたい》だから。ということは、僕らみたいな下働きは、他の係にもいる」

「はい」

「だから、僕らだったら二係の当務日だけ、この交番を預かることになる」

「はい、三日に一回ですね」

「もし二係だけ交番を汚く使ってたら、他係はどう思うだろう？」

「それは、もちろん気分が……」いけない。答えを焦るな。「……いえ、気分が悪くなるのは当然ですが、不安になると思います。それから、余裕も出てくると思います」

「ははあ、もう井伊イズムの洗礼を受けたね。ならそれはどうして？」

「不安になるのは、交番の管理がいい加減だから。物品や装備資器材《そうびしきざい》を、無くしているかも知れないから。無線機と一緒で、装備資器材は交番十五人のものですから、例えば――ええと、そうだ刺股《さすまた》でも使えなくなったら、すぐ職務執行に支障が出ます。そういう不安を、すべての物について、感じると思います」

「すごいね‼ じゃあ、余裕っていうのは？」

「二係はその程度だ、これじゃあ実績も上げられない、俺たちの楽勝だ――という余裕、だと思います」

「――と、いうわけで、下働きといえどもあなどれない。そして、これは知っておくだけでいいけど、東口二係の恥っていうのは赤間係長の恥、もちろん井伊課長の恥だ。

さらに。

こっちはよく覚えておいてほしいけど、それが恥ですむ間はまだしあわせだよ。ここは役所。役所はすべてこれ納税者の血税で賄《まかな》われている。おまけに警察の装備は、ヤフオクでどんな値がつくか想像してもらえばいいけど、絶対に門外不出だ。巡査が預かるのはそういうものだから、よくよく気を配ってないといけない。脅かしすぎたかな？」

「いえ、よく解ります、恐いです」

「ありがたい。この恐さをまず知ってほしかったんだ。だから、この奥の院。警察用語でいう『待機所』だ。ここへお客様を入れてはいけない。大々原則として、入れない。まずはオープンスペース――警察用語でいう『見張所』のカウンタで対応。しかも、カウンタの中へ入れてもいけない。お客様はカウンタの外。警察官はカウンタの中。閉鎖的だと思うかい？　でも、市役所だって銀行だって、カウンタ内の執務スペースには入れてくれないよね？　大々原則として、お客様の場所は、交番では、カウンタの外だけだ――最大の理由、解る？」

　これは、答えを焦るな、と焦る必要もなかった。基本中の基本、基本のキの字だからだ。

「受傷事故防止《じゅしょうじこぼうし》です」

「すなわち？」

「ええと……交番のお客さんは、善良な市民だけとは限らないからです。これまでも、警察官の拳銃《けんじゅう》、制服、手帳などを奪おうとして、交番の警察官を襲撃する事件がたくさん起きています。そうでなくても、精神状態とか、特定の思想とか、色々な理由で、警察官を殺したいから殺す――という人も、少なくはないと聴きました」

「昔でいうチーマーとか、さらに昔でいう暴走族とかが、交番に戦争を挑んでくることもあるね」

「カウンタなら、まず警察官とお客さんは正対します。お客さんの観察ができます。また、カウンタが壁になってくれるので、いきなり攻撃されても、有利な体勢に持ち込めます。もし警察官が後ろを向かなければならないときでも、カウンタ越しに襲うのは難しいでしょう」

「乗り越えるのも手数になるね」

「カウンタ内に人を入れない最大の理由は、その防壁が使えなくなるからだと思います」

「へえ――

ごめん、ライトのこと、ちょっと舐《な》めてたよ。だって、その、ええと、キラキラだしな、うん」

「うう、キラキラネームは子供が辛《つら》いですよ、先輩……」

雰囲気が緩《ゆる》んだその刹那《せつな》。王子様はなんと隠し持っていた錐《きり》で、僕の腹を突こうとした。もちろん寸止めだったが。思わず後退《あとずさ》る。というか腰から逃げる。

「わっ、ちょっ、何するんですか青海先輩⁉」

「井伊イズムだよ。すべては地続きさ。

こうやって、経験の少なそうな警察官を油断させてから襲う。むしろ王道かな。ライトだってさ、まさかあの白石部長を襲おうとは思わないだろ？」

「そ、それは確かに」

「油断させる手として、誘《おび》き出《だ》しも王道だね。特に単独勤務しているときが危ない。善良な市民を装《よそお》って、地理指導なんか受けるふりして、身振り手振りで警察官をカウンタ外に誘き出す。ブスリ。殉職《じゅんしょく》。

だから、特に一対一のときは、そしてどうしてもカウンタ外に出なければならないときは、必ずその市民さんを先行させて、交番から出して、道々でも先に歩かせる。必ずだ。あと間違っても『今、独りです‼』なんていわないように。学校でもやったよね？」

「で、でもさっきの。どうして錐なん、ですか」

「オープンスペースの机に置きがちだから。あとボールペン、定規、文鎮あたりも危ない。襲撃者がカウンタ内に侵入したとき、そいつに武器をくれてやること、ないだろ？

たとえオープンスペースでも、机の上には何もない。それが交番のあるべき姿なんだ」

「それじゃあ仕事に……」

「……なるよ。抽斗《ひきだし》にいちいち仕舞《しま》え、その都度《つど》片付けろっていってるだけだから。そして、それはこの奥の院でも変わらない。僕らは拳銃という甘い蜜《みつ》を持ってる。どこでどう襲われてもいいように、整えられる環境は整える。ここまで大丈夫かい？」

「はい、なんとか――あっ、さっき『大々原則』っておっしゃいましたけど、カウンタの内側や、奥の院に入れていいお客さんもいるんですか？」

「もちろん。被害者、被疑者、要保護者、相談者。このあたりは、襲撃の可能性や、所持品について十分注意した上で、この奥の院に入れていい。そのためにデスクがあるんだ」

「被害者っていうのは、例えば、自転車を盗まれたとか、そういったマル害さんですか？」

「まさしく。もっと現実的にいえば、交番で被害届《タレ》を出す人だね。ライト、タレ大丈夫？」

「が、学校では、訓練しましたけど……」

「まあ伝統芸能だから。しかも、ちゃんと練習すればどうってことないから。練習しない人が多いのも、事実なんだけど――いや話を戻すと、ライトなら、そうだな、侵入盗《ノビ》で三〇分四〇分、掛かっちゃうかも知れないね、最初は。そのあいだ、例えばオープンスペースのデスクに被害者さん座らせたら、どうなるだろう。ライトだったらどう？」

「ハッキリいって嫌ですね。交番って外からよく見えるし、まるで被疑者が取調べ受けてるみたいだから。被害者なのに」

「――と、いうわけで、被害者さんの心情に配慮して、奥の院に入れることもあるのさ。もっとも、一〇分未満で仕上げられるなら、カウンタで事足りるんだけどね。外貨預金の金融商品を買いに来たお客さん。住宅ローンの手続に来たお客さん。まさか銀行一階・立ちカウンタでどうぞ――というわけにはゆかない。二階以上の、ブースか応接室に上げるだろ？　つまりそういうこと」

「すみません先輩、質問一件、願います」

「質問に謝罪はいらない。ただし、それが初めての質問ならばだ――あは、井伊イズム」

「こ、交番には、結構、遺失者さん拾得者さんが来ると思いますが、この人たちは」

「カウンタ対応。常識的なブツの手続だったら、まさか一〇分は掛からない。窓口での振り込みとか、預金引き出しなら、銀行一階立ちカウンタで十分だろ？」

「常識的……常識的じゃないブツって何ですか？」

「例えば竹藪《たけやぶ》から拾った百億円とか、シャブのパケとポンプの入ったポーチとかかな。一般化すれば、『これは後々ヤバいことになりそうだ』『取り扱った俺が紛議に巻き込まれそうだ』というフラグが立ったら、お客さんと一緒に、よほど慎重に確認したり話を聴いたりしなきゃいけない。ゆえにブース・応接室組になるね、最初はカウンタで話をするにしても」

「あっ、そうすると、相談者を奥の院に入れるっていうのも」

「御明察《ごめいさつ》。心情とフラグを勘案《かんあん》して、ブース・応接室組になる。

ここまでは、いってみれば善良なお客様――

犯罪の被疑者は、まったく違う理由から、奥の院に入れる。今の時代、交番で取調べをすることは原則、ないけど――理由を調べてみるといいよ――理論上ありえないとは言えないし、交番に御招待して事情をお聴きする、ってことなら日常茶飯事だよね。警職法にだって、職務質問のときの同行先に、交番がちゃんと規定されている。それが職質テクニックとしてどうか――というのは、全くの別論だけれど。

いずれにしても、善良ならざるお客様を交番に入れることは当然、あるわけで、このときは、お客様のプライバシーその他の人権によほど配慮しなければいけないよね、どんなお客様でも。

また僕らにしたって、他の善良なお客様がジャカジャカ入ってくるオープンスペースじゃあ、最大限集中しておもてなしすることはできないよ。そして、一度御招待したなら、絶対に逃亡されるわけにはゆかない。なら、入口から遠ければ遠いほどいい。

要するに――スーパーで万引きする奴をつかまえる警備員の特番、よくあるよね？

捕まえた後は、それこそ奥の院に連れて行くだろ？　あるいは、レストランでお客さんが大声でクレームを始めた、料理にゴキブリが入ってたと言ってる――となれば、まさかテーブルで話し合いを開始しないよね？　つまり、そういうこと」

「なるほどですね……あとは、要保護者」

「これも警職法にあるね。まあ心を病んで錯乱してしまったり、ぐでんぐでんに酔っ払ってしまったり、あるいはそういうベクトルじゃなくって、明らかに田舎から家出してきた女子中学生とか、徘徊《はいかい》しちゃってるお婆《ばあ》ちゃんとかね。常識として、オープンスペースにさらしておくのは忍びないだろ？　理屈をいえば、他の善良なお客様に、まあ、迷惑とか、危害を加えてしまうこともあるかも知れない。だからさ。だから奥の院だ。ちなみに奥の院には公用パソコンが収納してあるけど、ライト、IDもらってる？」

「いえ、警務《けいむ》課長からは、次に学校から帰ってきた翌春――実戦実習のときまで出さないと」

「だったらパソコン関係は白石主任に伺《うかが》いを立てて。そもそもIDがなきゃ開けないし、通達で、自分のIDでなきゃ絶対に使っちゃいけないことになってるから」

「了解しました」

「パソコンとかUSBとかの関係はホント、ウチの会社、厳しいよね。情報漏洩《じょうほうろうえい》は致命的だからね、故意過失を問わず。ライトだって、私物パソコンすらメーカー名・型式・

型番の登録、させられただろ？　そのうち絶対、私物パソコンの抜き打ち検査、やりそうだよなあ。さすがにまだ経験ないけど。

おっと時間がない。白石部長に腕立て、させられちゃう」

……やっぱり腕立て伏せか。レンジャーめ。

「こっちはキッチン。コンロと冷蔵庫と、カンタンな食器がある。調味料の類《たぐい》もそろってる。食材さえ買ってくれれば、交番全員で自炊することもできると思うよ。そんな時間は滅多《めった》にないけどね。ああ、正月に餅《もち》は焼くなあ。

コーヒーメイカーがないから、インスタントをその都度、淹《い》れることになる。粉は、調達しておかなきゃいけない。人によっては緑茶だから、茶葉を切らしちゃいけない。夏場冬場にかかわらず、冷たい麦茶は必ず用意するんだ。かなりの需要があるからね。ああ、お茶代は月イチで千円。みんなで私費を積み立ててるから、これからはライトが管理するんだ。その封筒は後で渡すよ。あとほら、缶にテプラで係名が書いてあるだろ？　お茶系は係別なんだ。さすがに調味料は一緒に使うけどね。だから、お茶系については、他係のこと気にする必要はないよ。

ライトとしては、粉なり葉なりが足りなくなったら、休みの日に調達しておいてもいい。休憩時間に上着脱いで帯革外して、ジャージの上を着て、愛予駅コンコースか、東口のコンビニで買ってきてもいい。

まあ、僕ら警察官は極論どうでもいいんだけど、最悪のケースはこうだ。管内の重要人物、いわゆる『地域の名士』っていう人種が時々、まあ、遊びに来たりする。そのとき、お茶の一杯も出ない。切らして出せない。となると……解るだろ？　色々、やりにくくなる。おっと、来賓用の茶器は別立てだからね。ほら、この棚にある」

「はい、お茶の件、了解です青海先輩」

「茶托《ちゃたく》とお盆の使い方とかは、大丈夫？」

「うっ、そういわれると、人生で一度も」

「おっと……ま、まあ誰にでも最初はあるよ。後で実演するから。

次は、と。ああ、昼メシ夕メシ夜食について。基本、出前だ。知ってると思うけど、この東口交番六人なら六人で、実は全員がそろう時間ってのは滅多にない。基本勤務《キホンキンム》が違うからね。メシですら分散してとる。すると大事なのは、昼メシの出前オーダーを一気に確認できるのは、実はさっきみたいに朝、全員がそろったときだけってこと。全員の動きが分かってくれれば、各個撃破《かっこげきは》もカンタンだけど、もちろん警察には急訴事案《きゅうそじあん》も突発事案《とっぱつじあん》もあるからね——

だから、これからライトがどうやってもいいけど、まずは赤間係長に『昼の店』を確認すること。メニュー表はよりどりみどりで、食器棚のほら、ここに紐《ひも》で掛けてある。店が決まったら、六人分のオーダーを確定させる。電話する。支払いはライトが一括して立て替える。『年齢×千円』が、社会人の財布の中身だってよくいうけど、もうちょっとあった方が安心だね。小銭も確保しておこう。メシそのものは、これからゆく二階の休憩室で食べるから、そちらに搬《はこ》んでおく。集金は、それぞれが食べる前か、食べ終わった頃、自然にやるのがいいだろう。もちろん、ライトが変にカブること、全然ないから。新任巡査はむしろ奢《おご》られる立場で、先輩にお金を出すことは大変な失礼だよ――ただし」

「た、ただし？」

「……先輩から集金をすることは、いや、確実に催促《さいそく》することは、失礼でも何でもない。仮定の話だけど、トボけられるようなことがあれば、催促するか、僕にいってくれ」

「了解です、先輩」

「いずれにしても、ライトがポカすると、誰もメシが食えないことになる。庶務ってのは、そういうことだから。

　夕メシも同じ流れになる。店確定－オーダー確定－注文－支払い－配膳《はいぜん》－集金」

「出前の皿はどうしますか？」

「ごめん、言い忘れた。もちろんライトが洗う。そのための流し台とスポンジと、洗剤だ。お茶系のコップももちろん洗う。あとついでに、灰皿はこまめに取り換えて、吸《す》い殻《がら》捨てて、最後はもちろん洗う。

出前の皿についていえば、座卓《ざたく》の脇《わき》にまとめておいて、後で一気に洗ってもいい。自分の時間の都合があれば、小分けに洗ってしまってもいい。例えばうどんのドンブリとか、店への返し方のマナー……は、あっ、いや全然大丈夫、また実演するからさ」

僕は心の中だけで嘆息《ためいき》を吐《つ》いた。

もちろん青海先輩に対してじゃない。自分に対してだ。例えば今、僕の財布には四千円しか入ってない。年齢×千円なんて初めて聴いた。誰かにお茶を淹《い》れたこともない。実家で出前は頼むけど、その食器の行く末は知らない。僕はやっていけるんだろうか？　これまでよっぽど、非常識に生きてきたんだろうか？　アキラはやっぱり、こんなこともソツなくこなすんだろうか？

そして。

警察官ってこんな仕事なのか……？

「さてと。ここは説明するまでもなくトイレ。狭いよ。装備品引っ掛けたりしないように。長居するシチュエーションなら、帯革《たいかく》はコートみたいに、ドアの内側フックへ掛けていい。十分、フル装備に耐えられるようになってるから。そこはさすがに、交番だね。そして、そこはさすがに交番だから、ほら」

「わ、和式ですか。今時すごいや」

「ウォシュレットはないよ、あは。

いいにくいけど、ここの掃除もまた、ライトの仕事だ。さっき来客の話はしたね？」

「あっ、部外の方も、使うんですね」

「ここは総合出張所だからね。そして、要保護者の話もした」

「……了解です、すごく」

い、い、運が良ければ、トイレでゲロ吐いてくれるだろうし、それは丁寧《ていねい》にションベンしてくれるだろう。運が良ければ。それ以上は、想像したくないカオスだ。ここは交番である。

「お清めするタイミングは、巡査の裁量だけど、重ねて言うと、警察には突発事案があるからね。時間が自分の予定どおりに遣えると思っていると、痛い眼に遭《あ》う――

一階奥の院は、以上。

そしてこのクライミング系の階段を登ると、二階、休憩室だ」

軍艦かよ。軍艦を知らない僕がツッコミを入れつつ階段を上がると、猫の額《ひたい》ほどの三和土《たたき》があった。木のラッタルを登り終えた先は、靴が脱げるらしい。そう思ったとき、もう王子様の官品《カンピン》の革靴はキレイにそろっていた。黒靴下の残像が、開かれた襖《ふすま》の先に消える。僕は自分の靴をそろえる暇《いとま》もなく、青海先輩に続いた。

――六畳間だ。畳の和室。

年季の入った座卓がでーん、と置かれている。座布団《ざぶとん》は隅で律儀《りちぎ》に積まれている。

「オープンスペース、奥の院と続いて、ここが楽屋《がくや》かな。

天井が変に傾斜してるだろ？　古い駅の中に埋め込んだ交番だからさ。形がどうしても制限されちゃう。再開発が終わった西口だったら、もっと広くて、もっとキレイな交《ハ》番《コ》になるんだけどね——

ここは楽屋だから、お客様は例外なく入れない。絶対に入れない。ここは衣食住の間だ。まず昼メシを食う。『休憩』と指定された時間だったら、ここで仮眠してもかまわない。しなくてもかまわない。仮眠するときにはここ——」

王子様は六畳間の押入れを開いた。

「——上段に布団が入ってる。目上と一緒の休憩だったら、その分の布団も敷く。もちろん、座卓を立て掛けないとスペースはできないけどね。枕《まくら》カバーはこの使い捨てのを付ける。シーツは糸坂《いとさか》さんが洗濯をしてくれるけど、そうそう持ち出せないから、寝るときはワイシャツとパッチ姿で、まあ、少しでも汚さないようにする。肌を出さないってこと。

寝るわけだから、当然、制服を脱いでいい。上着とズボンはここ、観音開きの衣装棚。役所の常で、ハンガーは腐るほどあるから大丈夫。危ないのはもちろん帯革だ。これはここ、布団の下段に金庫があるだろ？　意外にキャパがあって、仮眠する人数分の帯革なら、装備ごと丸ごと入れることができるよ。

仮眠が終わったら、布団をたたんで仕舞う。ほら、今現在、初期状態。これと必ず一緒になるように片付けるんだ。無精《ぶしょう》をすると、とても初期状態には戻らないから要注意。あとはタメシ、夜食。夜食は出前ってわけにはいかない時間帯だから、例のジャージ姿で買い出しか、あとは差し入れがある。差し入れは気の利《き》いた時間にあるから、そのときは買い出しはいらない」

「差し入れ、ですか？」

「うん、多いよ、東口はね。大街道《おおかいどう》の商店街、受け持ってるから。赤間係長の、あの、なんともいえない人徳もあるんだろうな、あは。パン屋さん、ハンバーガー屋さん、蕎《そ》麦屋《ばや》さん、牛丼屋《ぎゅうどんや》さん、カレー屋さん……ああ、ステーキハウスさんなんてときもあった。あれは驚いたな」

「よく解らないんですが、その、タダで？」

「まさしく。もちろん御商売の都合で、腐らせても仕方がないってケースがほとんどだけど。地域警察官には『檀家《だんか》』を持っている人が多いから、例えば赤間ファンが、いやむしろタニマチだろうな、持ち出しで色々よくしてくれることもある」

「受け取ってもいいんですか？」

「公務員が、勤務時間中にモノをもらうなんてとんでもないね!!

でもまあ、しかしまあ、そこはまあ。

どのみち廃棄処分にされるお気の毒な食材。それを成仏《じょうぶつ》させてやれるのなら、それもまた、仏の道だ」

「差し入れがなかったら、赤間係長に伺《うかが》いを立てて、買い出しに出向《しゅつこう》することになる」

「例のジャージ上着姿ですね」

「まさしく」

「これも、ちょっと、よく解らないんですが、着換えて交番を離れるのは、大丈夫なんでしょうか？ 買い物全般について、いえると思うんですけど」

「市役所の公務員が、昼休みに、行きつけのラーメン屋で行列するのは大丈夫？」

「そ、それは全然、大丈夫だと思いますが……警察官は……」

「そうだね。常在戦場《じょうざいせんじょう》だし、何より突発事案があるから、無線を手放すのはかなりイタい。だから例えば昼休みでも、交番の警察官は、絶対に外食はしない。けど休憩時間は休憩時間だ。外出するのも問題はない。

ただ制服の警察官が、本屋でキングダム探してたり、横浜家系ラーメンで食券買ってたりするのは、ちょっと、問題だよね。あることないこと、ネットに書かれるかも知れないし。何か急訴《きゅうそ》されるかも知れないし。そのとき『いや僕は制服姿だけど、公務員としては休憩時間ですから』ともいえない。だから、理屈では問題ないんだけど、そこは市役所の公務員とは違う。たとえ休憩時間でも、極めて短時間の、しかも警察官と分からない姿での、買い物が許されるくらいかな。それすら駄目となったら、『じゃあ、いつどうやって缶コーヒーとか栄養ドリンク買ってくるんだ？』って話にもなるからね。交番の中には、まさか自販機も食堂もないわけだし」

「なるほどです」

「いずれにしても今日、さっそく、買い物に出ることになるから。絶対に」

「あの、先輩、実は僕、いま四千円しか……」

「そんなことだと思ったよ。全然大丈夫。今日は取り敢えず、それで過ごせるようにするから。もちろん、ライトの勝負運も大事だけどね」

「えっ勝負運？」

「すぐに解るよ――

　ええと、そうだ、夜食の次はまた仮眠だ。取扱状況にもよるけど、凪《な》いでいれば、前半組と後半組に分かれる。目安として『二三時～〇三時組』と、『〇三時～〇七時組』だよ」

「四時間、仮眠ですね」

「もちろん理論上はね」

「やっぱりなあ」

「警察だから仕方ないさ。二四時間三六五日の総合行政窓口なんて、他にないもの。したがって、とれるかどうかは分からないけど、理論上の仮眠時間はある。そのときはまた布団その他の準備がある。翌朝七時には仮眠が終わる。交番で朝メシは食わない。だから、翌朝七時が、この二階休憩室の御用納《ごようおさ》めになる。

　そろそろ、いいたいこと、分かるかい？」

「店仕舞いだから、タイミングを見て、休憩室も掃除する必要があります」

「そのとおりだ。

　これで一通り、交番の庶務的な事項、ハッキリいえば下働きの話は終わりだよ。ゴミ袋はどこに出すのかとか、トイレットペーパーの換えはどこかとか、もっと細々したことは、その都度どんどん訊《き》いてくれ。引き継ぐから。訊いてくれないと、何が解らないのか解らない。それだと、そもそも教えられない」

「はい、解りました」

「オイ青海!!　いつまで油売ってる!!」

「はい白石主任、終わりました、すぐ行きます!!」

　昭和の香りがするオンボロ小屋のことだ。階段の下で叫べば、二階休憩室中に響く。もっとも、そうでなきゃ『仮眠』じゃなく『熟睡』になってしまう。これまた、合理的といえば合理的だ。もちろん交番の中に、インタホン、などという気の利いたものは無かった。

第7章 立番 I

24

ラッタルは、下りる方がよほど恐い。

両腰の警棒と拳銃を、息も絶え絶えなほど擦《す》れた砂壁にこすりつけながら、僕は一階、奥の院に下りた。白石《しらいし》巡査部長が腕を組み、仁王立ちしている。合服だから分かりにくいが、半袖開襟《かいきん》の夏服だったら、鞭《むち》のような、豹《ひょう》のような筋肉が鑑賞できるに違いない。レンジャーめ。

「白石主任、お時間、お借りしました。基本勤務《キホンキンム》に就《つ》きます」

「青海《あおみ》よ、俺がコイツの面倒見るってことはどういうことか、解るな？」

「……黒川《くろかわ》班長のこと、ですね」

「遊ばせるなよ」

「気を付けます」

王子様はカンタンな挙手の敬礼をして、オープンスペースに駆けていった。釣られた僕もカチコチの敬礼をし、白石巡査部長と正対する。

「よ、よろしくお願い致します!!」

「何がよろしくなんだ、上原」

「え?」

「お前はこれから何をするんだ、新任巡査」

「し、白石主任のケツにくっつく……いえ白石主任と一緒に、交番勤務を」

「交番勤務って何だ、巡査補」

「そ、それは、交番の仕事を」だんだん格落ちしているような気がする——あっ。「失礼しました。交番の地域警察官による通常基本勤務を行います、白石主任」

「通常基本勤務って何だ、巡査補」

「それは立番《りつばん》、在所《ざいしょ》、見《み》張《はり》、警ら、巡回連絡《じゅんかいれんらく》であります!!」

「……教科書どおりの回答に感謝するが、俺はこう見えて、巡査部長試験くらいは通らせてもらったんでな。今更、講釈はいらん。そして俺はこう見えて、我慢強い。だからもう一度訊く。お前の通常基本勤務って何だ。

いま、ここで、お前がカネもらってやる勤務は何だ」

「じ、自分は……」それを教えてくれるんじゃないのか。「……できるのであれば、警らで職質《しょくしつ》を経験したいと」

「ふざけるな、このワナビー巡査!!」

白石主任の大声はもう凶器だ。そして、また僕は格落ちしている。もう巡査補以下だ。

「地域警察官の勤務基準、すなわちタイムスケジュールを決めることができるのは、警察署長だけだろうが!! いつからお前、警視正に昇任したんだ。ワナビー巡査が自分の勤務を自分で決めるなんざ三〇年早いんだよ!! 学校でお前、何お勉強してきたんだ!?」

「も、申し訳ありまっせん!!」

「既に勤務時間だ。俺は俺の基本勤務に就く。お前、いきなり給与泥棒するなよ」

そういいながら、しかし白石主任は、どこか芝居がかった感じで、和式トイレに入ってしまった。

——必死で自分の動きを考える。

そうだ。地域警察官は基本勤務をする。基本勤務の『時間割』は、やはり中学校っぽいけど、愛予署なら本多署長、井伊課長あたりが決めている。赤間係長も、嚙《か》んでいるはずだ。そうやって、各地域警察官に、個別メニューを決めている。その時間割を、勤務基準とか、勤務例とかいう。

(だとしたら)

僕にも当然、個別メニューが決まってるはずだ。けれど、その伝達は受けていないし、まさかエクセルシートももらってはいない。なら、僕の勤務例は、実は決まってないのだろうか？　職場実習生には、時間割が決められていないのか――？

（違う!!　カンタンなことだ。ひょっとしたら白石主任は、それを解らせたくて）

白石主任のケツにくっつけ。

赤間係長の命令は、白石主任と僕とを縛る。絶対的に。なら、命令を受けた僕は、白石部長と一緒の動きをしなければならないのだ。もっといえば、赤間係長は、既に『白石巡査部長と上原巡査の勤務基準を同一にする』という命令を、出しているのだ。

（だとすれば）

レンジャー白石はまだ個室から出て来ない。出て来たとき、見切りをつけるということだろう。僕は赤間係長のデスクへ駆けた。カシャン、カシャン。装備品が、腰で奇妙なリズムを奏《かな》でる。

「赤間係長、願います!!」

「うん、どうした」

「勤務日誌を、確認したいのであります……違った、ええと、自分の勤務例を確認したいので、許可をいただければ、白石主任の勤務日誌を、閲覧《えつらん》したいのであります」

「……おう、よく気が付いたな。なかなか、積極的で、いいだろう。もう実働員だ。そうやって、自分で調べて、自分で求めてゆくのが、いいだろう。

ただし。

本当は、朝イチで、上原自身の、勤務日誌にも書かなければ、ならないだろう」

「忘れていました。以後、注意します」

「お客さんじゃ、ないだろう。だが最初だから、気にしなくても、いいだろう」

赤間係長は、黒い表紙を黒紐《くろひも》で留める、役所っぽい古風な簿冊《ぼさつ》をくれた。『別記様式第８（第34条関係）地域第二係』と墨書《ぼくしょ》してある。パラパラ。上から三枚目が、白石主任の勤務日誌だ。

（あったぞ）

『通常基本勤務』という欄《らん》があり、一時間割りで、どんな勤務をするかが表になっている。というか、白石主任が自ら書いている。僕も次の泊まりから、まず自分の一日の時間割を確認して、自分で日誌に記載しなければならない。

（学校だって、その日、一日の授業予定は考える。少なくとも前の晩には確認している。お金をもらって、『今日は何すればいいですか？』だなんて、殴り殺されなかっただけでも、感謝しないといけない。これも、すべては地続きってことだ）

僕は、白石主任の勤務例を確認すると、すぐに新しい様式をキャビネットから確保して、自分の日誌として転記した。これでよし……

（いや、よくない）

レンジャー白石はまだ個室から出て来ない。早飯早グソ。警察官の基本のキの字。これは絶対にわざとだ。どうして？ 自分の頭で考える。自分の頭で考える。

――僕が簿冊を返納したとき、背の真後ろから声が掛かった。

「どうだワナビー巡査。納税者がこの時間、お前に期待していることが分かったか」

「はい、立番《りつばん》です。白石主任と一緒に、交番で立番をさせてください」

「なら、ついてこい」

「了解です!!」

25

僕は白石主任のケツ愛好家のような形で、オープンスペースのカウンタを出、交番の開放されたドアを出、愛予駅東口前の歩道に出た。シャバと交番《ハコ》の中とは、空気や世界の色まで違う。匂いは、もちろんんだ。

「まずは、立ってみろ」

「はい、主任」

僕はその場で姿勢を正そうとして――

（答えを焦るな。自分の頭で考えろ。すべては、地続きだ）

――交番の真正面から気持ち大きく一歩、踏み出した。両足をわずかに開く。手を後ろで組みかけて、あわてて体側《たいそく》に戻し、自然に下へ下ろした。

「ふん。立番の定義は何だ」

「はい。『原則として、交番の施設外の適当な場所に位置して、立って警戒するもの』であります」

「……艫利《ともとし》学級か？」

「あ、はい、学校では、そうでありました」

「なるほどな……だが後段を忘れているぞ。『立って警戒するとともに、諸願届《しょねがいとどけ》の受理等に当たる』のも立番だ。すなわち立番の本質は、警戒と来所者対応となる。ここまではいいな？」

「はい、主任」

「ワナビー巡査。今、お前は交番から大きく一歩前へ出たな。それは何故《なぜ》だ？」

「はい主任。東口交番は、駅ビルの中に埋もれていて、そのままでは左右の視野がよくありません。『一歩前立番』は基本のキの字ですが、この交番だと、立番はもっと前に出た方がよいのではないかと、考えました」

「何故、気を付けをしない？」

「学校で教養を受けたの……」違う。「……気を付けの姿勢を長時間維持することは、緊張感が大きく蓄積するので、イザというときの対応に支障が出ます。立番は警察式の休めで行い、自然体で、いつでも即応できるようにするものです」

「そうだ。警察式の休めだから、手を後ろに組むのは論外となる。前で組むなら懲戒だな。ちなみに何故、腕を体側《たいそく》に置く？」

「事案対応、そして受傷事故防止《じゅしょうじこぼうし》です。特に、不意の攻撃に対処するためです」

「したがって、壁や柱、出入口にもたれるなんてのも論外だ。あと、間違っても警察官が、市民の前でポケットに手を入れるような真似《まね》をするな。飽くまでも休めの姿勢だ。いいな」

「了解です、主任」

「ならロープレだ」警察教養でロールプレイングの機会は実に多い。「雨が降ってきた。どうする？」

「帽子カバーを付けて、装備品の合羽《かっぱ》を着ます」

「露天《ろてん》で警戒を続ける、ということだな？」

「はい」

「立番の定義は何だ」

「それはさっき……いえ、『交番の施設外の適当な場所に位置して』」

「お前が教えてくれたことだが、『原則として』が付いてなかったか？」

「あっ、はい、そうです」

「どういう意味だ」

「例外があるということ……」

「どんな例外だ」

「すみません、分かりません」

「艫利さんが泣くぞ、俺は丸暗記屋は大嫌いだってな。自分の頭で考えろ。『適当な場所』なんて言葉に例外はないだろう。立番するのに、適当な場所を選ぶのは当然だからな。現にお前もそうした」

「はい」

「なら例外は、何の例外だ」

「残るのは、『交番の施設外の』……あっ、解《わか》りました」

「どう解った」

「雨天のときは、施設外でなくともよい、ということだと想像します」

「それは正しい。だが、そうするとどこで立番をする？」

「交番の中……いえ、出入口のあたりです」

「何故だ」

「交番の中でするのは、見張《みはり》勤務か在所《ざいしょ》勤務のどちらかだけです。ですので、時間割、いえ勤務例で『立番』とされているのなら、雨が降ろうと槍《やり》が降ろうと、立番をしなければならず、他の、見張や在所と一緒の形には、なってはいけないと思います」

「続けろ」

「見張も在所も、中からの警戒です。視野に限界があります。立番は、外での警戒が原則です。だから、中からの警戒と一緒の勤務になっては、いけないと想像しました。だから、出入口のあたりかと想像しました」

「最近の小洒落《こじゃれ》た交番はともかく、古い交番の出入口に庇《ひさし》や出っ張りがあるのはそのためだ。雨が降っていたら、一歩前立番でなく、庇の下でもいい。だが、飽くまで外を警戒中だということを、忘れるな。それから、お前は兵卒《へいそつ》だ。実態はワナビー巡査だがな。まず自分の頭で考えて、雨でも『一歩前立番の原則』を守るのか、それとも『出入口で立つ』のか、理由と一緒に決めろ。そしてそのまま実行するな。兵卒として意見を固めてから、赤間係長の指揮を受けろ。最終的には、赤間係長が命令する。

いいたいことは解るな？」

「判断が必要なことは、自分の意見を作った上で、上司に指揮伺《うかが》いをする」

「ふん、艫利さんの躾《しつけ》がいいようだ。だが俺はこれも言いたい。雨の日の立番をどうするかだけで、仕事だ。判断だ。組織の意思決定が必要だ。青海《あおみ》から引き継いだと思うが、出前なんてものもそうだ。社会人の仕事ってのに、くだらないものはない。なにひとつない。雨の日の立番をどうするか、キチンと指揮伺いしない奴《やつ》は、絶対に本来業務も疎《おろそ》かにする奴だ。覚えておけ」

「はい、主任」

「引き続きロープレ、第二幕に入る。日が落ちた。今は夜だ。どうする」

「夜になると……」

答えを焦《あせ》るな。夜になると、視野が悪くなる。でも交番は不夜城。こちらは見られる。あちらは見えない。そして自分は立番中。出城《でじろ》からは一歩強、離れている。もちろん拳《けん》銃《じゅう》は、蜜《みつ》だ。

僕は左腰から黒い警棒を出した。勢いよく振ると、シャキン、と三段階、展張《てんちょう》される。

「……警棒を取り出し、把持《はじ》したまま立番に当たります」

「ふん、理由も分かっているらしい。なら俺から追加指示するのは一つだ。夜間は原則、警棒把持。だが夜間に限定されない。赤間係長から指示があったり、警察署から特段、危険な情勢があると指示されているときは、昼間でも構わない、堂々と警棒を展張しろ。懸かっているのは誰の命でもない、お前の命だということを、ここは実戦の場だということを、二十四時間忘れるなよ」

「了解です、主任」

「ところでワナビー巡査。この当務の泊まりは、ワナビー巡査を入れて六人だな？」

「そうであります」

「今、他の勤務員は、どういう動きをしている？」

（……やっぱり、試していたんだ）

トイレに籠《こ》もるふりをしながら、試していたのだ。僕が、自分の勤務例だけを確認するただのバカなのか。それとも、簿冊を見ることを許された機会を、十分活《い》かせる奴なのか。白石主任の勤務例がすぐに分かるということは、交番勤務員の勤務例すべても、すぐに分かるということだから。

そこは、クリアできた。その試験には勝てる。

――けれど、僕は、自分の眼力がほとほと情けなくなっていた。

例えば、赤間係長。今、カウンタ内の大きなブロック長デスクに座って、書類を書いたり簿冊を整えたりハンコを押したりしてる。だが、あれは実は、出張所長の管理仕事をしているだけじゃない。何故なら、赤間係長自身の勤務例によれば、係長は『見張《みはり》』をしている時間だからだ。それに気付いてからチラチラ観察していると、ダルマの置物は、絶えず交番の出入口や外窓から、駅前ロータリーをウオッチしている。

そうだ。

人を遊ばせておく余裕など、愛予県警どころか、愛予県そのものに、ありはしないのだ。

（東口交番の巨大な所管区《しょかんく》を守るのは、この二十四時間では、たったの五人――それが、ガキの使いみたいなワナビー巡査を受け入れて、お荷物を抱えながら、いつもどおりの実績も、出してゆかないといけない。

　実戦の場で、人からわざわざ物を教えてもらえるっていうのは、実は、とんでもないことなんだ。しかも、ワナビー巡査と、あの青海先輩の給与は、ほとんど変わらないはず。だから、警察は、何だかんだ言って、人を育てるのに無茶苦茶こだわるんだ）

「ん、どうしたワナビー巡査？　他の勤務員の動きは？」

「あ、失礼しました。

　赤間係長が見張。葉山主任と青海先輩が警ら。黒川班長が巡回連絡です」

「したがって、現在、愛予駅東口交番にいるのは？」

「赤間係長、白石主任、私の三人になります」

「俺たちは地域警察官だ。かつてガイキンといわれていた警察官だ。意味的には正しい。要は、足で稼いで営業してナンボだ。だから、交番を留守にすることが極めて多い。裏から言えば、交番の守りは常に手薄だ。これからどんどん、お客さんがやってくる。誰が対応するのか。どう対応するのか。そもそも今、交番《ハコ》には誰がいて何をしているのか。いない人間はおおむねどこで、何をしているのか。

　勤務例で確認を怠《おこた》らないことは、当然だ。東口の兵力分布状況をな。

ただし、勤務例どおりの勤務ができるかというと、そんなことはありえない。急訴事《きゆうそ》案、突発事案があれば、真っ先に駆けつけるのがガイキンの仕事だからだ。勤務例は平時の態勢。だが有事はありふれている。勤務員の動きがいつでもシミュレイションできるよう、確実に把握しておけ。勤務例の平時の動きを、無線で分かる有事のリアルタイム情報で、更新してゆくんだ。無線はそういう意味で、オモチャじゃない。マンロケの元データだ。お前のコールサインは？」

「東口126です」

「五人全員の分も確認しておけよ――

よし、立番だ。

赤間係長の命令どおり、これから俺が実演する。ワナビー巡査は員数外《いんずうがい》だから、取り敢《あ》えず交番の中からよく観察しろ。ただし、お前がいっていたとおり、立番は『諸願届《しよねがいとどけ》の受理に当たる』ものでもある。俺が何らかの書類を作成しなければならないことも、当然に予定されている。そのときは、誰も立番する人間がいなくなるのだから、お前が単独で外に立て。いいな」

「了解です、主任」

「交番の中に入ったら、まずは鏡を見ろ」

「鏡、でありますか？」

「顔がマズくて彼女ができないのは直せんが、ネクタイの結び目と制帽の傾きは直せる。その、薄汚れた官品《カンピン》の靴も磨ける。交番の外に出たら、顔はともかく、お前は注目の的だということを、覚えておけ。だらしない立番警察官と、隙《すき》のない立番警察官。警戒効果が高く、納税者が喜ぶのは、どっちだろうな？」

「は、はい、整えます!!」

「では行け」

「上原巡査、退《さ》がります」

26

こうして僕の実働勤務が始まった。といっても、見取《みと》り稽古《げいこ》の段階。取り敢えず観察だ。いや、まず指導部長に命ぜられたことを、直ちに終わらせておかなければ。僕はすぐさま奥の院に行き、姿見で制帽の角度と深さを整え（礼式的に決まりがあるのだ!!）ネクタイの歪《ゆが》んだ結び目を無理矢理逆三角形に直すと、カウンタの外に取って返した。あっ、靴の汚れも落としておかないと。これも学校で散々、気合《くうき》を入れられてきたのに。交番勤務の初日ということで、頭が回っていなかった。

（けど、靴磨きセットを今、持ってない……）

このあたりも、『地続き』を認識してないってことなんだろうなあ。王子様こと青海先輩なら、初日の勤務から、きっと、自分の靴磨きセットを交番に持ち込んでいただろう。

すると幻聴、じゃない幻臭か。あの靴墨の独特な匂いが、急に漂ってくる。カウンタ内に顔を向けると、ダルマ係長が、デスクに巨体を据えたまま、せっせこせっせこ、靴磨きをしている。ああ、艫利《ともとし》教官もそうだった。他の教官だって。警察官は、暇があると、靴磨きをする癖《へき》がある。

「よし、いいだろう」

赤間係長は黒靴を磨き終えた。この場合、新任巡査としては、赤間係長に甘えるのがいいのか。それとも二階級上の上官にそんなお願いをするのは、バカヤロウなのか。僕が出口のない新人の悩みに悶《もだ》えていると、赤間係長から声が掛かった。

「ああ、上原」

「はい、係長」

「この靴墨、どうやら、ノリが悪いかも知れんだろう。お前の靴で、ちょっと、確かめてもらうと、俺が助かるだろう。俺の靴を、磨いても、鏡みたいにならんから、きっと、メーカーが悪いのかも、知れんだろう」

「は、はい……」

「オイどうした、何があった。そんな顔、してちゃいかんだろう」

「……何でもありませんっ。ありがとうございます、赤間係長」

朝、井伊課長の所で出発の申告をしたとき。

赤間係長の靴はピカピカだった。まだ二時間も経《た》ってないのに、座って見張をしてたのに、磨き直す必要なんか絶対にない。目頭《めがしら》が熱くなる。見ているんだ。交番の新しい子供を、みんな、見ているんだ。僕は、カウンタの外側にしゃがんだ。赤間係長から顔を隠しながら、そして、白石主任の立番をよく見ながら、懸命に、急いで、靴を磨いた。

――その赤間係長が、ゆっくり、カウンタの内側に立つ。

「白石の立番は」係長は自然に靴磨きセットを回収した。「ひと味、違うだろう」

「はい、上手《うま》くいえませんが……」僕は瞳《め》をこすった。「……剣道みたいな感じです」

「おお、そうだろう。自然でいて、隙《すき》が無いだろう。どの方向にも、動けそうだろう」

すると、白石主任はいきなりダッシュして、交番前から消えた。あわてて眼でその制服を追う。カウンタの外だから、窓からよく見える。視線の先に、ママチャリのおばちゃんと白石主任。レンジャー白石は嘘《うそ》のような、とろけるような微笑を浮かべながら、おばちゃんと会話を始めた。

（主任、あんな笑顔ができるんだ）

しばらくもしないうちに、おばちゃんは自転車を下ろされる。レンジャー白石は、しゃがみながら自転車を確認し始める。肩の無線機を外して、通話も開始した。しかしまあ。まるで何かの舞台を観《み》るようだ。

(流れに無駄がない)

いきなり止められたおばちゃんは、猛烈に抗議をしようとするが、レンジャー白石は微笑も崩さず二言、三言。騒ぎにならないところを見ると、完全に白石主任ペースだ。

――やがて、おばちゃんは自転車に乗った。いや、よく観ていれば分かる。白石主任の挙動で、『乗ることを許可された』のだ。

(主任がさらに留め置こうと思えば、幾らでもできたろう)

おばちゃんは憎々しげな視線を白石主任に向け、恨み言を重ねている。だが白石主任は、とろける微笑で挙手の敬礼をしつつ、また二言三言。するとおばちゃんは、何と白石主任の肩を軽く叩《たた》くように巫山戯《ふざけ》ながら、大きく笑いながら、自転車を漕《こ》ぎ始めた。白石主任もまた、おばちゃんの背を軽く叩いて送り出す。姿が見えなくなるまで、挙手の敬礼――

しかしそれを終えると、脱兎《だっと》のごとく交番前に帰って来た。また、あの自然体で立つ。

「どうだ、上原。白石の職質《バン》は、ひと味、違うだろう」

「えっ、今の、職質《しょくしつ》なんですか。でも立番勤務中ですよね？」

「警察官と、不審者がいれば、職質ができるだろう。マンションの中でも、交番の中でも、どこだってできるだろう」

「では、今、白石主任がダッシュしたのは」

「不審者を認めたからだろう」

「不審者……ママチャリのおばちゃん、でしたが……」

「後輪の鍵《かぎ》がガタガタしていたの、見えたろう」

「えっ」

「しかも、自転車は、やけに新品だろう」

「あっ、はい、それは、そうでした」

「疑問が湧《わ》くだろう」

（……ぜ、全然湧かなかった）

　確かに僕は、白石主任を、そして白石主任が見ているものを、見ているつもりだった。自転車が交番右手から左手へ抜けようとするのも、見ていたつもりだった。新品だ、というくらいは分かった。でも、後輪の鍵なんて、注意もしていなかった。

「立番は、立ちんぼじゃ、ないだろう」

「はい、警戒です」

「疑問が湧いたら、不審だと思ったら、即応するのが立番だろう」

「すると白石主任は、あのおばちゃんが、自転車盗だと考えて」

「いや……白石はできる。できる奴には、嗅覚《きゅうかく》があるだろう。だから、職質検挙の確率は、そうだな、二割未満だと思っただろう。それが、あれだけ走ったろう」

「は、はい」

「防犯指導なら、あれだけ、走らないだろう」

「それは、たぶん」

「そして、あの寄り戻し。基本に、忠実だろう。実は、交番前の検挙というのは、実績のうち、決して少なくないからだろう。交番《ハコ》によっては、三〇%なんて、こともあるだろう。

どうだ上原。白石も、実は優しい奴だろう」

赤間係長は謎掛《なぞか》けのような解説を終えると、自分のデスクへ帰っていった。眼の前では、引き続き白石主任が、立番を続けている。そう、剣道の試合で竹刀《しない》を構えたときのような、独特の雰囲気をまといながら。

（鍵が壊れている自転車。自転車盗の可能性あり。すぐに職質《バン》を掛ける。無線を使っていたのは、当然、防犯登録から所有者を照会するため。そして、検挙はしてないから、容疑は晴れたんだ。だから帰した。

でも、赤間係長は、何が言いたかったんだ？

検挙の可能性は二割未満——なら白石主任は、最初から、自転車盗の線は薄いと踏んでいた。それがあれだけの猛烈なダッシュを掛ける。『防犯指導なら、あれだけ、走らない』。でも自転車盗の線が薄いなら、最後は、防犯指導に決まってる。鍵を直しておかないと危ないよ、できればチェーンロックも買った方がいいよ、新しいのは危ないからね――に決まってる。そして、防犯指導は、市民のためになるけど、実績なんかにはならない。そんなことは、白石主任なら、解りきっているに違いない。

二割に賭《か》けた？　それもあるだろう。

けど、『基本に忠実』なことを、わざわざやって見せた。それは『優しい奴』だから。『交番前の検挙でも稼《かせ》げる』という気概《きがい》を、見せた。実績にならない可能性が高いと、プロの眼力で分かっていたのに）

――だとすれば、答えはひとつだ。

僕は正直、レンジャー白石の意外な心情に驚いた。けれど、驚いている暇はなかった。その白石主任は休みなく、プロの眼力で自転車を呼び止め、歩行者を呼び止め、あるいは、ロータリー停車車両の運転手と会話している。時にダッシュし、時に悠然《ゆうぜん》としながら。本当に、よく動く。

（もう数え忘れるほど、いろんな人に声を掛けている。プロの眼力で。それがない僕には、まったくランダムに見えるんだけど……

いや、不思議なのはそれだけじゃない。

何故か分からないけど、市民が交番に近づいて来るときは、必ず『一歩前立番』の定位置にもどれている。まさか偶然じゃない）

現に今、眼前の定位置では、結構な歳《とし》のおばあちゃんが、白石主任と会話している。

「あの～、お巡《まわ》りさん、御免《ごめん》なさいねえ、愛予市役所に、用事があるんだけれども」

「愛予市役所ですね。地図でいえば、こちらの掲示板のほら、ここになるんですが」

「あら～、結構、遠いもんだねえ。あたしじゃあ、歩いては、行かれないねえ」

「いやいや、私でも、とても歩いてはゆけませんよ。

失礼ですが、もしお身体《からだ》の具合がありましたら、タクシーがよいでしょう。でもお婆《ばあ》ちゃん、足腰、まだまだ立派そうだから、バスでいいかも知れませんね」

「タクシーだなんてとんでもないよ。バス、バス。バスでおったくさん」

「それでしたら、実は、西口ロータリーになるんです。そこのエスカレータで連絡通路に行けるから、駅を乗り越えてもらって反対の出口ね、西口。バス乗り場はロータリーの輪にあるから、すぐに分かりますよ。市役所なら、ほとんどのバスが通りますしね。でも、あんまり混まないのは『農二《のうに》高校行、八番のりば』かな」

「駅の、反対側まで、出ればいいんだねえ」

「そうそう。それで八番ね。それでも迷ったら、反対側にもお巡りさんいるから大丈夫」

「そこまで警察の人に、迷惑掛けちゃあねえ」

「いえ、とんでもない。地理指導、っていってね。お巡りさんの大事な仕事だから」

……日本全国、主要駅前にはまず交番がある。繁華街にもある。すると、交番の地域警察官にとって、バカにならないのがこの『地理指導』の仕事になる。実績にはもちろんならないけれど、『交番に救いを求めて来所する市民』は、すべて大切なお客様だ。

（艫利教官が授業でいってたっけ。

愛予県なんてまだ楽だと。警視庁のハチ公口ともなれば、一人一当務あたり四〇〇件は地理指導するらしいぞと。それで、愛予県の警察官より実績を求められるんだぞ、と）

「あっ、そういえばお婆ちゃん。市役所にはどんな用事で行くの？」

「いやねえ、あたしねえ、本当は久美浜《くみはま》の漁村に住んでたんだけどねえ。娘夫婦がいうんだよ。もうお父さんも死んで――あたしの連れ合いだけどね――独り暮らしは剣呑《けんのん》だから、愛予市の、娘夫婦のマンションで一緒に暮らさないかって。あたしは久美浜で生まれて、久美浜で死にたかったんだけどねえ。まあ、娘の旦那《だんな》っていうのもこれがいい男だからさ。きっと面倒もないかと思って、とうとう家をたたんで、引っ越してきたってわけなのさ」

（地理指導は実績にならないのに、白石主任は何故、話をわざわざ引っ張るんだろう?)


「いい娘さんじゃないですか。旦那さんも立派だなあ」

「まあ、お巡りさんほどハンサムじゃないけどねえ」

「またまた。いつ越してみえたんです?」

「先週だよ」

「それで市役所に行くんだ」

「住民票って奴さ」

「引っ越して一週間じゃあ、まだまだ勝手が分からなくて大変でしょ?」

「そうだねえ、まあ、近所のスーパーとかは行けるけどね。街も駅前もゴチャゴチャしててねえ、年寄りが慣れるのは、大変そうだねえ」

「分かりますよ、私、延命寺《えんめいじ》の出だから。都会に出るの、緊張したなあ。よく分からないから、休みの日とか使って、いろんなやり方で街歩きしてみたりしましてね」

「あら、マア、延命寺っていったら御近所さんじゃないか」

「だからお婆ちゃんの気持ち、本当、分かりますよ。実はちょっと、心配してます」

「まだまだボケちゃいないけどねえ。知らない土地っていうのはねえ」

「娘さんのマンションはどこです?」

「勝山町《かつやまちょう》」

「ちょっと時間が経ったら、お話、しに伺《うかが》ってもいいですか？」

「わざわざかい。お巡りさんがあたしの所に、来るのかい」

白石主任は何故か、微笑よりも強い笑みを浮かべながら、カウンタ内に入ってきた。キャビネットからＡ４の書類を、スチールの書類入れから厚紙のカードを、取り出す。そして、すぐさま立番位置に——すなわち老婆《ろうば》の下に、帰ってゆく。

「いやあ、お婆ちゃん、警察って、困っている人、助けるのが仕事だから」

「そりゃそうだね」

「家庭訪問も、やってるんですよ。巡回連絡って、いうんですけどね」

「あたしんとこ、わざわざ来てもらうのもねえ。お巡りさんだって、忙しいだろうに」

「いや違うのお婆ちゃん、ここの東口交番だったらね、ちょうど勝山町も担当なんですよ。勝山町の一軒一軒のおうちについて、御用聞《ごようき》きの警察官が決まってるわけ」

「へえ、一軒一軒に」

「そう、担当の、そのおうち専門の警察官がいるんです——ちなみに勝山町だったら、実は私です」

「あら、御縁《ごえん》だねえ、それは、また」

「そこでね」

白石主任はＡ４の書類、いやチラシをお婆ちゃんに渡した。

「このマンガのチラシが解りやすいと思うんですけど、こんな形で、御要望とか、苦情とか、困り事とか、承《うけたまわ》ってるんです。もちろん、お婆ちゃんの場合、元気で暮らしていらっしゃるかとか、困ったことに巻き込まれていないかとか、『オレだよオレ』みたいな危ない電話が架かってはいないかとか、一緒にお話ししながら、確認できれば、私も受持ち警察官として、嬉《うれ》しいですしね」

「なるほどねえ」

「そこでね」

白石主任は厚紙のカードをお婆ちゃんに差し出した。

「これが、問診票《もんしんひょう》みたいなものです。今度行くときに、これ見ながらお話しすると、早いし——どうでしょう？　来週の平日、どちらかといえば週末寄りくらいで。お婆ちゃん、よく外出されます？」

「いやあ、娘の代わりに買い物に行くくらいだけどね」

「じゃあ、カレンダーだと——この日の午後、夕方あたりかな、どうでしょう？」

「夕方だったらいるよ。娘夫婦は共働きだから、あたしが炊事《すいじ》、するんでねえ」

「それじゃあ是非、お邪魔させてください。ああ、日時はこのチラシに書いておきましょうね」

「わざわざ、悪いねえ」

「マンションでしたら、オートロックですよね。いきなり私が制服で現れますから、驚かないようにしてくださいね──

それじゃあ西口ロータリー、八番のりばのバスですから、お気を付けて‼」

「ありがとうねえ。どうもねえ。時間、掛けちゃったねえ」

「いいんですいいんです、仕事ですから。市役所遠いからね、休み休みね‼」

白石主任は、お婆ちゃんに手を振り終えると、また、キビキビと立番を始めた。すると、ずっと座ってデスクワークをしていた赤間係長が、再び席を立つ。

「おい、白石」

「はい、係長」

「立番したままで、いいだろう。相変わらず、無駄弾《むだだま》を撃たない奴だ。面接一件だろう」

「赤間係長、そこまで言って聞かせるのは、指導部長として、賛成できません」

「そう尖《とが》らなくても、いいだろう。照れ隠しっていうのは、上原にも、バレてるだろう」

赤間係長は芝居の台詞《せりふ》を終えたみたいに、デスクに戻った。

その間にも、来訪者は続く。

「ねえ、テアトル愛予ってどこさ？」

「何だ若いのに無精《ぶしょう》して、学生か？　ほら、地図があるだろう、ここだ。ずうっと西に行って、最初のローソンを左に曲がれ。ラブホ越えたら左だ。大学はどこだ？」

「愛予大学だよ、っせえな、ポリ公」

「すみません、お巡りさん。媛河線《ひめかわせん》の特急に乗るには、ここの駅でいいですか？」

「うん、ここでいいけど――女子大生さん？」

「いえ、看護学生です」

「そうしたら、今月から？」

「はい、秋から」

「愛予市に引っ越してきたの？」

「いえ、国府市《こうし》の実家から通っています」

「じゃあ愛予駅は分かりづらいね。どこまで行くの？」

「安城駅《あんじょうえき》までです。知らない病院に、学校の用事があって……」

「そうしたら、クリームと赤の列車になるよ。三番線。指定席じゃなければ特急券はいらないから。列車の行き先だけ注意して。『三島《みしま》方面』になる」

「ありがとうございました!!」

「気を付けてね、それじゃあ」

客足は途絶《とだ》えない。むしろ、人が人を呼ぶように、次々に列を作ってくる。

「こんにちは、失礼します、お巡りさん」

「おっ、でかい弓だな。愛予桜丘《あいよさくらがおか》の生徒か？」

「えっ、よく分かりますね」

「このあたりで弓引きといえば、愛予桜丘か東雲《しののめ》だからな。どうした？　今日は大会だろう？」

「税務署前だと、歩いて行けますか？　コミュニティバスの方がいいでしょうか？」

「そんな装備品じゃあミニバスは厳しいな。まあ若いし、歩いても十五分未満だ。弓、人に当てないようにな。喧嘩《けんか》っ早い奴は、どこにでもいるぞ。それからこれ、俺からのプレゼントだ。愛予県警採用ビラ。三〇枚ある」

「お、多いですね」

「どんどん来たれ、若人よって奴だ」

「はあ。ありがとうございました」

……そろそろ、僕にも分かってきた。道案内ひとつでも、今の自分には到底、務まらないということが。

（僕も、ずっと愛予市民だったから、駅前のことはそれなりに知っているつもりだ。けれど、乗らない路線のことなんか全然分からないし、バスは使わないから何の知識もない。おまけに、高校生の制服を識別したり、部活動の大会の予定まで把握したり。いや、そんなこと以前に、白石主任は周りの道をすっかり頭に入れている。

地域実態把握っていうのは、最低限、そのラインにいなきゃ駄目なんだ。だから『休みの日とか使って、いろんなやり方で街歩きしてみたり』って、敢えて僕に聴こえるように強調した――

それだけじゃない。

さっきは、立番をしながら職質を始めた。

今度は、地理指導をしながら巡回連絡に結び付けている。

警察官は、巡連をしなきゃいけない。こっちから、家庭訪問に行かなくちゃいけない。現に、黒川班長は、今の時間、それに出掛けている。けれど、それも、巡連の時間だけでやろうとしていちゃ駄目なんだ。考えてみれば、お客さんはいくらでも向こうからやって来る。その人が自分の受持ち世帯の人だって可能性も、十分ある。もし、地理指導を厄介《やっかい》な副業だと考えてるだけなら、それは、本当に厄介な副業でしかない。自分自身がそうしてしまっている。

……白石主任は、そうじゃない。

キチンと地理指導の仕事を果たしながら、それを入口に、実績が出る布石をしている。人によって全然、話し方を変えているのがその証拠だ。重要になるかも知れないお客さんには、ちゃんと、アクセントをつけた仕事をしている。巡連だって、面接できれば立派な実績だ。白石主任は当然、それを踏まえた上で、『行って留守』『行って拒否』といった、無駄弾をなくそうとしているんだ。現に、あのお婆ちゃんの予約面接をゲットしている。看護学生だって、入学したのが今月なんだから、新規転入者の可能性はあるし、新規転入者だったら、当然、巡連を実施しなきゃいけない世帯になる。逆に、愛予桜丘高校生となれば、まさか新規転入者じゃないし、親と同居だろうから、高校生に予約面接を仕掛けるのは非常識で苦情もの——

赤間係長がわざわざ『解説』したのは、立番も地理指導も職質も巡連も、すべては地続きだといいたかったんだ。そして白石主任は、もっと抜け目がない。警察官採用活動は、実は立派な実績になるはずだ。もちろんビラやパンフを配っただけでは駄目だけど、まずは宣伝をして仕掛けなければ、何も始まらない。あの高校生や、その同級生が受験してくれるなら、地理指導の機会にちょっとビラを渡すなんて、コスパがよすぎる工夫だ)

27

僕が舌を巻いているうちにも、白石主任の立番は続いている。交番前からのダッシュを欠かさずに。交番前のお客さんの列を消化しながら。そして、これまでの所、カウン夕の中に誰も入れていない。すべて基本どおり、一歩前立番を守りながら、さばけてしまっているわけだ。その見極めすら、今の僕にはできないだろう。

「お巡りさん、すみません」

「はいお嬢さん、どうされましたか」

「この白い紙袋、東口バスターミナルのベンチの上に、ずっと置いてあったんです」

（今度は、拾得だ）

僕は、女子大生だと思われる、新たなお客さんを見た。結構カッチリした、光沢のある紙袋をひとつ、持っている。披露宴の引き出物のような感じだ。

「お嬢さんが拾ってくれたんですね？」

「ええ、はい」

「どれくらい置いてありました？」

「私が朝、大学に出るときはもうありました。今日は一コマしかなかったんで、帰ってきたら、まだ同じ所にあったんです……御迷惑でしたか？」

「いえその逆です。よく注意していて下さったなあ、というのと、よくわざわざ届けて下さったなあ、というのとで、とても感謝しています。拾得物をキチンと扱うというのは、交番の警察官の大切な仕事ですから」

白石主任は微笑《ほほえ》むと、姿勢を正して挙手の敬礼をした。

「本当にありがとうございました」

（白石主任が時間を割くということは、重要だと判断したということだ。でも、今の会話の流れで、どうやって重要だと判断したんだろう。今の会話の意味は？　まさか、このレンジャー白石が、単純に感謝をするため長話をするはずがない。今は立番中だ）

「あっ、いえ、出しゃばったことですし。そこまでおっしゃっていただくほどのことでは」

「大変申し訳ないのですが、若干、お時間を頂戴《ちょうだい》してよろしいですか。せっかくお届けいただいたのですから、キチンと中身を確認して、キチンと書類を作って、善意にお応《こた》えしたいのです。決して長くは掛かりません。ただ、意外なものが出てくるかも知れませんからね。落とし物というのは人生の縮図で、ミステリです」

（明らかに今のトーンはおかしかった。きっと、僕に聴かせるために違いないけど）

僕の物思いをよそに、いよいよ白石主任は、女子大生を交番に招き入れた。女子大生が先に交番の敷居《しきい》をまたぐ。その左斜め後ろから、意外なほど鋭い眼で彼女を観察し続ける主任が続いた。彼女がカウンタ外で白石主任をふりかえる。レンジャーは、まさにレンジャーっぽい足の搬《はこ》びで、いつしか彼女を、そしてその隣にいる形になった僕をスッと追い越した。あっという暇《ま》にカウンタ内、女子大生の正面に位置する。

（遺失《いしつ》・拾得も、地域警察官の基本だ。しっかり見取り稽古、させてもらわないと）

僕は、違和感を与えないように気を付けながら、女子大生の隣で手続を見学することにした。

白石主任は既に、スチールの書類キャビネから様式を取り出している。『別記様式第2号 拾得物件預り書』だ。これは、拾得物が届けられたときの書類。もちろん警察は、物を無くしました、という届出も受理する。そのときは『別記様式第5号 遺失届出書』だ。学校でも散々、教養された。交番の警察官がやる行政手続の中で、実は交通切符と拾得物預り書がいちばん恐いのだと。そして、後々、墓穴《ぼけつ》を掘る可能性が高いのは、圧倒的に拾得物の方だと。ただ、僕は、まだその『恐い』理由が解っていない。というか、取り扱ったことすらない。

（ドロボウしてしまう警察官が、実は、多いということなのかな？）

「お嬢さん、じゃあ、これから確認をするからね。しっかり見ていてね」

「はい、解りました」

「紙袋があったのは、ロータリーのベンチでいいね？ 駅の中じゃないよね？」

「はい、バスロータリーの、ほら、電光掲示板がある屋根の下の椅子《いす》です。駅じゃないです」

ここでレンジャーはほんの一瞬、僕に目を向けた。僕は反射的に頷《うなず》いていた。もちろん、意味が解ったわけじゃない。必死で考えておかないと殺されることは、解った。

「よっと。紙袋の中から出て来たのは……やっぱり紙で包装された箱だね。持ってみて。木箱だと思うけど、桐箱《きりばこ》みたいに軽い」

「そうですね、大きさから考えると、とても軽いですね」

「そして紙袋。ほら、もう空っぽだね。この包装された箱しか入っていないね」

「確かに、空っぽです」

「そうしたら、この箱、紐《ひも》でカンタンに結んであるだけだから、中身の確認をしよう。私が開けるから、これも、よく見ておいてね」

「はい、解りました」

白石主任は慎重に紐の結び目を解くと、とても繊細な手つきで、新しい折り目すらつけない形で、箱の包装紙を開いていった。すると、現れたのは――

「あら、お弁当だわ」

「懐石弁当だね。ほら、木箱のここ。シールに書いてある。賞味期限は、今日いっぱい」

「それじゃあ、お手続きすることもないですね。貴重品でも何でもないみたいだから」

「いえ、違います」主任は優しく、しかし断乎《だんこ》としていった。「落とし物に貴重も貴重でないもありません。どんな落とし物でも、堅い言葉でいえば、所有権の対象です。それが一円玉でもお弁当でも百億円でも、拾って届けてくれた方の善意や、無くしてしまった方の残念な気持ちが込められています。まさか、ありえませんが、もしキチンと手続をしなければ、私たちはカンタンにそれを盗んでしまうこともできるのです。

　落とし物に関わったすべての人間がしあわせになる道。

　それは、どんな落とし物であっても真心をこめて、大事に、大事に、同じ手続をとることです。それこそが、二四時間三六五日営業している交番の、大事な務めでもあります」

「……そうですよね。まさか、お巡りさんが盗むだなんて思いませんけど、このお弁当だって、もうじき、無くした方が取りにいらっしゃるかも知れませんものね」

「そうなんです。人によって大事なものって、違いますからね。警察が、これは大事だ、これは大事じゃない、なんて差別するのは、仕事として間違っています。そしてお嬢さん、あなたが落とし物を届けてくれたのは、今の時代、本当に尊い行為です」

「いえそんな」

「いえ本当に。だから、その尊い行為が確実に行われたことは、警察として、書類にする必要があるんです。そして、私は、まさかお嬢さんが勝手に盗んでしまう人だとは思いません。しかし、残念ながら、そういう人もいるんです。お嬢さんは、そうではなかった。きちんと届けて、堅い言葉でいえば、落とし物の法律の義務を立派に果たしたんです。だから、警察としては、逆にそれを証明して差し上げないと、後で色々、揉《も》め事《ごと》になったときに、お嬢さんの立派な行為を証明することが、できなくなるんです」

「……あたし、警察官の人のお仕事って、もっと、殺伐《さつばつ》としていると思ってました」

「うーん、残念ながら、そういう基本を守らない警察官も、実はいるんですけどね。これまでに出会われた警察官が、残念なことをしていたら、本当に申し訳ありません——それでは物件の確認が終わったので、一緒に書類を埋めてゆきましょう。

まさかとは思いますがお嬢さん。あなたがひょっとして、勤務中の公務員の方で、仕事が駅前に関係するなんてことは……」

「いえ、女子大生ですから」

「ですよね。成人式どうでした？」

「せ、成人式ですか？　前撮りがやけに早くて……同級生といっぱい会えて」

「ありがとうございます。さてそうしますと、お嬢さんには、三箇月経って落とし主が現れなければ、この紙袋だけを差し上げることになり、それまでに落とし主が現れれば、交通費とお礼金を請求できることになります」

「紙袋……」

「お弁当は今日で食べられなくなってしまうので、これは、このままだと廃棄処分でしょう。しかし、紙袋は立派でキレイですし、リサイクルどころか新品として使えます。ですから今回の場合、事実上、三箇月後に差し上げることができるのは、紙袋だけになるわけです」
「そういうことですね、なるほど。すごく、お仕事、細かいんですね」
「重ねて申しますと、所有権に、重いも軽いもありませんからね——たとえ紙袋でも。
そこでお訊《き》きしますが、この紙袋を将来もらえる権利、希望されますか？ ちなみに
希望されてもされなくても、私たちの手続は変わりませんので、まったく自由な、御自
分の判断で大丈夫です。誰も文句なんか言いません。それは、お嬢さんだけの特権で
す」
「あは、でも紙袋ひとつですものね……結構です、私はいりません」
「三箇月経っても、自分のものとして引き取らない、ということでいいですか？」
「はい」
「落とし主が現れたとき、お礼金を請求できますが、その特権についてはどうでしょ
う？」
「いえ、お金が欲しくてお届けしたわけではないので」
「それでは交通費とかの費用も」
「請求する気はありません」
「ここ、すごく大事なんです。だってこれが百億円だったら、言った言わないの話、も
う泥沼ですからね」

「そして、所有権に、重いも軽いもない——んですものね」

「御理解いただけて、助かります。あとは事実関係の確認ですね。交番にいらっしゃった時間は私で分かりますが、拾われた時間、分かります？　それから拾われた場所ですが、これも後で採《も》めますのでね、この精密住宅地図で確認しながらやるんです」

白石主任は交番御用達《ごようたし》、ゼンリンの紙媒体地図を取り出した。地理指導に役立つことは当然、駐車苦情の処理にも、こうした拾得場所の確認にも役立つ。あるいは、突発事《とっぱつじ》案《あん》が離れた所・入り組んだ所で発生したときの現場確認にも役立つ。非常に重宝する一冊である。紙媒体には、故障もエラーもないから。

「そして御名前を頂戴して、御住所と電話番号と——物件は一緒に確認しましたから、特徴も一緒に書いてゆきますね。そして今回、現金はなし。個人情報関連物件もなし、と」

「個人情報関連物件？」

「ああ、難しい議論を省くと、ほらパソコンとかタブレットとかスマホとか、もっとアナログなところだとシステム手帳とか。流行《はや》りの『個人情報』がわんさか入っているでしょう？　私も最近、本当にスマホを取り扱うことが多くなりました。ところがですよ、お嬢さん。御自分がスマホを落としたと考えてみてください。それが警察に届けられれば、さっきの紙袋の議論と一緒です、三箇月、御自身が警察にアクセスしないまま過ぎてしまったら――」

「――ひょっとして、拾われた方のものになってしまう？」

「そうです。そしてそれが、仮に、三千円入りの財布だとしたら――まあ、天下の回り物として、諦《あきら》めもつきますけどね、でもスマホは財産的価値というより、中の情報が大切ですから。御自分のメールとか電話帳、人に見られるのはちょっと、嫌ですよね」

白石主任は平然と会話を続けながら、器用に、カウンタ内の警察電話を取った。いわゆる警電《けいでん》。クリーム色の平べったいプッシュホンで、プッシュボタンは焦《こ》げ茶《ちゃ》である。

「もしもし東口白石です。拾得の受理番号一件願います。日時、場所にあっては……」

（そうだった。拾得物を扱ったら、署の会計課か当直に、受理番号をもらうんだった）

「……以上が物件です。はいお疲れ様ですどうも。

おっと失礼しました。そうそう、個人情報関連物件。だから最近、法律が改正されまして。スマホ系の個人情報が詰まっているものは、三箇月経っても、拾った方には差し上げないことになったんです」

「私が落としたらそれで嬉しいけれど、拾ったとしたら、ちょっとだけ寂しいですね」

「お礼を請求する特権は、放棄しない限りありますし、スマホだったらキャリアーに調べてもらえれば大抵、落とした人、分かりますからね。それに、すっかり初期化してサラピンにできるのなら、そのときは、拾った方に差し上げてもいいことになっています。

はいこちらが預り書。大切なものですから、どうか無くさないようにしてくださいね」

「えっ、でも私、何の特権もないっていうか。そう、放棄したと思うんですけど。これ大事ですか？」

「私たちは現時点で、落とした人がどういう人か分かりません。どうしてもお礼を言いたい、それをお嬢さんも了解した——そのときは連絡先を仲介させていただきますし、あるいは大富豪でいらっしゃって、お嬢さんがどう言おうと、どうしてもお礼を一億円差し上げたいとおっしゃるかも知れない。そして、実は、ここがいちばん大切な所なんですが、この書面は、お嬢さんはネコババしていない、お嬢さんはキチンと警察に届けた、そのことを証明する意味があるんです。これまた落とした人が特殊な方で、『あの弁当は愛予市で指折りの料亭が一日五個限定で作ってるんだ‼　ネコババして食いやがった奴《やつ》には損害賠償請求だ‼』と、なるかも知れませんから。

すべては想像です。しかし、私たちとしては、後日のトラブルを絶対に防ぎたい。それが、善意の拾得者の方を守ることになるんです。一緒に書類を確認し、預り書までキチンと保管していただくことで、あらゆる無用のトラブルや迷惑は回避できます。

お時間をとってしまって、大変申し訳ありませんでした。これからも愛予警察署と、東口交番をどうぞお引き立てください——

あっ、そういえば。最後になりますが、お住まいは近くですか？」「御自宅でしょうか？

「文京町《ぶんきようちよう》です」

「正義感の強い方には、こちらを」白石はまた採用ビラを渡す。

最近、警察官はお邪魔していますか？」

「自宅です――ああ、そういえば。三箇月ほど前に。振り込め詐欺のビラをくれて」

「今、特にお家や御近所で、お困りのことは」

「ありがとうございます、特にありません」

「こちらこそ、どうもありがとうございました。勉強、頑晴《がんば》ってくださいね」

レンジャーの打ち切り方はあざやかだった。巡回連絡は、愛予県のルールだと、受持《うけもち》区《く》のすべての世帯について、年一回である。緩急をつけるよう命令されることもあるが、親の家に住んでいて、しかも特段の問題がない。三箇月前に終わっているのなら、急ぐ必要はない。

そのレンジャーが拾得物を金庫に入れ終わり、またカウンタの外へ出ようとしたとき、赤間係長が声を掛けた。

「白石、お前、山本五十六、実践しているんだろう。今日は、ヤケに多弁だと、自分でも、思うだろう。フフフ」

「からかうなら指導部長はナシですよ、赤間係長」

レンジャーはまた、一歩前立番に復帰する。ほとんどのお客さんをその位置でさばいている。僕は、本来の白石部長を知らない。けれどこの当務、白石部長が、しつこいほど基本にこだわり、しつこいほど個々の言動の意味を『それとなく』伝えようとしてることは、僕にも解った。だが、それはきっと、ひとつの仕事についてたったの一回に違いない――

28

その刹那《せつな》。

肩の無線機がガー、ピーというノイズとともに、声を発し始めた。いや、正確には、始終声を発しているから、声に意識が向いたというのが正しい。これは愛予署用の無線機だから、愛予署のすべての地域警察官のやりとりが、聴こえる。これまで、さいわいにして、東口交番を呼び出す指令もなければ、いま離れているゲーハー主任、ボチボチ班長そして王子様からの応援要請も、なかった。しかし、そこはもちろん、『警ら』に出ている王子様のことである。防犯登録から総合から所有者から、バンバン照会を掛けている。その声は聴ける。それはつまり、バンバン職質をしているということだ。地域警察官のサボり度合いは、無線照会の件数と反比例する――とまでいわれるのである。

確かに漫然《まんぜん》と歩いているだけなら、無線照会をすることはありえない。

（僕も現場に出なければ）

王子様の無線を聴くたびに、僕は、焦《あせ》りのようなものを感じていた。

これから警らの時間はたっぷりある。しかも、初当務だ。けれど、こうやって交番の中を、訳も解らずうろちょろしているのは、どうにも若い警察官らしくないように思えた。職質に思い入れはないけれど、いきなり『実績低調者』の烙印《らくいん》を押されてしまうのも、嫌だ。そもそも、当務明けには、勤務日誌を完成させなければならない。まさか『取扱いなし』『職質なし』などと記載したら、あの井伊地域第二課長に、三時間は口頭試問されてしまう――

そんな僕の思いを知ってか知らずか、愛予署指令室＝リモコンの声が呼び出したのは、何と東口交番勤務員であった。

〈愛予から、東口１２１〉

〈東口１２１ですどうぞ〉

無線のコールサイン『東口１２１』は、ブロック長の赤間係長だ。ダルマ然としていながら、僕が一瞬、目を離した隙《すき》に、無線機のマイクを口に当てている。

〈ＰＳ直接入電で、万引きの常人《じょうにん》逮捕現場《げんじょう》は。愛予市大街道《おおかいどう》二丁目大街道商店街入口付近『ジュンク堂書店』。発生は五分前。マル被は未成年者一本、店員が確保。マル被の人定《じんてい》にあっては。愛川《あいかわ》高校三年生男子。同高校の制服を着用なお。店員がマル被を確保する際。抵抗し。該《がい》店員の顔面を殴打《おうだ》し逃走を図ったとの申告あり。店員によれば。凶器の携帯は認められないが。東口にあっては複数PMを出向《しゅっこう》させ。受傷事故防止に十分留意の上。関係者の確保、事情聴取及び。現場《げんじょう》において長時間費やすことなく。PSへの早期搬送《はんそう》に配意《はいい》願いたい〉

〈東口121了解〉

「白石主任‼ 私たちも大街道に」

「……オイ巡査補。俺が朝、何を確認したか、もう忘れたのか？」

「えっ、でも赤間係長は、了解と」

「ったくワナビー巡査が。ラヴィオリ耳でよく聴いてろ」

〈東口125から愛予〉

〈愛予ですどうぞ〉

〈現在、銀天街《ぎんてんがい》商店街警ら中〉東口125は、王子様だ。〈東口122とともに現場《げんじょう》へ出向する。現場まで三分。なお。関係者の搬送のためPCの派遣を願いたい。以上東口125〉

〈愛予了解〉

〈東口傍受《ぼうじゅ》了解〉

〈以上、東口125〉
ここで、無線が切り換わった。あのウォークマン、『受令機《じゆれいき》』から声が流れる。ならパトカー絡《がら》みだ。愛予県警用の無線。
［愛予から愛予1］
［愛予1ですどうぞ］
［署活系傍受《しよかつけいぼうじゆ》のとおり、大街道二丁目で。強盗の可能性ある万引き事案。PCの現場臨場は可能か、どうぞ］
［愛予1は現在、マルBマル職中、臨場は不可、どうぞ］
［愛予了解。続いて愛予から愛予3］
［愛予3、駐車苦情一一〇扱い終了。該《がい》大街道の現場に転進、どうぞ］
［愛予了解。以上愛予］
すぐさま赤間係長が、警察署に『状況を把握した』旨《むね》の無線を入れる――
〈東口121から愛予〉
〈愛予ですどうぞ〉
〈愛予3出向、東口傍受了解〉
〈愛予了解〉
〈以上、東口121〉

かと」

「赤間係長」白石主任は苦虫を嚙《か》み潰《つぶ》している。「黒川サンにも臨場を命じた方がよい
「ふむ」

「どうせ愛予城《あいよじょう》交番で油、売ってるんですから。無線より警電の方が通じるくらいだ」

「なら、間に合わんだろう」

「PCの搬送要員くらいは、できますよ。やらせないと」

「どうせ、仕切るのは、青海だろう。黒川が来ても、青海は、よろこばんだろう」

「……俺が上原についたんで、あれは、もう遊ぶ気満々ですが？」

「天網恢々《てんもうかいかい》と、いうだろう」

「そうでしょうか？」

白石主任は、立番の定位置に戻っていた。係長とのやりとり以降、引き続き機嫌は悪い。少しも動く気配がない。ちょうどお客さんが途絶えたので、僕は勇を鼓して訊いた。

「青海先輩たちが臨場するようですが、私たちは立番をしていてよいのでしょうか？」

「お前の基本勤務は今、何だ」

「それは、り、立番ですが」

「ならここで警戒と接遇《せつぐう》に当たるのが、お前の給与の内じゃないのか」

「でも、所管区《しょかんく》内で強盗事案が発生しています」

「それでは訊くが、ワナビー巡査。『警ら』とは何だ」

「通常基本勤務で、パトロールで――あっ、『所管区を巡行することにより、犯罪の予防検挙、交通の指導取締り……』」

「おっとそこまでだ。必要にして十分だ。立番は交番外での警戒だな。そして警らは、巡行して検挙だな。機動性があるのはどっちだ。まず検挙に当たるのはどっちだ」

「それは……警らです」

「何かあったら対処する。そのために外に、営業に出ているんだろう？　そしてお前は、交番の一歩前を離れず警戒をするのが任務だ。自分の任務と任地を放り出して、やりたいことをやるのが公務員の在り方か？」

「ですが白石主任。学校では、その……常に事案の性質や、応援要請の可能性に配意して、固定的な基本勤務にとらわれることなく、積極的に現場臨場するようにと」

「事案の性質か。被疑者は未成年者一本。強盗になるかも知れんとはいえ、手で殴っている上、書店の方でも所持品を調べるだろう、万引きなんだからな。他の被害があるかも知れんのだからな。その段階で、被疑者は封圧《ふうあつ》されているし、書店から情報がないということは、持凶器《じきょうき》事案である可能性は低い。

　もちろん、予断は許されない。

　だからリモコンも受傷事故防止を指示したし、警ら中の青海も、葉山主任と複数臨場するという判断をしているわけだ、そうだろう？」

「は、はい、それは」

「そして県内系無線を聴いたな？　ＰＳはさらに配慮して、署のＰＣを一台急派した。これで警察官は、何人集合することになる」

「交番二人、ＰＣ二人の総員四名です」

「被疑者の聴取。被害者の聴取。ブツは出ている。総合照会。動静監視《どうせいかんし》。無線報告。擬《ぎ》律《りつ》判断。搬送──四人以上を突っこんだら、東口が笑われるぞ。さらにだ。黒川班長は今、巡回連絡に出ている。事案が発生したら即応するのは、所外活動の基本だろう。巡回連絡は極論、いつでもできるが、事案はその瞬間、そこにしかないわけだからな。これで理論上、五人になる。そういえば、この東口勤務員そのものが五人だったな？　たった五人で、愛予駅東口の全管内を守っているんだったな？　ならどの口から、応援要請とか現場臨場なんて言葉が出てくる？」

「よ、よく解りました白石主任。自分は組織の動きが、全然、理解できていませんでした」

「無線はラジオじゃないんだ。しかもワナビー巡査、残念だが、お前はまだ半分も理解していないぞ──

お前は俺のケツにくっついて、何を見ていた」

「立番勤務、であります」

「俺はこれまで、何人の市民に対応した」

「それは……」

「そんなに俺のケツの形が気に入ったのか。視野を広げれば、二十一人だと分かるぞ。まだ勤務開始から二時間過ぎていないのに、これだけの客が来るし、こっちから営業を掛けに行かなければならない。

そこでだ。

お前はこの万引きだか強盗だかに臨場すると言う。すると東口交番に残るのは誰だ？」

「赤間係長と、白石主任であります」

「俺が市民接遇をしているとき、お前は、係長に立番しろっていう気か？」

「………」

「さらにだ。

自分の立場を考えろ。

お前は職場実習生、ワナビー巡査だ。まともな職務執行なんかできるはずがない。できたらおかしいだろう。なら、誰だって明日から巡査だわな。いやいやどうして。警察官は、そんな生やさしいもんじゃない。そう、警察官はそんなもんじゃない。

だが、市民目線で見れば、お前は立派な巡査なんだよ——

お前が一人で大街道に行く。その道すがら、包丁持った男が暴れていたらどうする。その道すがら、ひったくりを目撃したらどうする。お前にできるのは、精々、無線報告するくらいだろう。いや、無線報告すらまともにできるはずがない。そのお前が、市民の期待の目線の中、衆人環視《しゅうじんかんし》の中、職務執行を迫られる——無理だよ。

だから。

指導部長ってのがいるんだろうが。

だから赤間係長は、俺のケツにくっついてろって命令したんだろうが。

それはお前が可愛《かわい》いからだ。まだお前を修羅場に独りで、突き落としたくないからだ。

俺としては一言、いや二言三言あるが、赤間係長の命令は絶対だ。ブロック長だからな。

だとしたら。

お前が現場に飛び出して行ったら、俺は急いで、お前をフォローしに出なければならんだろうが。もう分かったと思うが、そのとき、このクソ大人気の繁忙《はんぼう》交番には誰が残る？」

「……赤間係長、だけです」自分の頭で考えないといけなかった。「すみませんでした」

「いいか、警察官ってのはな、上官の命令に服する法律上の義務があるんだよ。

お前は一晩中立番をやっていろと命ぜられたら、仮眠もせずに一歩も動くな。二十四時間警らして帰るなと命ぜられたら、交番に寄り付かず必死で歩け。まずは、そこからだ。変に焦るな。変に急ぐな。近道をしようとするな。実績なんてまだ考えるな――しかし、だ」

「はい」

「基本勤務は絶対じゃない。基本勤務は平時の勤務。事案が入ればすべて有事だ。有事に歩哨《ほしょう》をしていたり、小銃の手入れをしていたり、ましてや、他の兵営《へいえい》に遊びに行ってる奴は、バカだ――

お前が前へ前へと出ようとするのを、俺は評価する。

だから、その気持ちを忘れずに、視野を広げろ。勤務の意味を考えろ。組織で動く理由を考えろ。それを自分の頭で考えた上、前に出るのが正しいと思うなら、俺は止めん。指導部長としての責務も果たす。だから立番バカ、在所バカ、巡連バカにはなるな、いいな」

「はい、白石主任」

第8章　立番 II

29

せっかく架かり始めた、僕と白石主任の橋。しかし交番は、それを堅くする暇《ひま》なんかくれなかった。たちどころに二十二番目のお客さんが来所する。

「あのう、お巡《まわ》りさん……」スーツ姿のサラリーマン風だ。若い。ただ年齢の割りに、どこかくたびれている。「……財布、落としちゃったんだけど。だから、カネがない」

「へえ、どこで」

「駅」

「駅のどこ」

「駅の、その、電車の中、だと思う。手持ちのカネ、全部落とした」

「どの電車に乗っていたの？」白石主任の声が硬い。「どこからどこまで乗ったの」

「それは……八幡島《やわたじま》から、愛予までさ」

「日帰りする予定だったの？」

「ああ」

「八幡島を何時に出たの」

「八時、くらいかなあ」

「へえ。特急だったら着いてからかなり経《た》つし、各駅だったらまだ愛予には着いてないね」

「そんなこたあいいだろ、JRの電車の中で無くしたんだってば!!」

「何色の財布?」

「黒」

「幾ら入ってたの」

「五万円、くらい」

「五万円持って、どこ行くの」

「関係ねえだろ、急ぐんだよ」

「関係なくないよ。このデフレで五万円っていったら大金だからな。状況、詳しく訊いて、遺失届《いしつとどけ》書いてもらわないと。出てくる物も出てこないぞ」

「……このデフレだから、採用面接に来たんだよ、悪いか」

「いや立派なことだ。でも採用面接に来て日帰りで、五万円はちょっと変だなあ」

「家族に土産《みやげ》買って帰っちゃいけねえのかよ」

「特急だったら往復五、九八〇円。各駅だったら四、六二〇円だよなあ。泊まるホテルがあるわけじゃなし、土産に四万円とはまた、このデフレ下で豪勢《ごうせい》だね」

「オイお巡り、調子くれてんじゃねえぞ!! 納税者が財布、落としたんだよ。早く書類作れよ、急いで探せよコラ!! 税金ドロボー、俺はお前らと違って急ぐんだよ、チンタラ公務員がよ!!」

「おい」白石主任は僕に声を掛けた。「遺失届出書、持ってこい」

「はい、主任」

「ほら兄さん、書類はこれから作る。けど犯罪を制止するのは義務だ。だから言っておく。遺失届出書は、兄さん自身が作る書類だ。俺たちが作る書類じゃない。たとえ代書したとしても、名義人は兄さんだ。そしてこれは重要だから、そうだな、ハンコか指印《しいん》を押してもらおう。

　すると、有印私文書だ。

　例えばこれを偽造して、行使すると、五年以下の懲役になる。

　もちろん書き終わって、俺たちに出した時点で、犯罪は成立する。まあ、俺たちもノルマに苦しんでるんで、そうなったらそうなったで、いいお客さんかも知れないな。じゃあ中に入れよ。書き方、教えてやるから」

「……いや、その」

「ん？ 早く入れよ。急ぐんだろ？」

「あのさ、俺……いや、つまり……

すんませんお巡りさん!!」

若い男は土下座しようとする。いつの暇《ま》にか黒手袋を嵌《は》めていた主任は、その両脇をすっと上げた。確かに駅前交番の真正面で、市民が警察官に土下座しているのはまずい。

（そして対象に触れるときは、手袋を着装するのが基本だ。あれは主任の私物だろうか？）

白石主任は男を立たせると、厳《いか》めしい顔のまま、コミカルにくるくる腕を回した――

『指導！』。

「どこまで帰りたいんだ？」

「う、牛渕《うしぶち》団地っす」

「ぱちんこか」

「ハイ」

「片道三二〇円くらいは、残せよな、恥ずかしいぞ」

「スンマセン」

すると白石主任は、交番の中にも戻らず、自分の小銭入れを出すと、そこから五百円玉を取り、何の手続もなく若い男に渡す。いや、『くれてやる』。

「犯罪者には、なりたくないだろう」

「ハイ」

「二度とあんな真似《まね》、するんじゃないぞ。交番でまたやったらどうなるか——解ったな？」

「スンマセン、ありがとうございました、お巡りさん」

スタコラとスーツの男は雑踏《ざっとう》に消えてゆく。嘆息《ためいき》を吐《つ》いた僕に、しかし泰然自若《たいぜんじじゃく》とした、つまり何の感慨も感じてない主任が、淡々と訊いた。

「アイツが、どうしても自分の名前で届出をする——と言い張ったら、どうする？」

「えっ、それは」答えを焦るな。自分の名前ということは。学校でやった。『偽造』じゃなくなるということだ。「その場合は、私文書偽造が、成立しなくなります」

「デタラメの私文書を提出しました。この罪責は何だ」

「すみません、今、考えます」

「……意外だな」主任は警戒を怠《おこた》っていなかった瞳《ひとみ》を、そっと僕に向けた。「いい返事だ」

僕は必死で考えた。白石主任は恐い。答えられなかったときの懲罰も。しかし今、僕が突き動かされているのは、白石主任の不思議な取扱い、そのもやもやを解決したいという衝動だった。何の実績にもならないこと。時間の無駄にも思えること。けれど、警察官がこんな『何でも屋』である限り、自分が吸収しなくていいものなんて、ない。

（デタラメの内容だから、偽造じゃなくて『虚偽』。遺失届出書は私文書だということだから、つまり、虚偽私文書作成ということになる。それを提出したのだから、同行使もくっついてくる——）

「はい、虚偽私文書作成・同行使……うっ」

「何か今、俺が最も期待している答えが聴こえた気がするがな」

「……不可罰《ふかばつ》です」

「ほう、何故だ？」

「虚偽文書の作成・行使が処罰されるのは、医師のカルテみたいなものだけで、一般の私文書は、虚偽文書を作成したり、行使したりしても、罰則がありません」

「アイツは明らかに嘘《うそ》を吐《つ》いていた。虚偽私文書作成がないなら、何で引っ掛ける？」

「確か軽犯罪法に、虚偽申告の罪があったと思います」

「駄目だ。アイツのは遺失の事実だからな。それは犯罪の申告でも災害の申告でもない」

「それなら」僕は脳内で六法をめくった。バイト数があまりに少ないが。「偽計業務妨害はどうでしょうか。警察官を騙《だま》して、業務でないことをさせています。無駄な時間もとらせています」

「着眼はいい。なら前提として訊くが、何故、公務執行妨害といわなかった？」

「はい、暴行又は脅迫は、どう考えてもないからです」

「そうだな。そして強制でない警察官の公務は、業務妨害罪で保護される。だが次の論点だ。アイツが財布を無くした。これがウソだってことは、どうやって証明できる？免許証をなくしました。パスポートを落としました。これが虚偽だっていう証明はできるか？」

「ああ、確かに。ブツが出て来たら証明になりますが、そもそもウソなら」

「警察の神様でも、証明できないはずだ。次に妨害の程度だ。仮にその証明ができたとして、俺が遺失届を代書するのに三分。お前なら一〇分。公務執行妨害で考えてみろ。確かに肩に手が触れても公妨は公妨だが、それをやるかといえば、それなりの情勢と決断によるだろう。まして行政事務の、三分だからな。相手の手が髪をかすめたみたいなもんだ」

「でも、そうしますと……」僕も決断をした。「……あの男が名前を偽ったりとかしない限り、何にも引っ掛けようがなくなります。事実上、不可罰です」

「じゃあ、奴にそう教えてやるか？」

「…………」

「俺がさっきの立番で、何に気を付けていたと思う?」

「はい、それは、警察官として刑罰法令の擬律判断《ぎりつはんだん》をしっかりやると。それが実績に結びつくと。あと、来訪者がどのような者であっても、その心情に立って対応しろと」

「プッ」白石主任は本気で、つまり思わず、失笑していた。「学校ではそれでいいんだろうな。だが現場ではな——まさかお前、俺がアイツに温情を掛けたと」

主任が言葉を続けようとしたとき、さらに新規のお客さんが入った。

30

新規のお客さんは、制服姿の女子高生だ。この制服は、どこだったろう。主任ならきっと識別できるはずだ。自分もそうならなければ……

「すみません、お巡りさん」

「こんにちは。城北《じょうほく》高校は、ああ、テスト明けだったね。どうしたの?」

「コピスの前に置いてあった自転車が、盗まれちゃって……」

「ああ、あのショッピングモールね。買い物に出たのかい?」

「はい、自分の家から」

「置いたのは何時頃?」

「二〇時ちょっと過ぎです」

「ハッキリ訊くよ。置き場所を勘違いしたってことは？」

「たぶん……いえ、絶対にないです。あたし、置き場所、いつも一緒なんで」

「無くなっているのと分かったのは、何時頃？」

「二一時ちょっと前です」

「これもハッキリ訊くね。鍵《かぎ》は、掛けてたかい？」

「……それが、今朝に限って、すっかり忘れていて……有名な作家先生の、サイン会があって」

「ああ、恩田《おんだ》海《うみ》先生だね。そういえば今日、コピスのときわ書房でサイン会だったね」

（そこまでチェックしているのか、この人）

「それで、すごく、気が、その、焦っちゃったり、動転して」

「解《わか》った。今時間は大丈夫？」

「はい、一時間くらいなら」

「まったく問題ない。ひょっとして、自転車の説明書とか、防犯登録カードとか持ってる？」

「親に言われて、持って来ました」

「助かるよ。番号とか特徴がしっかり把握できれば、手配ができるし、警察官が発見したとき、すぐに連絡できるからね――さあ中に入って」

白石主任が、女子高生を交番に導き入れる。そのまま奥の院に向かった。なるほど、動転して泣きそうな女の子を、交番の外やオープンスペースで晒《さら》し者《もの》にするわけにはゆかない。僕は、今度は女子高生のお尻《しり》を追い掛ける形で、奥の院に入った。何ひとつ、事務用品が置かれていなかったスチールデスクには、もう、緑のマットにボールペン、朱肉が出されている。これらも、またひと仕事終わり次第、徹底して片付けられるに違いない。

「おい上原、タレの様式取ってくれ」

「はい、白石主任」

僕はいったんオープンスペースに帰り、スチールキャビネのラベルを急いで読みながら、被害届の書類が入っている棚を見つけ出した。それを出して、奥の院へ帰ろうとする。そこへ、ぽつり、と赤間係長がいった。ずずず、と緑茶を啜《すす》る音。

「警察官が、嘘を見逃しては、いかんだろう」

「……あの、寸借詐欺《すんしゃくさぎ》の男のことでしょうか？」

「ひとつの嘘を、見逃して、それが、愛予県じゅうに、波及しちゃあ、いかんだろう」

「は、はい」

「だが、警察官が、犯罪が起きるまで待って、それを検挙するのも、いかんだろう」

「はい、係長」

「もし、奴が、名義を偽って、私文書偽造・同行使にでもなったら、微罪《びざい》にはできんだろう」

「あ、それは」警察学校の勉強って、すぐに試されるんだなあ。「できません。財産犯でも、賭博《とばく》でもないので」

「だが、金額的には、一万円以下、微罪レベルだろう。まして被害者は、警察だろう」

「はい」

「そういうことだ」

（どういうことだ？）

「しかし、白石の組み立ては、見事だったろう──

警察官は、嘘を許しちゃ、いかんだろう。

だが、警察官が、嘘を吐いちゃ、もっと、いかんだろう。

上原も、これから、お客さん、接遇するだろう。警察官として、いちばん、いかんのは、嘘を吐くことだろう。どんなときでもだろう。嘘を吐く警察官は、それは、必ず、無線機をなくす警察官、手帳をなくす警察官だろう。俺はそれを、どこでも、目撃してきた。

だから。

警察官にとって、大切なのは、話術じゃ、ないだろう。訥々《とつとつ》とでも、詰まりながらでも、新任巡査でも、嘘を吐かずに、正しい結論に持ってゆく。そうした、内容の組み立てが、いちばん、大切だろう。ゴールと、中継ポイントが、しっかり、定まっていないと、嘘を吐いたり、誤魔化したり、馴《な》れ合ったりするだろう。正しい結論には、たどりつかんだろう。自分で、階段を、作れん奴は、絶対に、二階へは、上がれんだろう。

だから、白石の組み立ては、偽造なんかで警告した組み立ては、見事だったろう

――」

（禅問答《ぜんもんどう》じゃないけど、センター試験の古文漢文みたいだ）

「解るか」

「努力します、係長」

「そうだろう。

ああ、上原。悪いが、簿冊《ぼさつ》をひとつ、取ってくれ。年寄りは、腰が、悪いだろう」

「どの簿冊でありますか」

「そのスチール棚の上に、並んでいる、『公衆接遇弁償費《こうしゅうせつぐうべんしょうひ》』という題の奴だ」

「あっこれですね」

「いや、持ってこなくても、いいだろう。いちばん下の欄だが、残額、いくらだろう」

「ええと――はい、残額は四、〇三〇円となっています」

「そうか、今年は、返還率が、高いんだろう。最後の取扱者は、誰だろう」

「いちばん下の欄は、白石主任ですね」

「そうだろう。俺からは、それだけだろう。もう、任務に復帰して、いいだろう」

「はい、係長」

被害届の様式を持って奥の院に駆ける足が、自然に止まった。今の古文漢文は、まさに高校一年レベルだ――

（なんてこった!!

そうだ。警察には、公衆接遇弁償費があるんだ。予算として。本当に困っている市民を助けるお金がある。しかも最後に支出したのは、白石主任。残額にまだ余裕があるってこと、知らないはずがない。

それでも、白石主任はポケットマネーを出した。絶対に返ってこないカネを。それを、わざと僕に見せつけた。

どうしてか？

考えさせるためだ。

公衆接遇弁償費に関するルールを調べさせ、それが使えるのかを考えさせ――

ポケットマネーまで出すのはどういうときかを、考えさせるためだ。あのとき、白石

主任が瞬時に、お金についてのどんな判断をしたのか、考えてみろといっているんだ）

……そろそろ頭が煮詰《につ》まってきた僕が、奥の院に帰ると、何と主任は自分で様式を持って来たのか、僕の帰りを待たず、被害届を代書し始めていた。机の上にゼンリンの精密地図が増えているが、まさか『被害届の書き方』『捜査書類の書き方』といった、警察官のあんちょこ本はない。

女子高生の肩越しに、被害届をのぞきみる。

（もう終わりじゃないか。係長と話をしてたの、三分程度だってのに）

A４用紙二枚の書式は、当然のように二枚目に入っていた。『被害金品』『犯人の住居、氏名又は通称、人相、着衣、特徴等』『遺留品その他参考となるべき事項』を記載する側だ。一枚目を見る。被害女子高生は、宮道《みやみち》さんというらしい。

「自転車のカゴに何か入れていた？　それとも、荷台に何か置いてあったかな？」

「いいえ、何も」

「自転車以外に盗まれた物は——つまり自転車と一緒に消えたものだけど、ない？」

「あっ、そういえば」

「何か積んでた？」

「傘を差しておいたんです、こう、ハンドル側から車体に引っ掛けるというか、差す感じで。自転車がなくなっているから、それも」

「どんな傘だろう。いつ買ったのかな？」

「もう一年前くらいに、五千円かな、ちょうどコピスで買ったんです。柄《え》は木で、ちょっと薄い茶色。傘は白です」

「傘は宮道さんの？ つまり、他の人から借りていないかってことだけど」

「はい、あたしのです」

「キズとか、特徴はある？」

「あいぽんを付けてました。柄の上に、ぬいぐるみっていうか、UFOキャッチャーでくれる程度の大きさの人形を、縛って付けてました」

「あいぽんは愛予県が誇るゆるキャラだからね……さて一年前で五千円だから、時価はこれくらいで、被害金品の記載事項はアリ、と。それから、変な質問だけど、許してね。ひょっとして、犯人に心当たり、ある？ まさか、犯人を実は知っているとか」

「まさか!! 自転車盗むなんて、見ず知らずの人ですよね？」

「まあね。ただ、逃げる犯人を見たとか、目撃してくれてた人がいるとか、そういうケースもあるからね……犯人云々《うんぬん》は、記載事項ナシ、と。では最後の欄《らん》だけど、自転車のあった所に何か落ちてなかった？」

「いいえ、道路だけ、っていうのも変ですけど。あとは自転車がいっぱい」

「いつもより多かった？」

「そう思います。サイン会があったんで」

「自転車置いたとき、雨降ってた？」

「曇りがちでしたけど、降ってませんでした。自転車だとすぐ、分かるんで」

「これが最後の質問。最初に確認したとおり、自転車は宮道さんのもので、誰から借りたわけでもなく、誰に貸していたわけでもない。間違いない？」

「はい、間違いありません」

「参考事項は……うん、記載事項アリだな。さあ、これで完成だ。被害届は、宮道さんが書いた書類っていうことになるから――」

「――えっそうなんですか？　だって今、お巡りさんがスラスラと」

「こんなお役所の書類、普通、書けないよね。だから代書するんだ。だけど、被害を届け出るのは、被害者の人本人だよ。だから、最初から読んで、もし間違いがなければそういってほしいし、間違いがあったら、当然これは宮道さんの書類だから、『ここが間違っています、こう直して下さい』って教えてほしい。被害者の人が正しい被害届を出す。これは犯人を捕まえるための第一歩だから、絶対に変な遠慮はしちゃいけない。間違いは、納得のいくまで直させてほしいし、それを面倒臭がる警察官は、そもそもおかしな警察官だ」

女子高生は、Ａ４二枚紙を食い入るように読み始める。自転車盗は多いけど、高校生で被害届を出すとなると、そうそうある経験じゃない。僕なんて、高校生のとき、交番に入った経験すらない。交番の警察官と話をしたことはある。自転車の二ケツで追い掛けられたときだ。

（警察官にとっては当たり前で、無数の被害届の一枚だけど、この娘《こ》にとっては生涯、忘れられない書類になるんだろうな）

「……はい、大丈夫だと思います、けど」

「けど？」

「ここの左のところ、『削五字』とか『削三字』ってありますけど、これは」

「ああ、これはね、ここに横線二本で文字を消した痕跡《こんせき》が残るだろう？　捜査に関係する書類の癖《くせ》で、字を加えるときも、削るときも、ちゃんとその証拠を残しておかないといけないんだ。後で悪い警察官が、勝手に内容を変えたら、困るだろう？　犯人は宮道さんの彼氏です、死刑にして下さい、とかさ」

「あはは、なるほど、細かいんですね。あとは大丈夫です。直してほしい所はありません」

「それじゃあ仕上げで、全部、宮道さんが書き終わったことになるけど、正確には代書なんで、その旨を書くね」

白石主任はするすると、Ａ４の頭紙の最下段に『以上本人の依頼により代書した。愛予警察署司法警察員巡査部長　白石一人』と書いた。すぐ警察官御用達《ごようたし》の、朱肉・指印《しいん》インキ付きハンコ入れ『ポリスメイト』から印鑑を出すと、末尾に押印する。宮道さんは、親にいわれたのだろうか、自転車の説明書・防犯登録カードと一緒に、印鑑を持参していた。いいことだ。もちろん捜査書類に押すのは指印でもいいのだけれど、ポリスメイトの黒インキを指に付けてもらわなければならない。これは、すぐ消えるように開発されたスグレモノだけど、今時、指印なんてあんまり気分のいいものじゃないだろう。

「よし、ではここと、ここと、ここところ。印鑑を押してもらって、完成だ。自転車を盗まれてしまった上、交番で時間までとられてしまって、気の毒だったね」

「自転車、出て来ますか？」

「それは分からない。ごめん。でも警察官は自転車盗には厳しいから、職務質問で犯人が捕まる可能性は、低くはない。また、捨てられていても、この被害届の情報は――防犯登録も車体番号もね――警察で共有されるから、照会したとき、すぐ宮道さんのだと分かる。そうはいっても、実はね、愛予署管内で発生する犯罪の約二〇％は自転車盗で」

「えっ、そんなに」

「そうなんだ。軽い犯罪のように見えて、地域社会にとんでもない迷惑を与えてるんだよ。その中で、宮道さんの自転車が返ってくるかは、やっぱり、約束はできない。ただ、警察官としていえることは、どんな被害者の人のどんな被害届でも、自分が代書したものは忘れられないし、どうにか返すことができるよう頑晴《がんば》る。それは、約束できることだ」

「お願いします、すごく気に入ってたんです、ああ、どうして鍵を掛けなかったんだろう」

「ああ、そういえば、それそれ。これはね、本当の話なんだけれど――

宮道さんと一緒で、自転車、盗まれちゃったOLさんがいてね。通勤に使ってたんだ。その被害届も代書したから、よく覚えてる。仕方ないから、新しい自転車、買うよね？ところがさ。三箇月のあいだに買った新車二台、どっちもまた、盗まれちゃって」

「ええっ」

「今、三台目――っていうか、最初に使ってた自転車から数えれば四台目なんだけど、泣く泣くそれに乗ってて。『後輪のシリンダーキー』に前輪のワイヤーロック』のツーロックは基本だよね。でも、それだけじゃもう全然駄目だってことで、自転車中、ワイヤーだらけのモールみたいにしてるんだって、駐《と》めるとき。できれば固定物にも括《くく》りつけるって。

宮道さんには、さすがに、もうそんな不幸は訪れないと思うけれど、これまた新車は狙《ねら》われやすいからね。警察官としても、こんな形で、またむさ苦しい交番に来てほしくない」

「うう、解りました……」

「見つけたら、すぐに連絡するからね」

「やっぱり基本が大事なんですね、受験と一緒ですね……」

女子高生はまた泣きそうになる。宥《なだ》めながら交番の外へ導く白石主任。カウンターでは、ダルマ係長がもっさりと立ち上がり、どこかのおばちゃんの相手をしていた。おばちゃんはかなり興奮しているけど、ダルマ係長があまりにスローダウンしているので――いや、最初から延々、超スローペースなので――知らない内にいなされている感もある。

白石主任はそちらをさっと一瞥《いちべつ》したけれど、問題ないと判断したのか、赤間係長なら大丈夫と判断したのか、そのまま宮道さんと交番を出た。僕はカウンタ外で止まった。ハッキリいって、当事者でも何でもない気がしたからだ。何もしていないので、見送る資格もないと思ったからだ。白石主任は一歩前立番の位置で宮道さんに挙手の敬礼をし、その姿を見送っている。見送り終わって――

そして、振り向きざまに僕を見る。

（ど、どうして一瞬で、対宮道さんモードから、こんな鬼のような形相《ぎょうそう》になれるんだろう？）

「オイ、ワナビー巡査」

「は、はい」

「お前が手に、後生大事に持っているのは何だ」

「あっ、ひ、被害届の書式です。すみません、あのとき赤間係長に……いえ、自分が書類探しに手間取って、それで」

「何故、誤魔化《ごまか》す」

「え」

「お前はあの時、赤間係長に、業務指導を受けていたんだろう？」

「業務指導……はい、それは確かにそうです」

「警察官には上官の命に服する法的義務があるといったはずだ。この交番《ハコ》でお前の最高の上官は誰だ」

「赤間係長です。赤間警部補です」

「俺の階級は何だ」

「……巡査部長、です」

「どっちが上なんだ？」

「赤間警部補です」

「巡査部長が書類を持ってこいと命令した。だが、それを知っている警部補がお前をつかまえて業務指導をした。だったらそれが優先だ。お前が赤間係長の命令を優先するのは当たり前のことだ。だから俺は、自分で書式を取りに行った。それを何故、誤魔化す必要がある。まさか俺が、『なぜ被害届を早く持ってこなかった!!』と激怒するとでも思ったか?

まあ、そう顔に書いてあるがな。

覚えておけ。いや、肝に銘じておけ。

警察が階級社会なのも、警察官に階級が与えられるのも、洒落《しゃれ》でも伊達《だて》でもない。真剣な意味がそこにはある。それが心底理解できたとき、お前はワナビー巡査ではなくなるだろう――よく考えることだ。

そして。

俺が怒っているのは、お前が遅れたことじゃない。お前の手にある書式は何だ」

「……被害届、です」

「女子高生は何の被害者だ」

「窃盗《せっとう》です。自転車盗です」

「だったらな!!」主任はいきなりキレた。「どうして別記様式第6号なんだよ!! 事案は乗り物盗だろうが!! 別記様式(乗り物盗専用)に決まってるだろ!! しかもこれ、ついこのあいだ重要な改正もあったはずだな!! 学校で何お勉強してきたんだ、あァ⁉」

「すっすみません‼」

ぷい。

主任は、バカは相手にしないと言わんばかりの背中で、一歩前立番を再開してしまった。

(学校で何度も書いたのに……こんなバカなポカをするなんて)

31

宮道さんと同じくらい動揺して、泣きたくなった僕は、しかし突然の金切り声にまた飛び上がりそうになった。さっきのおばちゃんだ。自分もカウンタ外に立っているから、カウンタで対応している赤間係長とおばちゃんの声が、嫌でも聴こえる。いや、おばちゃんの声は、聴こえるとか聴こえないとか、そんな生やさしいものじゃなかった。

「だからね、樋上《ひがみ》さんもちゃんと言ったのよ、断言してたわ、これ犯罪だって‼」

「その、樋上さんというのは、誰だろうかね」

「樋上さんは樋上さんよ。マンションの管理人よ管理人。軽犯罪法違反だって教えてくれたわ‼」

「すると、その、ピアノというのは、かなり、響くのかね」

「響くなんてもんじゃないわよ、拷問《ごうもん》よあれは。昔あったでしょピアノ騒音殺人って。どこの誰がマンションで日がな一日ピアノ弾こうなんて思うのよどうかしてるわ!! 一緒に来て頂戴《ちょうだい》、警察からビシリと警告して頂戴!!」

「それは、確かに、困ったことだろう」

「だから困ったなんてもんじゃ。デシベル計って弁護士立てて民事でも戦うつもりよ。だから警察は警察で犯罪者を逮捕するなり牢屋《ろうや》に入れるなりして。すぐに来て、さあ来て」

「今も、上の階の人は、ピアノを、演奏しているのかね」

「だから鈴木って女でしょ。ガンガンやってるでしょ。だから急いでるのよ!! まさか善良な市民の困り事を握《にぎ》り潰《つぶ》す気じゃないでしょうね。私はね、公安委員の娘さんの旦那《だんな》の弟の教え子さんと一緒にフラダンス教室に通ってるのよ。何なら公安委員会に苦情を申し出てもいいのよ。でもそうなったらあなたたち現場の人、すごく嫌でしょ⁉ しかも私の税金だって、あなたたちのお給料の内に入ってるんでしょ!!」

（すごい関係もあったもんだ）僕は嘆息《ためいき》を吐《つ》いた。（昔はこういうのを民事のゴタゴタ、民ゴタと呼んでみんな嫌がったらしい。でも艫利教官がいっていた。民事だろうが刑事だろうが、警察の仕事の線引きにはならないと。事実、昔、民ゴタとされてきた児童虐《ぎゃく》待《たい》とか、DVとか、ストーカーとかが、とんでもない刑事事件に発展して、それをきっかけにいろんな特別法が整備された歴史もあると。

『警察もっと動け。動かないことが不祥事だ』と、ベクトルが変わった歴史があると。民事《みんじ》不介入《ふかいにゅう》が正義なら、家の中は治外法権になるがそれでもいいのかと。警察は、個人の生命、身体、財産を保護する組織で、警察法のどこにも、『ただし民事は別です』『ただし家の中には入りません』『ただし恋人同士で解決してね』なんて書いてないと。本当に民事不介入なんてルールがあるのなら、迷《まよ》い子《ご》の保護も喧嘩《けんか》の仲裁もできはしないと。だから、民事か刑事かじゃなくって、警察の責務に入るかどうか、それだけで考えろと。今時、民事不介入なんて口にする警察官がいたら、それは巡査長巡査止まりの警察官だ、と。

けれど……

目《ま》の当たりにすると、昔、『民事のゴタゴタ』と嫌われた歴史もよく解る。こんな剣幕で怒鳴りつけられて、給与出してるぞ、言うこと聴かないなら社長会長にクレーム入れるぞ、だなんていきなりいわれたら。警察官だってゲンナリするよ。そもそもこのおばちゃんの税金、赤間係長の給与の何%だっていうんだ。その赤間係長自身だって税金、天引きされてる。たったおばちゃん一人分だったら、むしろそれより多く、自分で自分に払ってるんじゃないか。

困り事相談に来る人が、困り事になる場合がある。クレーマーだ。

ただ、理由のあるクレーマーならむしろ大切なお客様だし、警察の場合は、理由がないクレーマーだって、絶対に門前払いはできない。それこそピアノ殺人じゃないけれど、おばちゃんが上の階の鈴木さんを殺しちゃったら殺人。上の階の鈴木さんがおばちゃんをノイローゼにしちゃったら、ええと、そう傷害。どっちも刑事事件だ……みすみす、そんな事件に発展させてしまえば、話を聴き始めてしまった赤間係長も、東口交番も、どう考えても処分だろう。いや、そもそも警察が知っていたのに、『個人の生命、身体、財産』を守れなかったというのは、それだけで恥だ。だとすれば、大火事にならないうちに、鎮火しないといけない。

……ただマンションの騒音なんて、警察が、どうやって解決するんだろう？）

「奥さんは、その、上の階の鈴木さんに、会ったことが、あるのだろうかね」

「知らないわよあんなの。樋上さんが何度も会ってるはずよ」

「なら、奥さんを、困らせているという、鈴木さんと、奥さんは、話したことが、ないのかね」

「管理人さんと理事会の問題でしょ。マンションの規約違反でしょ」

「すると、樋上さんを、信頼して、任せているのかね」

「これまではそうよ。でも埒《らち》が明かないし、樋上さんじゃあ逮捕とか、できないでしょ。

これ軽犯罪法違反なんでしょ。それともあなた法律知らないの、警察官なのに。法律知らないの。そうなんでしょ、知らないんでしょ、これどういう法律に違反してどうなるのか、ちょっとここで言ってみなさいよ」

「……それは、ちょっと、時間が掛かって、むしろ、迷惑だろう」

「全然かまいませんよ私は。さあさあどうぞ。さあどうぞ」

「……異常な騒音であれば、確かに軽犯罪法第一条第十四号に規定する、静穏《せいおん》妨害罪。ただ、これには、まず公務員の制止が、必要だろう。愛予県には環境確保条例があるから、その第九十六条違反ということで、愛予県知事に、第九十七条の是正《ぜせい》勧告を出してもらうことも、できるだろう。第九十八条の措置《そち》命令も、できるかも知れんだろう」

(あ、赤間係長……)ダルマみたいな顔して。(……警察官実務六法も見ずに。執務《しつむ》要鑑《ようかん》も見ずに。学校でいえば、まるで刑法の試験前夜レベルのデータを、すらすらと)

執務要鑑、というのは、愛予県警版の実務六法みたいなものだ。実務六法が全国規格だとすれば、執務要鑑は、愛予県の条例や愛予県警の通達《つうたつ》、それに書類作成要領、現場措置要領、鑑識要領などなどの実務マニュアルをも搭載したスグレモノ——ところが赤間係長は、その執務要鑑を取り出そうとすらしない。

「そして、具体的な健康被害があるのならば、刑法の暴行・傷害でも、ゆけるだろう」

「そ、そうよね。せ、正解よ。わ、解ってるんなら、すぐ一緒に来て頂戴」

「グランディオ東愛予は、去年、管理会社が、変わったろう」

「え」

「新しい管理会社は、いい会社だろう。植木の剪定《せんてい》。共用部分の掃除。自転車置き場の見回り。樋上さんは、祝日でも、グランディオに来て、きちんと掃《は》き掃除を欠かさない、人だろう」

「ひ、樋上さん知ってるの。っていうか、グランディオ東愛予って私、まだ何も」

（か、管内実態把握。地域警察官の、基本――僕が、やりたいこと）

「樋上さんは、立派な、管理人だろう」

「……そうね、あの人に変わってから、マンションがこう、キリッとしたわね」

「その樋上さんが、住民の苦情を、握り潰すとは、思えないだろう」

「樋上さんは、親切にしてくれているのよ」

「そうだろう。あの人は、親切だろう。すると、どうして、上の階の鈴木さんは、あなたにとって、迷惑なことを、続けるんだろう」

「樋上さんからは、何度も注意してもらってるのよ。理事長にも、管理会社にも連絡をとってくれてる。だから、その場その場では止《や》めるの。でも三日もすれば、また朝八時から始めるのよあの女。それで私は」

「ほう、理事長さんも、管理会社も、知っているんだね。さすがは、樋上さんだろう」

「それはそうよ」

「でも、上の階の鈴木さんは、いうことを、聴かない」

「そうなのよ」

「あなたに、朝八時から、迷惑を感じさせているのに」

「そうなのよ」

「みんな、困っているだろう」

「そこなのよ。聴いて頂戴な。私の隣の遠藤さんだってね、やっぱり上の階から」

「遠藤さんにも、迷惑を、感じさせているんだろうか」

「遠藤さんどころか、村木さんにも、岡田さんにもよ。九階は、怒ってるのよ皆」

「それは、マンション全体の、大問題と、いえるだろう」

「そうなのよ」

「警察としても、到底、見過ごせることでは、ない。違法なことがあれば、見過ごせない」

「そうでしょう？」

「早急に、関係者みんなで、解決せんと、あなたも、安心できんだろう。大変だろう」

「そうなのよ!!」

「あなたの、いうことなど、鈴木さんは、聴かんだろう」

「そうなのよ」

「あなたも、鈴木さんと、やりとりするのは、もう、嫌だろう。だから、ここに来た」

「そうなのよそうなのよ。そういうことなのよ」

（あっ、まさか）僕は舌を巻いた。（自分で階段を作れない奴《やつ》は、絶対に二階へは上がれない――警察官に必要なのは、話術じゃなく、組み立て。

赤間係長は、もう一度、実演してくれている。どう結論に導くかというスキルを。そして時々、変なところでアクセントを入れている。いや、入れてくれている。あれはたぶん――そう、嘘を吐かないスキルだ）

「そうすると。

あなたと、鈴木さんは、一対一では、会わない方が、いいだろう。

九階のみんなで、鈴木さんと、話し合いをするのが、現実的だろう。

しかし、鈴木さんと、九階のみんなとでは、鈴木さんが、独りで、嫌だろう。

樋上さんは、信頼できるだろう。

樋上さんは、もう、理事長と管理会社に、この問題を、報告しているだろう。

とすれば、だ。

理事長と、管理会社に、間に立ってもらって、防音や、演奏時間について、みんなで、話し合いをするのが、いちばんの解決だと、考えられるだろう。利害が、対立している者が、第三者を入れずに、角突《つの》き合わせるのは、さっき、あなたがいった、あの事件――」

「ピアノ殺人ね」

「あなたは、しっかりした人だろう。まさか、鈴木さんは、殺さないだろう。しかし」

「あの鈴木なら、トチ狂って何をするか、分かったもんじゃないわ。どんな嫌がらせ、してくることか」

「あなたとしては、そう恐がるのも、無理のないことだろう。ひょっとしたら、鈴木さんの側も、あなたを、勘違いで、恐がっているかも、知れんだろう。客観的な、公の場で、しっかり話し合いをするのが、無用の誤解やトラブルを、防ぐだろう。

「するとそうした、話し合いのためには――」

「樋上さんに提案してみるわ、理事長主催で、公の場で議論して白黒つけましょうって!!」

「私は、グランディオ東愛予のことも、樋上さんのことも、ちょっと、知っているだろう。だから、樋上さんと、管理会社を、あなたと同じように、信頼して、しばらく、事の成り行きを、注目してゆきたいと思う」

「できれば、その、お巡《まわ》りさん……ええと……」

「私のことなら、愛予駅東口交番二係の、赤間警部補だろう」

「そうそう、アカマ警部補さんにも、出席していただけると、安心なんだけど。ほら、あの鈴木だから。アカマ警部補さん、話が解る人だし。鈴木もビビるし」

「それは、そうだろう」

（えっ、相談事案解決、処理終了じゃないのか？ わざわざ巻き込まれること、ないのに）

「そうすると、私も、グランディオの様子を、よく知っておかねば、ならんだろう」

「でも、よく御存知でいらっしゃるわ、アカマ警部補さんは」

「グランディオは、一八〇世帯以上の、大型マンションだろう。私としても、居住者のみなさんと、こうした問題を、話し合いたいだろう。あなたみたいに、わざわざ、自分の時間を、犠牲にして、交番まで足を搬《はこ》んでくれる、意識の高い人は、とても、ありがたいが、少ないだろう」

「意識が高いっていうか、もう、皆の問題があると、黙っていられないのよね」

「騒音の話は、もちろんだが、他にも、みんなの問題は、あるかも知れんだろう」

「それはもちろんよ、例えば七階の小池っていう女なんだけどね――」

「――どうだろう。これから私も気を付けて、グランディオを、注目したいだろう。今、そうお約束しただろう。小池さんのことも、他のこともあるだろう。そこで、グランディオへの家庭訪問に、今まで以上に、精を出したいと思うのだが、どうだろう。お友達や、困っていそうな人に、このパンフレットを、渡してもらえるだろうか、どうだろう」

(そういうことか……!!)

「あら、警察官の方って、家庭訪問まで、やっていらっしゃるのね」

「樋上さんに、訊《き》いてみると、いいだろう。グランディオでも、やっているだろう」

「全然知らなかったわ」

「御存知だったら、そのとき、この話も、聴けたろう。大変申し訳ありませんでした」

「いえそんなアカマ警部補さん。お気持ちは分かったし、これから一緒にマンションをよくしていただけるのだから、謝ってもらうことじゃないわよ。でしょ?」

「それでは、このパンフ、ここが、ミシン目になっているから、いつでも警察官の、予約ができるだろう。そうすれば、居住者の方が、迷惑でないタイミングで、五分一〇分、お話しすることが、できるだろう」

「御用聞《ごようき》きさんみたいね、フフフ」

「例えば、あなたのお陰で、警察官が、街の、御用聞きみたいだと、親しまれれば、私も、本当に、嬉《うれ》しいだろう。それが、みなさんの税金の、生きた、遣い方だろう」

「御近所に配って、説明しておきますわ、すごく親切な警部補さんが、何でも相談に乗ってくれるって。警部補さんって、階級でも、お偉いのよね?」

「いちおう、この交番の、責任者になるだろう。でもフラダンスは、できないだろう」

「もう、警部補さんったら、オホホホ」

「フラダンス教室の、お友達にも、どうぞよろしくだろう。騒音の、話し合いについては、また、私も、樋上さんから、聴いておこう」

「どうもありがとう。スッキリしたわ。税金で動いていらっしゃるのに、お時間取らせてすみませんでしたわね。オホホホ」

「困り事に精一杯、対応するのは、交番の、本当の仕事だろう。こちらこそありがとう」

鼻息で、係長の湯呑《ゆの》みでも引っ繰り返そうかという勢いだったおばちゃんは、一転、鼻からハミングまで響かせて、交番を去って行った。立番をしていた白石主任が、すかさず挙手の敬礼をして、『御指導ありがとうございました‼』と声を掛けている。

「すごいです赤間係長‼」思わず歓声を上げる僕。「あの人、あれだけ怒ってたのに」

「……俺は、構わないが」

「え」

「一般論として、上司を、すごいと褒《ほ》めるのは、社会人として、マナーが、悪いだろう」

「す、すみませんでした。失礼しました。しかし、クレームを打ち切り処理できたのは、すごい、いえ、大変勉強になりました」

「打ち切りじゃあ、ないだろう」赤間係長は、自分でＡ４の書式を取り出した。「警察が扱った、すべての相談は、例外なく、相談受理票に、内容を詳細に記した上で、署長決裁をもらわんと、いかんだろう」

「えっ本多署長のですか。解決した相談もですか」

「解決した相談も、だろう。だがこの相談は、そもそも、解決していないだろう」

「ですが、おばちゃんは撃退したし、巡回連絡の話まで……」

「オイ、上原巡査」

……交番は、狭い。そして白石主任は、その狭い交番の一歩前で立番をしている。その気になれば、受令機の無線を聴き、無線機の通話に注意していても、僕らの会話をすべて、正確に、復唱できるだろう。すなわち、交番には、新任巡査の安息の場所など、ない。そのことを思い知った僕は、機動隊のフル装備のように重い心で、キッと手招き顎《あご》招きしたレンジャーの下へ、出頭した。

32

「……は、はい白石主任!!」

「相談は、撃退するものなのか」

白石部長は立番の姿勢のまま、背中で語り始めた。立番中、警察官同士が会話しているのは、原則からの逸脱《いつだつ》だ。けど白石部長の背中は、それでも今、語りたいという気魄《きはく》に満ちている。僕は、まるで真正面から眼光を浴びている気持ちで、大きくうなだれた。

「申し訳ありませんでした。失言でした」

「失言というのは」何だかお説教ばかりだ。艫利《ともとし》教官と結婚したようなものだ。二十四時間、教官から逃げられない。「本音が漏れるから失言だ。撃退だの体捌《たいさば》きだの、ありえない言葉が出てくるのは、その根性そのものが、巡査歴三十五年みたいなOSだからだ。バグだらけ、セキュリティホールだらけだからだ。ワナビー巡査で出荷されたばかりの癖《くせ》してもう、無気力《ゴンゾウ》ウイルスに感染しているからだ」

「申し訳ありません、白石主任」

「警察にとって相談とは何だ？」

「ハイ、警察による相談とは、『一般公衆の願出《ねがいで》を受け、これに対し適切な指導助言を与えることにより、これに起因する各種の問題を未然に防止……』」

「そういうのは学校でやってくれ。現場で必要なのは、自分の言葉で言い換えることだ。もちろん正しく、だがな。暗記は、出荷時の性能保証に過ぎん。カスタマイズして、身の丈《たけ》を知り、身の丈を増やす——プログラムの更新は、自分でやるしかないんだよ」

「…………」

「俺はな、ワナビー巡査。

警察にとって相談とは、ダイナマイトだと考える。

地域社会には、無数のダイナマイトが貯蔵されている。今日、爆発するかも知れん。三十五年経《た》っても、発見すらされないかも知れん。爆発したら、事件事故だ。警察は、動く。俺たち地域の制服組が、真っ先に動く。

それはいい。

知らなかったんだからな。そこにダイナマイトがあって、それが爆発しそうだということを。だから被害者を救い、被害の拡大を抑え、刑事・行政いずれかの、あるいはいずれもの措置をとればいい。もちろん、警察は——そうお前が好きな地域実態把握だ——地域社会のダイナマイトについてできるだけ情報を集め、爆発を未然に防ごうとする。だが神様じゃない。千里眼《せんりがん》もない。地域社会もどんどん閉じて、どんどん個人主義になっている。だから、堅い言葉でいえば、『予見可能性《よけんかのうせい》』が全くなかったことについては、どうしようもない。結果責任以外、とることができない。どう足掻《あが》いても、予見できなかったんだからな」

「はい、解ります」

「だが、相談事案は違う。ダイナマイトの実態把握とか、爆発の予見とか、もうそんなレベルじゃない。地域住民から、ダイナマイトが持ち込まれたんだ。それは、もう導火線が一ミリしかない爆発寸前の奴かも知れん。あるいは、どこをどう観察しても、火の気すら感じられない奴かも知れん。だが、警察は知ってしまった。いや、それは眼の前にある。どうだ？　お前の寮室《りょうしつ》にいきなり、そんなダイナマイトが置かれたとしたら」

「……それは、恐いです」

「正解だ」

「えっ」

「その恐さを知らん警察官は、ゴンゾウか不感症だ。俺がダイナマイトと表現するのは、どんな相談でも、それが恐いものだと察知すること──それこそが最も重要だからだ。桶川《おけがわ》ストーカー事件を知っているな？　学校でやったろう」

「はい、あらましは」

「あらましでは駄目だ。警察の検証報告書も閲覧《えつらん》できる。学校の図書館には、新聞の縮刷版《しゅくさつばん》だってある。あれは警察官として、特に地域社会のダイナマイトを扱う地域警察官として、詳細に知っておいて知り過ぎることがない、俺たちの羅針盤《らしんばん》のひとつだ──ただし、現場が桶川という町なのであって、桶川警察署自身は何も悪くない。それは、他府県とはいえ同僚の名誉のために知っておけ。問題となった警察署は、違う名前の警察署だ──

もう十五年以上前になるのか。

結果からいえば、ある秋の真っ昼間のことだ、桶川駅前ロータリーで、女子大生が殺された。まだ二年生だ。殺したのは元恋人の依頼を受けたクソども。このクソども四人は検挙されたが、胴元《どうもと》の蛆虫《ウジムシ》、元恋人って奴には北海道にまで逃げられた上、自殺こかれている。おっと勘違いするなよ。元恋人とはいっても、交際期間は月単位に過ぎん。交際して二箇月後には、もう、蛆虫の異様な言動挙動《げんどうきょどう》に恐怖を感じて、どうにか別れようと努力していたことが分かっている――チャラい蛆虫だが、女を怒鳴り、女に手を上げる最低の畜生でもあったからな。

だが、プライドだけは王侯貴族だった。

この蛆虫はあらゆる懇願《こんがん》を拒否して粘着を続け、脅迫を始め、家族・友人にまで危害を加えると恫喝《どうかつ》した。瞬間風速的とはいえ、恋人だったが故《ゆえ》の弱味もあった。この種事案の、本当にやりきれない面だな――このゲスはそれにつけ込んだ。どうしても自分の元に戻らないと見るや、言うをはばかる中傷ビラと、言うをはばかるコラージュを、女子大生の実家の周囲に貼《は》り始める。あたりの塀が紙で埋まるほどだったというから、とんでもないゲスだ。それだけじゃない。父親の職場にまで郵送した。自宅には執拗《しつよう》に投函《とうかん》を続けた。深夜に車で自宅周辺を走り回り爆音を鳴らし、父親の留守を狙って仲間と一緒に居座った。

大学二年生の女の子だぞ？　地域社会でどうなると思う？　ワナビー巡査、出荷性能で答えられるだろう、どのような罰則が適用できる」

「はい、ええと」答えを焦《あせ》るな。「貼った状況の詳細によっては、器物損壊《きぶつそんかい》ということにもなるでしょうし、もちろん中傷の内容によっては、名誉毀損《めいよきそん》が考えられます。もし居座りが事実だとしたら、最初の入りによって、住居侵入でゆくことも、不退去《ふたいきょ》でゆくことも考えられます」

「更問《さらとい》だ。これ以降は桶川ストーカー事件の事実ではなく、すべて仮定の話だ――

　交番に相談があったとする。

　大量の中傷ビラは持参している。交際の概要も、どうにか分かった。それ以外のことは、全然分からない。居座りもつきまといも分からないし、ビラは剝《は》がされているので、貼られた現場も確認できていない。そもそもまだ交番の中だ。相談受理中だ。そして、被害者は、『元恋人が恐ろしいので、被害届までは出したくない』『警察に表立った動きもしてほしくない』と語ったとする。さてどうする？」

「……すぐに白石主任や赤間係長に報告して、指揮を受けます」

「正しい。新任巡査の大事な仕事は、『組織に乗せる』ことだ。だが社会人の大事な仕事は、『プランを複数考えた上で組織に乗せる』ことだ。お前のプランは何だ？」

「徹底検挙です」

「犯罪かどうか分からんぞ。それに名誉毀損は親告罪《しんこくざい》だが、必要な告訴どころか被害届も出んぞ」

「徹底検挙です」

「意味が分からん」

「自分はつい先日まで大学生でした。大学二年といえば、自分と全然変わりません。助けたいと思います。それに、そのままではきっと、殺されてしまう。そんなイカレた野郎だったら、交番の帰り道だって襲撃するかも。いえ、実は交番までストーキングしていて、いっそう激昂《げっこう》して襲撃するかも。だから、野郎を検挙しなければ。自分はまだ実務が分かりませんが、元栓《もとせん》を閉めないと——とにかく野郎を隔離《かくり》しないと。そのためには検挙しかありません」

「正しい。告訴はどうする」

「絶対に出してもらいます」

「正しい。それは専務が——署の刑事二課が判断することだが、プランとしては正しい。

だがな。

俺はいわば結果から喋《しゃべ》ってしまった。お前は桶川事件の顚末《てんまつ》を知っている。殺人という、最悪の結果を招いたと。だから徹底検挙と迷わずに言える。では更々問《さらさらとい》だ。

ビラは掌《てのひら》サイズ一枚だけ。交際の内容も、詳しく訊き出せない。被害届も出ない。お前のプランはどうなる？　徹底検挙か？」

「それは……もっと時間を掛けて、詳細を聴取して……」

「そうだろうな。少なくとも、その女子大生を撃退することは、しないだろうな」

「うっ」

「あの騒音おばちゃんと女子大生。相談者の態度からは、そりゃ俺たちも人間だ、大きな印象を受ける。予断を持ってしまうこともある。更に言おう。その女子大生が例えばキャバ嬢風で、持ち物はブランド品ばかりで、それが全部恋人からのプレゼントだと知ったら？」

「予断を持ってはいけませんが……正直、『あなたも良い目、みたんでしょ』と」

「それは『そういう態度だから、ちょっとした音でトラブルになるんでしょ』と一緒だな」

「………」

「だから、恐いんだよ。

　すべての相談は、ダイナマイトだ。お前がいったとおりだ。交番の帰りに殺されてしまう。元栓を閉めないと大変なことになる――爆《は》ぜるのか爆ぜないのか。爆ぜるとしていつ爆ぜるのか。誰にも分からん。中傷ビラ一枚だったら、火の気も無いし火薬が湿気《しけ》っているると考えがちだ。ギャンギャン叫んでるおばちゃんだったら、『爆発詐欺《さぎ》』だと考えがちだ。話も聴かないのに、結果も読めないのに、だ。もしダイナマイトが寮室に置かれていたなら、必死でどうにかしようとするのに、だ。

ワナビー巡査、恐がれ。

臆病《おくびょう》な奴ほど戦っても生き残る。逃げ隠れしなくても生き残る。それは、危険を察知するセンサーが高性能だからだ。湿気《しけ》ったダイナマイトの、微《かす》かな火種の匂《にお》いを感じられるからだ。そして、相談ほどそれが必要で、相談ほどそれが鍛《きた》えられる実戦はない。このセンサーが、桶川ストーカー事件では、機能しなかった。警察官個人としても、警察署としても。むしろ警察側の、悲しい、やるせない言葉が残っている——『民事のことに首を突っ込むと、こちらも困る』『告訴はテストが終わってからでもいいんじゃないですか』。

桶川ストーカー事件のことは、必ず自分でも確認しておけ。というのも、俺が出題した内容と、実際の、例えば女子大生の様子などは、もちろん違うからだ。もう少しいえば、現実のその女子大生は、高価なブランド品のプレゼントを拒否したり返したりしている。告訴もすると言っている。何事も、一次資料に当たっておくことは、大切だ。すべての相談は、生安《せいあん》の、困り事相談専従員の所に集約される。その書類ひとつひとつは、生きた教科書だ。プライバシーや秘指定《ひしてい》の問題もあるから、俺は無理だろうが、お前が頼めば、問題のない範囲で見せてくれるかも知れん。それこそ職場実習生の特権だ。また、地域警察に関係があるものは、井伊課長の所に控えの簿冊《ぼさつ》がある。あの人なら判断も速いし的確だ。お前の特権の範囲は、さらに広くなるだろう。活用するかは、お前次第だ」

「はい、ありがとうございます、白石主任。井伊課長に願い出てみます。それに、自分の考えがどう間違っていたか、よく理解できました」

「いや、俺にもまだ、すべては理解できない。それは、どうにか警部になった頃だろう」

相談受理の在り方と、組織の在り方は、重なる部分もあるが、角度が違うからな――

立番をし続ける白石主任は、少し照れたように、背中で語り終えた。

（休憩時間に、必ず小さな手帳を買ってこよう）

大学の授業ならともかく、生活をする中で、人の言葉をメモしておきたいなんて思ったのは、初めてだ。アキラがあれだけメモ魔なのは、もうその大切さを、解っていたからなんだろうか。この立番の時間だけで、それも、赤間係長と白石主任のふたりだけで、どれだけ大切なことを教えてくれたことか。しかも、それぞれ、書類仕事に立番、職質、相談と、間断なく働いているのだ。

（せめて、一度教えてもらったことは、忘れないようにしないと）

第9章　休憩

33

　また、交番前の自転車にダッシュを掛けていた白石主任が帰ってくる。そろそろ、立番の時間も終わるはずだ。お腹《なか》がぐるぐる鳴る。緊張して、胃は締め上げられているのに。一挙手一投足《いっきょしゅいっとうそく》に、体力を使うからなあ。フル装備の警察官だし、警察官デビューだからなあ。意外に物が食べられそうだ。今日の昼飯は何だろう。カレーだったらいいのになあ……

「オイ、秋葉様《あきばさま》はどうなってる」

「アイドルユニットですか？」

「……台所だ。マル食だ。青海《あおみ》から聴いているだろう」

「あっ!!」

「俺は注文を訊かれていないが。係長が昼は買い出しにすると命じたのか？」

「そ、それが」

「オイ、ワナビー巡査、お前まさか」

そのまさかだった。一度教えてもらったことは、忘れないようにしないといけない。そう再確認したばかりなのに。僕は、王子様からガッチリ教養を受けていた、昼の出前の手配を、すっかり忘れてしまっていたのだった。学校では、昼の鐘を待って、食堂へ行くだけだから……

すると、そのとき。

蕎麦屋《そばや》のスクーターが駅前ロータリーの交番脇に駐《と》まった。せいろを何枚も搬《はこ》んでくる。

「御無沙汰《ごぶさた》でしたね東口交番サン、毎度!!」

「えっ、あの、その」

展開が分からない。成り行きで親父《おやじ》から重なったお盆を受け取る。すると、赤間係長がもっそりと、カウンタ内から出て来た。

「三河屋《みかわや》さん、わざわざ、すまんだろう。いくらだろう」

「七、七七六円になります」

「それは、もりそばの値段だろう。天麩羅《てんぷら》が、含まれていないだろう」

「そこはもう、へへッ、これからに期待して。魚心《うおごころ》あれば水心《みずごころ》でさあ」

「三河屋さんは、高級店だろう。薄給《はっきゅう》の公務員には、苦しいだろう」

「いや今度ね、お昼のセットメニュー、始めたんですよ。お得ですよ。ハイこれお品書き――一万円のお預かりで二、二三四円のお返し。どうも毎度、ありがとうございました!!」

蕎麦屋のスクーターが駆け去ってゆく。天麩羅云々《うんぬん》という会話からして、三河屋に出前を頼んだその人は、ブロック長の赤間係長自身だ。そして、係長はああいった人――また、もっそりと、無言で、係長のデスクに帰っていってしまった。

僕がアホみたいにお盆の山を抱えて突っ立っていると、交番の前にPCがすっと駐まり、後部座席から王子様と、ゲーハーこと葉山主任が下りてくる。王子様は、白石主任と僕の間に漂う、なんともいえないどんよりとした緊張感を察知したに違いない。ゲーハー主任との会話を止めて、東口交番に素っ飛んできた。

「ライト御苦労さん。さあ搬《はこ》ぼう、休憩室だ。飲物も用意しないとね――疲れたろう?」

「ううっ、はい、青海先輩……」

「葉山主任、お疲れ様です」白石主任が軽い敬礼をした。「どうでした、大街道《おおかいどう》の奴。どんな書類、作りました? ああ、中で話しましょうか」

レンジャーがゲーハーと交番に入る。結果的に、ふたりの会話は、秋葉様と休憩室を行き来する、エース巡査とワナビー巡査の耳に入る。けれど僕はもう、出前忘れ事件ですっかり動転していた。だから白石主任が何故、立番を止めてまで葉山主任と『無駄話』を始めたか、想像をめぐらせることもできなかった。

「何だよ今更、どんな書類だなんて。お前の管区学校での成績、聴いてるぞ」

「いえ私、不思議と、常人《じょうにん》逮捕の経験が少なくて。耳学問でも自分の頭でおさらい、できますからね」

「なんだ、そうなのか。まあ無線でも流れたと思うが、殴ってるからな……それも小突《こづ》いた程度ならまだしも、と思っていたんだが、結構こう、ボコッといってな。だから万引きで簡易書式、ってことにはならなかったんだ。罪種《ざいしゅ》が強盗だろ？」

「そうですね、単純で明らかな万引きじゃ、なくなってしまいますからね。それにしては、帰所《きしょ》、早かったですね？」

「俺に言わせるなよ。青海がいたからに決まってるだろ。現逮《げんたい》手続書も、店員の参考人調書も、実況見分調書もアイツだよ。俺は被害届巻いて、照会して回答書作って、青海先生に言われるままハイハイって連署《れんしょ》してハンコ押しただけだ」

「一般人の逮捕ですから、乙でしたね」

「ああ、常人逮捕だから手続書は乙だ」

「あとは弁解録取書と――」

「――被疑者の供述調書。どっちも専務《センム》の方だがな。まあ現逮《げんたい》だから、専務も嫌がらなかったよ」

「やっぱり現逮だと、刑事課も違いますね」

「緊急逮捕だと、即、『令状請求スタート!!』でケツカッチンだからなあ」

「無銭飲食から痴漢まで、交番は常人逮捕が多いから、乙には慣れておかないといけませんね。反省しました。ああ、そういえばこれ、少年事件ですから特に――」

「失礼します。お食事の準備ができました」

声を掛けた僕はしかし、レンジャーに死ぬほど睨《にら》まれた。その真剣な視線にビクッとする。ここで僕は、白石部長の会話を邪魔してしまったから怒られたと考えた。そこが、ワナビー巡査と呼ばれる原因だったかも知れない。というのも、よくよく考えれば、白石部長が怒ったのは、僕の勉強が邪魔されたと思ったからだ――邪魔したのは当の僕自身だったとしても。けれど、もちろんレンジャーは、『俺がここまで御膳《おぜんだ》立てしてやっているのに』などという、解りやすいセリフは吐かなかった。代わりに言った。

「交番《ハコ》では、特に見張所では符牒《ふちよう》を遣え。お前まさか、警察の符牒は、ギョーカイ人ぶりっ子のためだと思ってるんじゃないだろうな？」

「いえ、そのような」

「一般のお客さんに聴こえるように『お食事』なんて言う奴は、職質対象者の眼の前でも『照会の結果、犯罪歴のある暴力団員と判明しました』なんて言う奴だ」

「すみません。マル食の準備ができました」

「うーん、白石、どうやらさっそく、ビシバシやってるようだなあ」葉山主任が苦笑する。「どうだ上原、指導部長の気合《くうき》でかなり、疲れたろう。なあ白石、俺が立番するから、四人でマル食、片付けてこい」

「四人はいけません。交番《ハコ》が独りになってしまう。自分が見張に就《つ》きます」

「いいって。何かあったらすぐ呼ぶし。それに、黒川サンも腹が減ったら帰ってくる」

「……無線で呼びつけましょうか。扱い状況の無線が一本もないなんて巫山戯《ふざけ》てる」

言うが早いか、白石主任は肩のマイクを取った。そこには、どうしようもない憤《いきどお》りがあった。

〈東口123から東口124〉

無線機は何も言わない。

〈東口ＰＢ白石から、東口ＰＢ黒川ＰＭ〉

〈……黒川です、どうぞっ〉

〈現在位置報告願いたい、どうぞ〉

〈……黒川ＰＭ、現在、愛予城《あいよじょう》交番前。巡回連絡実施中!!〉

「よくいうぜ」もちろん白石部長はトークスイッチを放している。「交番に巡回連絡、してるんだろうが」

〈白石了解。現在、東口ＰＢに複数の拾得者あり。ＰＢ員は事案出向中のため対応できず。至急、帰所されたい。どうぞ〉

〈……黒川了解〉

〈待て。所要時間を報告願いたい、どうぞ〉

〈おおむね一〇分と見込まれたい、どうぞっ〉

〈概《おお》ね一〇分、了解。以上東口１２３〉

「白石、『複数の拾得者』はよかったな」葉山部長が笑う。「あの人が好きなのは、遺失拾得の扱いくらいだ」

「俺はあれも相当、ヤバいと思いますがね。交番の任意活動で最も恐いのは相談、交番の行政手続で最も恐いのは拾得――ホント、解ってるんですかね。いや、解っていないから巡査長で終わるのか」

「へえ、お前は相談が恐いのか。俺は任意活動なら、職質の方がよほど恐いがね」

白石主任はさりげなく僕の瞳《ひとみ》を見た。しかしそれは、一瞬のことだった。すぐ葉山主任を見る。

「職質はハンティングですよ。相談はダイナマイトだ。

いずれにしても、ああいう『生きたゴンゾウ』はそろそろ文化遺産ですから、コイツのためには、いい教材になりますよ。なるほど組織はよく出来ている」

「生きたゴンゾウか、確かにな。あれでも大先輩なんだがな。だが幸か不幸かここ十五年で、警察組織もすっかり変わった。三十年間の経験オンリーで、ゴンゾウしていればどうなるか。あの人だって、そろそろ解ってもいい頃だろうに。

さあ、その大先輩もようやく散歩から帰ってくる。お前らは二階に上がってこい」

「では葉山先輩、よろしくお願いします」

よろしくお願いします、と僕も唱和した。奥の院から、二階休憩室へのラッタルを登ろうとする。

すると制服の襟《えり》がむんず、とつかまれた。もちろんレンジャーにだ。自転車を盗まれた宮道さん——あの女子高生がさっき使ってた、奥の院のスチールデスクの島《シマ》へと引き戻される。

「靴を脱げ」

「え？」

「靴を、脱げ」

「は、はい」

「机の上に登れ」

「机の上に、ですか？」

「命令が聴こえないか!!」

「ハイッ!!」

僕は意味も解らずスチールデスクの上に登った。蛍光灯でも交換するんだろうか。

「俯《うつぶ》せに寝ろ」

「はい」

まさか。まさかとは思うけど。レンジャー白石は実は、そっちの気《け》が。そんな。彼女がいないどころか、いきなり彼氏ができてしまうとは。ていうか彼氏？　無理矢理型？　警察に相談しなくては。ここが警察です。そんな。

「帽子は取るな!!　交番で帽子を脱げるのは二階だけだ。二四時間三六五日そうだ」

「はい……」

「学校で習ってはいないのか、フフフ。最初のうちは、かなり痛いかも知れんぞ」

「そんな……許して……」

「上原巡査、腕立て用意《ヨーイ》!!」

「え、ええっ⁉」

「第一、俺のケツにくっつけという命令を無視し、交番前での職質に一切、参加しなかった。第二、立番の位置を指導したにもかかわらずこれを無視し、不用意に交番内カウンター外に佇立《ちょりつ》していた。第三、誰も立番をする警察官がいなくなったら立番をせよとの命令を無視し、伺《うかが》いも立てずに被害届の受理を見学した。第四、被害届の様式を誤認するという、警察官にあるまじき初歩的なミスを犯した。第五、相談を撃退するなどという、警察官にあるまじき発言をした。第六、マル食の手配をせよとの命令を無視し、漫然《まんぜん》とこれを怠《おこた》った。

以上、抗命《こうめい》、任務《にんむ》懈怠《けたい》等一件につき一〇回、合計六〇回」

「ろ、六〇回⁉」

警察の腕立て伏せは――

両手を肩幅程度で床につけ。腕は床に対して垂直に立て。頭・背・腰・脚《あし》を一直線にし。腕の屈伸《くっしん》は二秒に一回。肘《ひじ》は九〇度以上曲げ。腕又は顎《あご》が床に接する直前まで下げる。

これを、要するに。

（いきなり六〇回は、殺人的だ‼）

「始め‼」

34

――ようやく、休憩室。

ダルマ係長と王子様は、帽子を取り、帯革《たいかく》を外してくつろいでいた。出前のメニューは、人数分の天もりだったようだ。もちろん、二人とも、食べられるものはすべて消している。警察官の食事に、五分は必要ない。

「係長すみません」白石主任が脱帽して礼をした。「遅くなりました」

「別に、構わないだろう」

「オイ上原、早く座れ。係長に失礼だ」

「はい、上原巡査座ります」

「そう、コチコチせんでも、いいだろう。一時間は、休憩だろう」

きっと王子様の配慮だろう。新たに二人分、お盆のラップがキレイに外されている。階段を登る音がすれば、それが何人かは分かるから。いや、このラッタルだったら、みんなの特徴を覚えれば、誰が登ってきたかすら分かるに違いない。

蕎麦徳利《そばどっくり》からそばつゆを注ぐ手が震える。蕎麦そのものも普通に持ち上げられるかどうか。これから失敗をひとつする都度、腕立て貯金が積み立てられるというわけだ――

（あれ、この蕎麦）

まさかカビじゃないだろうけど、ほんのりと緑色が入っている。よく見れば明らかに、普通の蕎麦の色じゃない。僕はぷるぷる震える腕で箸《はし》を使い、生きているようにプルプル震える蕎麦を一口、口に含んだ。

（香りが強い。そう、穀物《こくもつ》を食べてるって感じがする。でも、臭みはない）

「三河屋の天もり」白石部長はもうラストスパートだ。「年末以来ですね」

美味《おい》しいですけど、もり一枚一、二〇〇円ですからね――」王子様は係長のお茶を換えた。「――つゆもすっごい鰹出汁《かつおだし》で奢《おご》ってますし。なかなか常連にはなれませんね。係長、本当にありがとうございます」

あ、ありがとうございます。僕はあわてて頭を下げた。お金もそうだが、そもそも頼んでもらっている。自分のポカで。そんな僕の顔色をまた察したか、王子様がいった。

「思えば、僕の時も、こうしていただきました」

「ああ、そうだったろう。もう、お前を預かって、足掛け四年だろう」

「あれか、青海。お前が天もりの前で号泣《ごうきゅう》したって話か？」

「白石主任、その話は、あは、勘弁して下さい」

「俺はまだ東口で八箇月だから、話に聴くだけだが、警務《けいむ》の糸坂《いとさか》嬢は何でも知ってるからな。青海新任巡査は泣き虫だが、交番のトイレはまさか占拠できないから、秋葉様の裏口ドアの先で、よくメソメソ泣いてた――って聴いたぞ。

そういえばお前ら、顔っていうか、目元がそっくりだな。泣き虫顔って奴《やつ》かもな。風邪引いてマスクでもしたら、なりすましができるんじゃないのか？」

「どういうメリットがあるんですか白石主任。でも確かに――君の姿は僕に以下省略、って奴ですね」

僕は改めて王子様の顔を見た。いわれてみれば、確かに似ている。僕の方が髪がやや茶色っぽいし、鼻も口も全然形が違うけど、目元は瓜二つ《うりふた》といっていい。ということは――眼の形は、頭の良さにも実務能力にも、全然関係しないってことだ。

「新任巡査の目ってのは、そういうものかも知れんな。まあ、聴いてるこっちが泣けてくるエピソードばかりだが」

「嫌だなあ、白石主任。ライトが聴くと、バカにしますから」

そういいながら、王子様はどこか、話をうながしている顔だ。

「すごかったらしいな、往年の青海新任巡査は。

被疑者に灰皿を出して係長に怒られ、無線が上手《う》く吹けなくて地域課長に怒られ、被害届がデタラメで刑事一課に怒られ、パケをトイレに捨てられて生安課に怒られ、ああ、交通切符の束《たば》を丸ごと無くしたなんて、交通課が真っ青になるようなポカもあったらしいな？」

「正直いうと、毎当務《とうむ》泣いていたのは本当です。いえ、制服に退職願《たいしょくねがい》、入れてました。こっそり転職サイト見たり、登録したりして」

「雛鳥《ひなどり》なんて、誰も、そんなものだろう。恐がりの白石だって、そうだろう」

「まあ、そこはそれですよ。若さの特権です。それを一々、面倒だろうが疲れていようが時間がなかろうが、『その場で怒る』ってのも、指導部長の特権であり義務ですが」

「確かに、そうだろう。黙っている方が、楽だろう。下手に怒って、懲罰《ちょうばつ》を科して、嫌われるのも、損だろう」

新人の僕は、何も言えない。気の利《き》いたことどころか、自分が会話に入っていいのかすら分からない。だから、黙々と蕎麦を手繰《たぐ》り続けた。しかし、ある瞬間、自然と言葉が出た。

「……やっぱり、美味《うま》い」

「うむ、そうだろう」

「ライト、この蕎麦はね」王子様が気を利かせる。「赤間係長からの着任祝いだよ」

「着任祝い……ですか？」

「赤間係長流でね」

「青海、警察官に講釈《こうしゃく》は、いらんだろう」

「スミマセン係長。僕の昇任祝いと思って、許してください」

「……そういわれては、言葉が、ないだろう」

「おっと赤間係長。そういう赤間係長も青海と一緒で」白石主任が煙草《たばこ》に火を着けた。

「いよいよ御昇任ですからね。正直、係長と青海に去られるのは、東口二係としてかなり痛いですよ」

「俺のことは、どうでも、いいだろう」

「よくありませんよ。警部じゃないですか。管理職じゃないですか」

「うん、まあ、その、そうだろう。だが、この歳《とし》で、東京の警大《けいだい》に入るのも、厳しいだろう。それこそ、青海みたいな、のぞみ新幹線組が、三十歳代から、集まるだろう。ロートルは、恥ずかしいだろう」

……警察は、学歴社会だ。巡査の僕は、警察学校の成績で。試験に受かって巡査部長に昇任する王子様は、管区学校の成績で。そして同様に、警部に昇任するダルマ係長は、警察大学校の成績で。その階級でのレッテルがまず、貼られてしまう。

昇任試験は、春先に行われる。年一回のワンチャンスだ。

第一段階の『予備試験』。SAと呼ばれる奴。二時間五〇問百点満点。基本法＋専務実務の、要は択一式《たくいつしき》試験だ。これを突破して始めて、第二段階の『第一次試験』──巡査部長試験だったら同様の科目の、六時間記述式試験がある。そしていよいよ第三段階『第二次試験』となると、面接＋術科《じゅつか》。

インチキはない。そもそも役所仕事だ。マークシートでも採点でも、手心を加えたり嫌がらせをすることはできない。無記名式、ランダム採点だから。こうした仕組みは、少しの違いはあるけれど、警部補試験でも警部試験でもほぼ一緒のはずだ。

そう、年齢が何歳であろうと──

だから、赤間係長が五五歳で昇任試験にチャレンジし、見事合格した──というのは、民間企業では、ちょっと考えられない。社会人大学生も顔負けのお勉強を、コツコツ、コツコツと家でしてきた、ということだからだ。

　他方で、王子様こと青海巡査が二五歳で昇任試験にチャレンジし、見事合格した――というのは、警察社会でもちょっと異色になる。まさに赤間係長がいった『のぞみ新幹線』だからだ。これは、実務の実績によるところも大きい。試験問題そのものは、恐ろしく客観的だけれど、実は『個人評価点』というマジックも、組み込まれているから。すなわち勤務評定とか、警察庁長官賞～愛予県警部長賞までの表彰歴などは、稼《かせ》ぎ所だ。極論、試験の点数の一〇％、一五％を別枠で加算することができてしまう（逆に、懲戒処分を受けたりしたら、最初からド派手な減点をされてしまうのは、いうまでもない）。ここでこの春、三〇歳以下で巡査部長試験を受けた巡査について見ると、実に合格率八・三％……

　もっとも、客観採点客観採点といったところで、面接がある以上、総合成績の二〇％～三〇％は、県警本部の役員や課長が、それぞれの持ち点を、自由につけることになる。赤間係長の場合でいえば、社長と役員がつける。王子様でいえば、部門の筆頭課長がつける（あのヘンテコ公安課長とか）。赤間係長の成績と勤評が極端に悪くなければ、役員はむしろ同情的になるだろうし、王子様があまりに若いのに切れすぎて鼻に付くとなれば、筆頭課長たちはよい点数をあげないだろう。

いずれにしても、交番で日々、実務に追われながら、三交替勤務をしながら、昇任試験にチャレンジするというそのことが、既に、すごいことなのだ。そして、そのことは、警察学校で、艫利《ともとし》教官が何度も何度も繰り返し教養し、強調していたことだった。

（教官はいっていた──

俺が最初から、他の教官が黙ってる『昇任試験』について口を酸《す》っぱくしているのはな、上を目指さない警察官は終わりだからだ。警察は階級組織だから、出身大学とか出身地とか経歴とかは一切関係ない。上を目指すにはただ試験あるのみ。巡査一年生から部長試験を意識しろ。逆に、五〇歳になっても上を諦《あきら》めるな。カネのためでもある。名誉のためでもある。だがな、いちばん重要なのは、上に行けば行くほど、自分の考えで組織を変えられることだ。自分の考えで仕事を処理できることだ。組織のことを思うなら、上を目指せ。そのための情報を、教えない方が俺は不誠実だと思う。

それに、俺が喋っているようなことは、通達に書いてあることだし、情報公開されていることばかりだからな。部内の警察官に、積極的に教養しない理由がサッパリ解らん）

──ダルマ係長とレンジャー主任の会話は、続いている。

「ああ、係長はギリギリ、懲役《ちょうえき》三箇月の東京流しですね。あと一歳お歳でしたら、もっと刑期短かったのに。惜しい」

「昇任させてもらって、不満をいったらいかんが、東京で警部任用科、三箇月は、きついだろう」

春先の試験は、秋には結果が出る。合格すれば、異動は確実だ。警察で『居座り昇任』はありえないから。合格すれば、偉い人の筆先ひとつで、愛予警察署の別ポストに着任し直すこともあるし、まったく違う警察署に赴任することもあるし、もちろん県警本部に引き抜かれることもある。異動は、来春だ。いつ、それぞれの学校に入校するかは、職場の都合による。

要するに、警察のシステムとして、ダルマ係長と王子様がいなくなるのは確実なのだ。

「全国から警部が来るわけですから、そのあたりは心得ているでしょう。そこは警察です」

「うむ、まあ、素直に喜ばんと、いかんだろう」

「めでたい警察官が三人です。それじゃあ新蕎麦にもなる。天麩羅つきだ」

「それでは――僕からライトに講釈をして、よろしいでしょうか？」

「いいだろう」

「ライト、さっき赤間係長流っていったのはね――

秋は新蕎麦のシーズンなんだよ。ところがね。この新蕎麦っていうのは難しくて、焦って熱風乾燥なんかしたら、こんな風味、あっという暇《ま》に飛んでしまうんだ。天日《てんぴ》で丁寧に乾燥させるのがいちばん。新蕎麦って、デリケートなんだね。

だけど蕎麦自体はタフな植物でさ。飢饉《ききん》の時は蕎麦、っていわれるほど生命力があるし、種を撒《ま》いてから何と二箇月半で、すぐ収穫できてしまう。三箇月、掛からないんだね。

だから、赤間係長がいいたいのは——

ここでは絶対に、新蕎麦を熱風乾燥するような真似《まね》はしない。新蕎麦がデリケートだってのは分かってる。だけど蕎麦は、三箇月でもう実となって収穫できる植物だ。そうでなければ、蕎麦じゃない。

僕が新任巡査として卒業配置されたときも、赤間係長は教えてくれた。そう、職場実習は三箇月だ。交番にいられるのは三箇月未満だ。それで実になるようにする。風味も色も、新任巡査として恥ずかしくないように育てる。だからお前自身も、飢饉を救えるような——」

「オイ、ワナビー……いや上原、大丈夫か」

「は、はひ、だ、だひじょうぶ、です」

「ライト、いや、これは単純に、喩《たと》えというか……泣くことはないよ」

「な、泣いてません」

「新任巡査は、新蕎麦かも知れんだろう。

だが、春に昇任異動してきた、白石だって、新任部長だったろう。来春に、昇任異動してゆく、青海も、新任部長になる。そして、恥ずかしいが、この俺も、もうじき、新任警部だろう。やったことのない仕事は、誰だって、分からんだろう。それが新任だろう。それでも三箇月で育って、細く長く、タフにやらんと、いかんだろう――こ、講釈が、過ぎたかも、知れんだろう。上原、まず、洟《はな》を拭《ふ》けば、いいだろう」

さすがの鬼軍曹、レンジャー白石も、この何ともいえない慰《なぐさ》め劇の中で、しばらく呆《ぼう》然《ぜん》としている。それは、僕のすすり泣きに驚いたのかも知れなかったし、自分が新任巡査の頃を思い出したのかも知れなかったし、あるいは、今、新任の冠が取れた巡査部長として、思う所があるのかも知れなかった。もちろん噎《むせ》んでいる僕に、正解なんて解《わか》らないけど。

35

「さ、さて、そうすると」白石部長はペースを取り戻そうとした。「午後ですが係長、私の基本勤務は警らとなります。二時間、出ます。青海、お前は確かそのコマ、立番と在所だな？」

「はい、白石主任。そのあと二時間、巡回連絡となりますが」

「どうでしょうか係長。昼の警らですから、無論学べることはありますが、コイツには一九時からの警らと、零時からの警らを重点的にさせたいのです。そうしますと」

「ふうむ……なるほどだろう。うん、白石のその考えで、いいだろう」

「ありがとうございます。上司を使うようで、申し訳ありません」

「いや、井伊課長からも、命ぜられているから、ちょうど、いいだろう」

「と、いうわけで上原。次の二コマは、赤間係長のケツにくっついて歩け。赤間係長の勤務例は、もちろん頭に入っているな？」

僕は大きく頷《うなず》きながら必死で考えた。朝、確認はしていたけれど、もう忘れている。

白石主任の『警ら』じゃない。王子様は交番に残る。そして、『ケツにくっついて歩く』となれば、所外活動――

「は、はい、巡回連絡です」

「巡回連絡とは何だ」

「け、警察官による家庭訪問……」答えを焦るな。自分の頭で考えろ。自分の言葉で言い換えろ。「……警察官が、受け持ちの家々を一軒一軒、訪問して、地域との親和性、じゃない、警察との距離を近くしてもらうことです。警察に親近感を持ってもらうことです」

「どうしてだ。親切の押し売りか？」

「いえ、親近感を持ってもらえれば、例えば『愛予署管内の振り込め詐欺に注意して下さい』『最近このあたりではお年寄りの交通事故が多いんですよ』といった、情報発信ができます。聴いてもらえます」頭を使うと、涙が止まる。「親近感を持ってもらえれば、困っていることとか、地域の悩み事とか、あるいは大きな犯罪の情報などを、教えてもらうこともできます。それらを知って、解決することは、地域住民のためになります」

「地域住民のためか。なるほど。では警察法第二条、警察の責務をいってみろ」

「個人の生命、身体、財産の保護です」

「それだけか？」

「あっ、いえ、公共の安全と秩序の維持、があります」

「それが警察の責務のツートップだな。すると巡回連絡は、誰のためにやるんだ？」

「ああ、なるほど。地域住民一人一人のためと、そして、地域社会全体のためです」

「銀行がお客様のために業務をする。それはそうだ。個々のお客様は大切だ。だが同時に、銀行自身の利益のために業務をするんだろう。これも当然だ。ボランティアじゃないからな。俺たちもボランティアや、新聞勧誘で行くんじゃない。個々の地域住民のためと、そしてもちろん、地域社会全体の安全のために行くんだ。俺たちは利益を上げる必要はない。代わりに俺たちは公益のために動く。いいか。個人の法益と公益。両立すればめでたい。だが必ずしも両立するとは限らん。そのせめぎ合いを、よく学ばせてもらえ。そこを押さえていないと、百科事典や消火器の押し売りと何も変わらんし、自信を持って訪問することができないからな」

「解りました、白石主任。赤間係長、よろしくお願いします」

「じゃあ、支度《したく》を、せねばならんだろう」

「はい、ケツにくっつきます」

「……うむ、確かに、ケツの敬語は難しいな」

赤間係長はもう帯革をつけ、制帽を手に取っていた。僕はバタバタと装備品を身に着け始める。階段を下りる音。僕も襖《ふすま》を越えようとしたとき、白石主任がぽつりと言った。

「ワナビー巡査。腕立てマニアか？」

「え」

「四人の食事が終わった。先輩巡査は器の片付けを始めている。それでいいのか？」

「す、すみません青海先輩!!」

「じゃあライトは、こっちを下げて。葉山主任と黒川班長の分は、触らないようにね」

ラッタルのような階段を下り、秋葉様にゆく。王子様はテキパキと洗い物を始めた。

「あっ、僕、やります」

「いや、この昼はいいや、赤間係長、もう出向《しゅっこう》するから。上官を待たせちゃいけない」

「そうか、自分の時間が、必ず取れるわけじゃない。できるときに、目配りして、できることを終えておかないと」

「今回は巡回連絡だから急がないけど、急訴《きゅうそ》事案だったら洗い物どころじゃないからね。それに気付けただけでも勉強さ。けれど夜からは、頼むよ。本当に忙しくなるから。マル食のことがキチンとしてないと、警察も軍隊もお手上げ。下働きは、兵站《へいたん》全般担当だからね。補給って、いちばん重要な仕事のひとつだろ？

それから、これ」

王子様はタオルで手を拭《ふ》くと、制服上着の内ポケットから、小さな紙包みを出した。

「あげるよ。すぐ開けて。急ぐだろ」

「あっ、メモ帳」

それはしっかりした作りの、しかし掌《てのひら》サイズに収まる黒革の手帳だった。背表紙の所に、ボールペンが挟《はさ》めるようになっている。つまり、すぐに使える。

「警察官はさ、実はお説教好きだから。それに見取《みと》り稽古《げいこ》ってのは、原則一回きりだからね。膨大なデータが、脳味噌《のうみそ》を襲撃してくる。けど、どんなにハードディスクが大容量でも、保存していないデータは取り出せないよ。そして現場では——もちろん交番も現場だけれど——外部記録媒体を使うしかない。暗記や暗唱をしている暇は、ないからね。

ほら、無線聴いてたろ？　あの万引きのあった本屋の隣が、実は文具店でさ。ライト、きっと欲しがってるだろうなと。でも新任巡査が買い物を言い出すのもなかなか――

おっと泣くなって!!　ライト実はかなり涙腺《るいせん》緩い⁉　泣《な》き上戸《じょうご》タイプだな」

「す、ずびばせん青海先輩……巡回連絡、行ってきまず!!」

「市民が見てるからね、一一〇番、入れられちゃうからね、顔!!」

第10章　巡回連絡 I

36

警察官用の、白い自転車。

ダルマ係長が巨体を乗せて前を行く。僕はおっかなびっくり後に続いた。立番《りつばん》が警察官デビューだとすれば、いよいよ自転車で街頭デビューである。交番へ来るときは、いわば通勤だった。けれど今は、職務執行中の警察官そのものなのだ。言い方は悪いけれど、ほとんどコスプレの初披露《はつひろう》。しかも、その会場へ行くJRの中で、まじまじと見詰められているような感じがする。

ダルマ係長は、愛予駅東口交番から大街道《おおかいどう》を脇目《わきめ》に、三《み》の頭恩賜《かしらおんし》公園の中を疾走している。やがて大きなバス街道に出、そのままどんどん南下していった。愛予駅東口交番の所管区《しょかんく》では、駅前商業施設群とアーケード、そして三の頭恩賜公園が名所。これらを越えたところには、大規模マンションが多い。けれど、そうしたお洒落《しゃれ》な大規模マンションは、実はここ十年、十五年で建ったものだ。バス街道を飾る一〇階建て、八階建てといった集合住宅の背後には、まだ、地元旧来の小さな商店街や、下町っぽいアパートが残っている。

つまり、さすがは県都だけあって、あらゆるタイプの地域が見られるのだ。

そして僕は、地元大学生だったけれど、もちろん駅前近辺以外に興味はなかった。

「ここらで、いいだろう」

「はい、係長」

そこは、農協が建っている大きな交差点だった。四隅《よすみ》に余裕があって、自動車が置けるほどの歩道になっている。僕は、何がここらでいいのか解らないまま、係長に従って自転車を止めた。すると係長は、自転車を少し寄せて、話を始める。

「俺の受持区《うけもちく》を、これから、回るだろう」

「はい、係長」

「これが、巡連の簿冊《ぼさつ》だろう」

係長は荷台の白いボックスから、赤茶色のバインダーファイルを取り出した。

「今日は、見取《みと》り稽古《げいこ》だろう。だが、巡回連絡は、単独で行うのが、基本だろう。今度からは、独りで、行ってもらうだろう。俺と、青海が、抜ければ、その受持区は、新人が、引き継がんといかんだろう。新人のひとりは、上原だろう」

「はい、係長」

「警察署は、PSの管轄《かんかつ》区域に、責任を、持つだろう。交番は、交番の所管区《しょかんく》に、責任を、持つだろう。だが、交番の警察官は、個人で、独りで、自分の受持区に、責任を持つだろう。そこで発生したことは、交番の警察官個人の、責任だろう。

受持区を持つというのは、そういうことだろう」

「はい、とても恐いと思います」

「……うん、そうだ」ダルマ係長はにっこり笑った。「いい指導部長で、嬉《うれ》しいだろう」

「はい、とても恐いと思います」

「ワハハハ」

ダルマ係長は僕を手招きする。僕は、係長が開いた簿冊をのぞきこんだ。

「これに、巡回連絡カードを、編綴《へんてつ》してゆくだろう」

「はい」

「もちろん、簿冊は、これ一冊じゃないだろう。東口PB管内の世帯数は、どうだろう」

「すみません、まだ把握しておりません」

「約一万七、二〇〇世帯に、なるだろう。そして、PBは三交替だから、原則、十五人の警察官が、いるだろう。誰もが個人の、受持区を、持っているだろう。

すると、上原は、近い将来、何世帯を、受け持つことになるだろう？」

「ええと、単純計算で……一、一〇〇世帯以上でしょうか」

「理論的には、そうだろう。もちろん、駅前商店街がある受持区、高級住宅街がある受持区、公園がある受持区、下町がある受持区。それぞれ、個性があり、偏《かたよ》りが、あるだろう。それは、想像するまでも、ないだろう。

だが、平均、千世帯以上に責任を持つ。千世帯が、氏子《うじこ》だ。千世帯以上に、その家族のすべての人に、『うちの担当は上原巡査です!!』といってもらうのが、地域警察官だろう。逆に、『担当のお巡《まわ》りさんなんて、決まってるんですか？』などといわれては、受持ちのメンツが、立たんだろう」

「はい、頑晴《がんば》ります!!」

「上原は、年間で、何回、泊まりをするだろう」

「これも単純計算で、三日に一回ですから……一二〇日前後だと思います」

「巡回連絡は、原則、何回やることに、なっていただろう」

「当県では、すべての世帯について、原則、年一回です」

「ウェイトの置き方は、これから、学ぶから、例外はまだ、いいだろう。すると、全世帯、年一回の家庭訪問をするためには、一当務、何軒、面接をせねばならんだろう」

「また単純計算になりますが……小数には意味がないから……一〇世帯は訪問しなければなりません。

って、ええ⁉」

「驚いたろう。白石と一緒に朝、勤務例は見ただろう。勤務例だと何時間、使えるだろう」

「よ、四時間でした」

「一当務、四時間だろう。まさか、単純計算で、一世帯二四分とは、ゆかないだろう」

「か、係長。自分は全然、実務を知りませんが、ツレ、いえ友人であったとしても、四時間で一〇人を訪問するのは、無理であります。もちろん移動時間がありますし、この場合、何の連絡も入れていないわけで、空振りということも」

あっ、なるほど。係長も主任も、予約の手間を惜《お》しまないのは、そういうことか。

「空振りもあれば、緊急の扱いが入ることも、あるだろう。逮捕事案ともなれば、四時間など、すべて吹き飛んでしまうだろう」

「ですがそれでは、年に一回の巡回連絡なんて、理論の段階から、不可能です」

「命令だろう」

「そ、それは確かに……はい命令です」

「冗談だ」冗談なのか？「誰もが、そこは、悩む。工夫で、どうにかなる面もある。どうにもならない場合もある。そして、これだけ、プライバシーに関する意識や、個人情報に関する意識が、高まっている。警察嫌いの住民だって、いくらでもいる。そして、これは内緒だが、どうしても、検挙実績の方が、巡連実績より、優先される。井伊地域第二課長が、日々、悩んでいることだ。だから、現実問題として、年に一回の巡連というのは、なかなか、厳しい面がある。それは、すぐに分かるだろう。そしてお前も、悩むだろう。

だがな、上原。

俺は、お前が、実態把握をやりたいと、いっているのを知って、嬉しかった。今時、巡連とか、実態把握に、興味がある奴は、そうはいない。昔みたいに、自分の『檀家《だんか》』を、持ってる警察官も、少なくなった。だが、これについては、御題目《おだいもく》が正しい――地域警察の基本は、そして警察の基本は、地域実態把握だ。未来永劫《みらいえいごう》、変わらんことだ。

俺は、老兵として、そのことを、伝承《でんしょう》したい。

だから、俺は今日、恐らく半年分は、喋《しゃべ》っている。喉《のど》が痛い。白石なぞ、さぞ仰天《ぎょうてん》しているだろう。だが、俺は、井伊課長にも、朝、お前のことを、頼まれただろう」

「はい」返事のしようが無かった。「頑晴ります」

「うん。

どうして、実態把握が基本かは、道々、話すだろう――

だが、その前に、巡連簿冊《じゅんれんぼさつ》の話を、終わらせにゃならんだろう。これは、警察の宝だろう。だが、もちろん、個人情報の山でも、あるだろう」

「はい」

「無線機、手帳と一緒だと、思えばいいだろう。いや、それ以上に、絶対に無くせないものと、いっていいだろう。だが、それは、警察が、宝を失うからでは、ないだろう」

「はい、住民の方に対する、裏切りだと思います」

「そうだろう。せっかく、警察を信頼して、警察が、いいことをしてくれると信頼して、個人情報を、預けて下さったのに、『どこかで無くしました、御免《ごめん》なさい』では、許されんだろう。簿冊を無くしたら、その簿冊の全世帯に、とんでもない迷惑が、掛かるだろう。だが、たとえカード一枚無くしても、その迷惑は、変わらんだろう。そして、巡《じゅん》連簿《れんぼ》や、巡連カードの遺失《いしつ》は、もっと、残念な結果を、生むだろう。解るか」

「もっと残念な、結果……」新蕎麦《しんそば》、自分の頭で考えろ。「……地域住民の方が、カードを無くしていない方が、怒ってしまいます。協力してくれなくなります」

「何故だろう」

「警察が、個人情報をデタラメに管理していると知ってしまうから、です。

そうすると、そんなところに、個人情報を教えたくないと、誰でも思います。もし、僕がそのような遺失事故を起こしてしまえば、僕の受持区では、相手にされなくなります。いいえ、地域住民の人にとっては、受持区なんて関係ありませんから、東口交番の全員が、いや違う、愛予署の全交番が、これも違う……全国の地域警察官が、巡回連絡で、相手にされなくなってしまいます」

「警察は、困るだろう」

「地域住民の人も、困ると思います」個人と、公益。「警察との距離が遠くなれば、警察は、地域住民の人のための仕事が、しにくくなります。しかもそれは、地域社会のすべての人にとって、残念なことになります。警察が動かないこと、警察が知らないことが、問題になっている時代だと、白石主任から教わりました」

「うむ、そうだろう。

そうすると、だ。俺が今日、この簿冊を持ってきたのは、実は、おかしいだろう」

「あっ、そういえば」無くす危険は大きく、持ち運ぶ利益は少ない。「新しいデータの入力、ということであれば、白紙のカードだけを必要分、携行すれば」

「それが、基本だろう。安全装置だろう。

だが上原。

入力済みの、データを、書き換える必要も、出てくるだろう。どこが入力済みで、どこが入力済みでないのか、出先で知りたくなることも、あるだろう。そのとき、ハードディスクを、持ち運んでいれば、住民にも、警察官にも、便利だろう」

「あっ」

「そういうことだろう。社会人の仕事には、基本と応用、一般論と具体論が、あるだろう。だから、簿冊を持ち運ぶことは、不適正ではないだろう。そのために、警察官の自転車には、頑丈《がんじょう》なボックスがある。ただし、利益と、不利益を、考えてやらない奴は、バカだろう。

だから、上原。

個人情報を携行するときは、自転車ならこのボックス、徒歩なら地域警察官用かばんだろう。俺が若い頃は、商店街を、剝《む》き出しの巡連簿片手に、闊歩《かっぽ》したものだが、今考えれば、恐ろしいことだろう。知り合いの住民と出会う。つい話に夢中になる。簿冊を手から離す。あるいは、いきなり、持凶器《じきょうき》事案が眼の前で発生する。装備《そうび》資器材《しきざい》も応援もない。警棒、時に拳銃《けんじゅう》で、制圧せねばならん。ファイティングの後で、剝《む》き出しの簿冊は、いったい、どこに行くだろう。

外回りの仕事を、している人間が、裸現金を、ノコノコ、持ち歩くような真似は、いかんだろう。消えたところで、誰も、組織も、同情しては、くれんだろう。そういうことだ」

「よく解りました、赤間係長」

「うん、いいだろう。

では、自転車を押して、歩きながら話すが、二列にはなるな。ルールというより、マナーの問題だ。あと、市民は制服を見ている。無駄話みたいな口調は、するな」

「はい、係長」

ダルマ係長は、簿冊をカッチリとボックスに封印すると、自転車を下りたまま歩道を行く。自然、背中で語る形になる。足取りはゆったりしているけれど、迷いもないから、目的地はもう、決めているはずだ。

「本当はな、上原」

「はい、係長」

「警らでも、巡連でも、徒歩が、いちばんだ。自転車の景色と、歩行者の景色は、まるで違うだろう。地域の、実態把握なら、地べたを這《は》って、舐《な》めるようにゆっくり観《み》て、ナンボだろう。だが、いつも徒歩で動くわけには、ゆかんだろう。何故だろう」

「先程《さきほど》の、簿冊の問題は、あると思いますが……」

「ああ、肩の無線機のマイクだが、音量を下げておけば、いいだろう」

なるほど、家庭訪問だからそうだ。無線は、いってみれば内線の電話と一緒。それを営業先のお客さんに、強いて聴かせることはない――無線機の音量――今も大勢が通話している――

「……あっ、事案の取扱いがあるからですね、係長」

「そうだろう。巡回連絡中だとしても、無線指令があれば、取扱いとか、応援に、駆けつけんといかんだろう。それは、警察の仕事だから、当然、一分一秒を争うだろう。当然、ＰＣが先行するだろうが、動く警察官は、多ければ多いほど、いいだろう。社会人は、『大きく構えてピッタリまとめる』のが原則だろう。すると、徒歩では、限界が、あるだろう。東口交番だって、交番の中では、マンモスだが、それでもたった、六人だろう。

あとは、当然、距離の問題が、あるだろう。『隣の交番が見える』警視庁と違って、愛予県みたいな田舎県では、交番の所管区が、広いだろう。移動時間も、無駄にしては、いかんだろう」

「できるだけ自転車で動いた方がいい、ということでしょうか？」

「地べたを這うのは、基本だろう。一般化が、できるのは、教科書だけだろう」

そこで赤間係長は、砂利《じゃり》の駐車場に、押していた自転車を入れた。すぐ傍《そば》の建物に、ピッタリ寄せて駐《と》める。目で促《うなが》された僕もまた、それにならった。

37

赤間係長は、なぜか巡連簿も出さずに、隣接している建物に入ってゆく。

二階建ての、一階店舗だ。看板のひとつも無いが、それが何かはすぐに分かる――床屋だ。三色のサインポールが、くるくる回っている。ライトブルーの庇《ひさし》はかすれて、文字もう読めない。かろうじてドアのガラスに『理容室　マイアミ』と描かれている。僕がよく行っていた美容室の（警察官になってからは、超短髪なので行かなくなった……）、対極にあるようなレトロな『床屋』だ。これが昭和の香りって奴かな。

「どうもー、こんちはー」

「あら、赤間さんじゃないの。久しぶりじゃないの」

散髪用のシートはふたつしかない。マスターは植木で仕切られた、二人半が座れるほどの、待合ソファからいそいそと出て来た。よく見れば、そのソファもシャンプー台も、ガムテープで修繕されている。すごい店舗だ。

マスターは僕より小柄で、細身で、髪はピッタリと分けられて黒々としているが、笑い皺《じわ》の深さから、きっと六十歳近いだろう。看護師っぽいライトグリーンのユニフォームが、オカマさんみたいにクネクネと動いている。といっても、それは媚《こび》というより、客商売のソツのなさを感じさせた。警察官でいう常在戦場《じょうざいせんじょう》、に近い。

「ここのところ、どうだろう」

「ぼちぼちねえ。まあ座ってよ。アラこちら新人さん？」

「おや、よく分かったねえ」

「赤間さんが来る時は、いつも独りじゃない。それに、見ないお巡りさんだしね」

「東口交番に、学校を卒業して配属された、上原だろう。よろしく、頼むだろう」

「じゃあまだ新卒？」

「は、ハイ。この春に大学を卒業し先程《さきほど》警察学校を卒業し愛予警察署勤務となりました」

「……上原、頼音《らいと》って、いうんだろう」

「ハイ、上原頼音巡査であります。どうぞよろしくお願い致します」

「初々《ういうい》しいねえ、こっちが緊張しちゃう、あは――

はい赤間さんコーヒー。ライト君も」

マスターは当然のように、冷蔵庫から缶コーヒーを出して僕らに渡した。いいんだろうか、と僕はダルマ係長を見たが、ダルマ係長はこれまた平然とプルトップを引き、ゴクゴクと飲み始めている。しかも、あろうことか、係長は制帽を外し、なんと煙草《たばこ》まで吸い始めた。ソファ前のスタンド灰皿に、灰をコツコツ落としてゆく。

（警察官が外で物をもらったり、制帽を脱いだり……まして人前で煙草を吸うなんて……）

「ライトって、素敵な名前じゃないの。覚えやすい。どういう漢字？　まさかカタカナ？」

「ライトはですね、たのむの頼に、おんがくの」

「ああ、そういえば」

ダルマ係長は地域警察官用名刺を出した。何と僕の名刺である。制服制帽の、履歴書用みたいな写真までスキャナで入っている。もちろん名刺だから、交番の住所、電話番号、オープンネットワークのメールアドレスまで記載されているものだ。

「渡し忘れていただろう。すまん。社会人の基本だろう。交番の警察官でも変わらんだろう」

「い、いえ、自分が出発前に確認するのを忘れたのであります」

「過ぎたことだろう。取り敢えず束《たば》ごと、持っておけば、いいだろう――

変わった名前というのは、いいだろう」

「え」

「昔、警察ドラマで、『都知事と同じ名前の、青島《あおしま》です』っていうのが、大流行したろう。誰でも、ああいう入りがあると、助かるだろう。お前は、それに悩む必要が、ないだろう」

「そういえば、もう四年になるかしらねえ」マスターも煙草を吸い始める。「前の受持ち、気分の悪いガキだったから名前も覚えてないけど」

「そういわんで、ほしいだろう。名刺くらいは、取っておいて、ほしいだろう」

「それを四年前、赤間さんが引き継いで、始めてウチに来たときのことよ。この人、ぬぼーっと立ち尽くしてね、開口一番、『東口交番の、ダルマだろう』っていって、黙ってるのよ‼　ダルマだろうっていわれても。それ確認？　疑問？　それともギャグ、みたいな感じで‼

でも見たとおりのダルマだし、赤ら顔だし、置物みたいに動かないから、こっちが根《こん》負《ま》けしちゃって。ねえライト君、こんな容貌《ようぼう》の人がでーんと動かなかったら、ドア開けた方も、リアクションしたくなるわよねえ。まあ、どう観察しても悪意はなさそうだし」

「人を、見た目で、判断しちゃあ、いかんだろう」

「よくいうわよ。最大限、見た目を使ってる癖《くせ》して」

「まあ、職業や、仕事によっては、見た目が九九％ということも、あるだろう」

（もう始まっている。赤間係長のレッスンはもう始まっている。

人は見た目。開口一番《かいこういちばん》）

「それに往来にお巡りさん置いてたら商売あがったりだから。取り敢えず中に入れて、何しに来たの、近所で変わったことなら何もないし、たかが床屋だから何も知らないよ――って啖呵《たんか》切った。そしたら赤間さん、何て言ったと思う？」

マスターはダルマ係長の口真似《くちまね》を始めた。四年前の第一印象が、よっぽど強かったのだろう。

「いや、私は、マスターのことを、知りたいんじゃないだろう。自分は、髭《ひげ》が、濃いだろう。マスターは、ここらで、いちばん腕が立つ床屋だと、署長に聴いただろう。自分も、もう、交番の、責任者だろう。三日に一回、顔だけ、当たりに来るから、今月の定休日を、教えてくれれば、とても、ありがたいだろう――

何いってんだコイツ、と最初は思ったわ。

でも言っていることはホントなのよ。腕が立つとか、自分でいうことじゃないけどね。歴代の愛予署長さん、ほら署長さんって警察署の中の官舎にお住まいでしょ？　自署管内居住の原則、っていうんですってね。しかも愛予署は厳しくて、署の敷地の中。大抵は、もう御立派な御自宅を構えてる偉い人だから、単身赴任になる。これ御本人たちから聴いたんだけどね。

だから、みんな、自転車ならここに来られる所に住んでる。そして、そう今の本多署長さんも、わざわざウチにいらっしゃるのよ。まあ正直、パッと見で、ダルマの『髭《ひげ》が濃い』云々《うんぬん》は眉唾《まゆつば》だと思ったけれど――だってテカテカツルツルしたダルマだもの――転勤してきたばっかりなのに、よく知っているなあって思ったし、前の受持ちのガキみたいに、いきなり眼の前でカード書けとか、外国人や暴力団を見たら覚えておけとかやたら高飛車だったり、自分とこの署長さんが来てるってことすら知らなかったり、まあそんなバカじゃない、ってことは分かったから」

「それに、顔剃《かおそ》りは一回二、三〇〇円で、コストパフォーマンスが、いいだろう」

（事前に情報を取れるだけ取る。相手の自尊心を傷つけない、むしろ高める。お互いが利益になるところから始める。人間関係を急がない。利益が予想されるなら、必要な身銭は切る）

「んもう、そこはそれよ。でもまあ、確かにこっちも商売だしね。なら来てもらおうじゃないの、ってことで、その日は終わったのよ。そこからがアタシの地獄の始まり。このダルマ顔と三日に一回、定休日以外、雨の日も風の日も雪の日も取調べよ。どっちが客商売だか分かりゃしない」

「取調べじゃあ、ないだろう。地域住民どうしの、ワクワクドキドキした、世間話だろう」

「そうね、ワクワクドキドキした三箇月間だったわね」

「えっ、それじゃあ赤間係長の顔剃り通いは、三箇月で終わったんですか？」

「そりゃそうよ。だってカミソリ負けが絶望的なほど非道《ひど》くなっちゃったから。それにね、普通の人が床屋に来るのは一、二箇月に一回。常連さんだって年十二回にはならない。なのに、赤間さんはもう二十回以上、そこのシートに寝て、ウチの嫁《よめ》はん口説《くど》いてるのよ!!　アタシと嫁はんの感覚だと、もう二年の常連ね。それに、署長さんたちからもコッソリ聴いて、この人が愛予署になくてはならない警部補さんだってこと、実感できたし。

常連さんに非道《ひど》いことするのは、商売人の名折《なお》れよ」

（コストとベネフィットを考え、終わり方を想定しておく。相手だけじゃなく、周辺からも攻める。相手の感じ方を測定する。別ルートで情報を流せるならば流す）

「だから三箇月が過ぎたとき、また平然とやってきた赤間さんにいったの。このペースだと、赤間さんの頰《ほお》の肌は、一年後には削《けず》り終わって無くなりますよって。もう解りました、カード書きますから、あとは月イチで髪を――ほとんどないけど――切りにきてもらえれば十分ですからって。

そしたらね、赤間さん、泣くの!!　このダルマ顔でよ!!　まったく――」

「それは、もう、過ぎたことだろう。らいとが、笑うだろう」

「涙をポロポロ零《こぼ》してね。とうとういったの。

俺たちはもう友達だろうって。どうして話してくれないのかって。二年前、前の受持ちのとき、斜向《はすむ》かいの文房具屋も、トイメンの歯医者も、そしてマスターの『マイアミ』も深夜、侵入盗に遭《あ》ってるだろうって。未解決だから、さぞ不安だろうって。署長には署長のメンツがあるからいえないかも知れないが、どうして自分には相談もしてくれないのかって。黙っているつもりだったが、自分は泊まりの日の深夜、いつも自分自身で警らをして、郵便受けにパトロールカードを投函《とうかん》してきたつもりだ――」

「えっ」

「そうなのよライト君、本当なの。休みの日にウチに来るでしょ？　その翌日がお仕事で泊まりでしょ？　まさにウチに来た翌日は、カード、この周辺一帯に配られてた。『近隣のパトロールを行いました。異常ありません。何かありましたら迷わず一一〇番か、この交番に御連絡を　愛予警察署東口交番　警部補　赤間巌《いわお》』——自筆の署名と時刻入りで。それも二時三時。

知ってたのよ。

知ってたけど、どうしても、わだかまりがあって。前の受持ちはカード目当てで、どれだけパトロールをお願いしても、梨《なし》の礫《つぶて》だったから。そして署長さんは地元の名士。警視正さんだから、庶民がそんな苦情いえないし、上客《じょうきゃく》を無くしたらどんな悪影響があるか分かったもんじゃない。いま思えば、こっちのそんな鬱憤《うっぷん》を、赤間さんにぶつけていた所が、あったのね……

でも、こっちが事件について何も言わないのに、パトロールカードについても敢えて触れないのに、交番でいちばん偉い人が、それこそ雨の日も風の日も雪の日も自分でパトロールして、こんな老体に鞭打《むちう》って、二時三時まで仕事して。

嫁はんが、我慢できなくなったのね。二階の居間から駆け下りてきて。いろんな思いがあるから、捨てるに捨てられず取っといた赤間さんのパトカード、ぜんぶ持ってきて

——そして今、このとおりよ。

アタシは赤間さんのためならできるだけのことはするし、赤間さんも地域の困り事、熱心に聴いて、熱心に解決してくれる。そのことを知った常連さんも、このマイアミに、いろんな話を持って来るようになる。だって床屋は理髪業だけど、ほとんど会話業でもあるものね。コンビニに行かない人は、ひょっとしたらいるのかも知れないけど、床屋に行かない人はいないし、理髪業組合のネットワークもある。

最近は『床屋盗《とこやとう》』なんてのも増えてきて——デフレの影響かしらね——シャッターのない店舗は軒並《のきな》みやられてるから、赤間さんに頼めば発生マップだって発生件数だってくれる。警備会社みたいな防犯指導だって、しかもタダでしてくれる。投資が必要だったら、どういう防犯設備がいいかコンサルティングもしてくれる。これもタダ。そうすると、アタシの顔も立つっていうか、まあ、このあたりでは頼られちゃうわよね」

（ま、まさに管内実態把握……相手が関心ある犯罪情報の、徹底的な分析だ。

そしてベネフィットのために、コストを集中投下する。小出しにはしない。ひとつの行為に、複数の目的。落とし所、組み立てを考える。与えることがもらうことになると信じる。与える時は相手の望む物をピンポイントで、これも小出しにしない。最終的には相手だけじゃなく、そのネットワークを確保する。

そうだ。

警察学校で艫利《ともとし》教官に教わった——教官が、上官から教わった地域実態把握の定点《ていてん》は、『床屋、質屋、風呂屋《ふろや》』だったと。まさに床屋は今でも会話業、情報ステーションだ。そうか。だから赤間係長は迷いなく、すっかり把握ずみのマイアミに僕を連れてきた。巡回連絡デビュー先として。それは、『檀家《だんか》』と『檀家ネットワーク』の大切さを教えるためだ）

38

「マスター」係長は二本目の煙草に火を着けた。「らいとの前で、話をしても、いいだろうか」

「赤間さんの可愛《かわい》い教え子でしょ？　もちろんよ。ていうかライト君も髪切りに来てね。巡査料金で三、六〇〇円を三、〇〇〇円にしちゃうから」

「はい、ありがとうございます!!　絶対に来ます、絶対に」

「ほら、あれだが、村上慶子市長は、どうだろうか」

「このあいだ組合の総会に来たわよ。心配してた、あれ」

「そうだろう。あれが、解決せんことには、市長も市民も、心配だろう」

「地元の話題はそればっかり。たださすがに市長も、本多署長に気合いは入れられないみたいね」

「本多サンは、警視正で、県庁の部長級だろう。市長では、遠慮も、あるだろう」

「ただねえ。本多署長、嘆《なげ》いてたわよ。正直、自分は呪《のろ》われているってね。内緒内緒《ないしょないしょ》」

「それは、さぞかし、そうだろう。第一の事件は、もう、七年前だが、あれは確か、本多署長が、ここの副署長だった時でも、あるだろう」

「そういってたわね。だから、思い入れもひとしおだって。思い出さない日はないって」

「そして第二、第三の事件だろう。ここへ来て、連続だろう」

「やるせないわね。だからもちろん、東雲女学院《しののめじょがくいん》の生徒さんも父兄さんも、ピリピリしてる——なんて生やさしいもんじゃないわよ。愛予署でも、通学路警戒、厳しく言われてるんですってね？」

「人手は無いが、人命にかかわることだろう。ただ、事件性をどう判断するかが、難しいところだろう」

「そうねえ。雲隠れなのか失踪《しっそう》なのか、それとも誘拐なのか……」

……そろそろ僕にも、話題の詳細がつかめてきた。警察学校では、新聞を半ば強制的に読まされていたし、着任の日、管内概況《かんないがいきょう》の教養を受けたときも、井伊地域課長が強調していた。

すなわち、『愛予市女子生徒連続行方不明事件』である。

第一の事件は七年前の冬。平日の、女子高生の未帰宅事案《みきたくじあん》として認知された。両親から、『娘が夜一一時を回っても帰宅しない』ということで、愛予署に相談があったのだ（相談は恐い）。この女子高生の学校は、愛予署管内の勝山商業だったため、愛予署は、直ちに県警本部の指揮を受けながら、近隣警察署と一緒にこの高校二年女子の捜索・確保に努めたのだが……天に上ったか、地に潜《もぐ》ったか。何と七年後の現在に至るも発見されていない。遺留品《いりゅうひん》すら見つからない。

七年の空白があり――

両親と友達以外の社会が、彼女のことをすっかり忘れていた今年四月。今では『第二の事件』と目されている、未帰宅事案が発生した。被害者……失踪者はやはり女子高生。愛予署管内、東雲女学院の新三年生だった。七年前の記憶を呼び覚まされた愛予県警は、これまた小規模県としては警察官の最大動員をして（例えば、地域警察官が二交替制にシフトする。すなわち泊まり、明け、泊まり、明けの繰り返しで、『三日目の休み』返上となる。死ぬ）水も漏らさぬ警戒・確保態勢をとったのだが……結論としては、七年前と同様、そもそも犯罪なのか、失踪なのかすら解明できていない。何せ誘拐犯からのアクションもなければ、最悪の結果である遺体の発見すら、できていないからだ。

……理論的にはそういうこともあり得るけれど、そしてオウムの逃走被疑者がとうとう十五年以上を逃げ隠れきった悪例もあるけれど、ヒト一人消える・消すというのは、組織的な（あるいは非公然の、あるいは潤沢《じゅんたく》な）リソースがなければ、そうそうできることじゃない。

いずれの女子高生も、行方不明になるまで、言い方は悪いがまったく平凡な生活を送っており、自殺志望、失踪願望など、どう足掻《あが》いても確認できなかった。百歩譲《ゆず》って衝動的にそうしたとして、自殺なら遺体が出ないはずがない。女子高生ひとりで失踪生活がそうそう続くはずもない。ある意味でたくましい職業人になればそれも無理じゃないけど、『平凡』という言葉には、もちろん『性的非行・性的逸脱《いつだつ》がない』というニュアンスもある。失踪が衝動的なら、いきなり、例えば違法風俗営業だの、性風俗営業だのにアクセスすることは、ちょっと、できないだろう。もちろん愛予県と近隣県のその種営業が、軒並《のきな》み、あらゆる名目での立入検査を受けたのは、いうまでもない。

かといって、犯罪であるとの断定もできない。したくてもできない。もちろん、普通の女子高生が消えたのだから、殺人、強盗殺人、強制性交、監禁、未成年者略取《りゃくしゅ》、未成年者誘拐、身《み》の代金《しろきん》目的略取、身の代金目的誘拐……が真っ先に思い浮かぶけれど、そして最悪の結果を考えて動くのが警察だけれど、遺体も要求行為もない。犯人も出て来ないし、他罪で検挙された犯人をカチ割ることができた、ということもない。もちろん、ことは未成年者の行方不明事案である。だから愛予県警のどの警察署も、管内の徹底した検索と洗い出しを行っているのだが、いわゆる『端緒《たんちょ》』となるものを発見できない以上、犯罪捜査として大々的な態勢《たいせい》をさらにとる、ということはかなり難しい。残念ながら、警察も会社であり、会社として様々な部門が、様々な業務を――警察は公務だが――継続してゆかなければならないからだ。

ところが、悪夢は続く。

今年九月、いよいよ三人目の行方不明者が出たのだ。しかも、また東雲女学院の生徒、二年生。もちろんこの高校は、愛予警察署管内である。通学路も、自宅もそうだ。そして事案の展開だが、これまた残念極まりないことに、第一の事件、第二の事件と一緒のコースをたどっているのである。

だが、ここまでくると。

七年前の、勝山商業二年女子については判断を留保するとしても、今年四月と九月の、東雲女学院三年・二年女子の行方不明事案については、明らかに関連性があると考えるべきだ（そう恐がらない方がおかしい）。しかも半年という、比較的短い期間で立て続けに発生しているのだから、これまた最悪、第四・第五の事件と連続してゆくおそれがある。少なくとも、そう恐がらなければ、警察という組織はやっていけない。犯罪を未然に防止するというのが、実は、実績としては見えにくいけれど、最も評価されるべきことだから。だからこそ、第四事件の発生は、絶対に、予防しなくてはならない。またそれに失敗すれば、いよいよ連続行方不明事案、しかも犯罪の嫌疑《けんぎ》濃厚ということで、特別の捜査体制を組まなければならない。

要するに、どう転んでも愛予県警――とりわけ愛予警察署は、局面のとても厳しい盤《ばん》面《めん》の前に、座っている状態なのだ。

（地域住民の話題がそれで持ちっ切り、っていうのも無理はないや）

39

「まあしかし、警察官が多数、街頭に出るのは、よいことだろう」

「そりゃそうだけど、お仕事は大変よね。栄養ドリンクあるけど？」

「いや、まだそんな年寄りじゃあ、ないだろう」

「こないだ署長さんは飲んでったわよ。街頭活動っていうの？　その激励《げきれい》があるから大変だって」

「ああ見えて、本多署長は、俺より歳上《としうえ》だろう。それでも、制服姿で、俺たちを、督励《とくれい》するんだから、立派な人だろう。交番の、巡視《じゅんし》も、熱心だろう。だから、マスターに、コーヒーを強請《ねだ》っている俺は警部補で、本多署長は、警視正なんだろう。ワハハ」

「アタシよく分からないけど、赤間さん、まだまだ上、行くんでしょ？」

「いや、俺は、交番が、好きだろう」

「副署長とかには、ならないの？」

「そんな器じゃ、ないだろう」

「でもやってること、一緒じゃない。副署長さんだって、本多署長さんみたいに、ミニパトっていうの？ 可愛い車でパトロール、してるわよ？」

「あれは、警らじゃ、ないだろう。偉い人は、警らは、しないだろう。本多署長と一緒で、街頭活動を、督励《とくれい》しているはずだろう。確か、ふたりで交代交代、やっているだろう」

「副署長さんとか、署長さんは、なんていうの、リムジンとかで、いいんじゃないの？ アタシも納税者だけど、いくらなんでも、スズキアルトじゃあ可哀想《かわいそう》よ」

「俺も、そう思うが、私服でパトカーは、さすがによくない。すると、制服の署長副署長に似合うパトカーを、用意せんと、いかんだろう。だが、大将中将のパトカーなんて、ないだろう。パトカーは、兵隊が、実戦で、使うものだろう。だから、愛予県も、買ってくれないだろう。残りは、連絡用の、まあ伝令《でんれい》用の、ミニパトしか余っていないだろう」

「お役所って厳しいのね。そういえば、お役所、大将で思い出した。ほら、東雲女学院のＰＴＡの副会長さん。ここで会ったことあるでしょ？」

「ああ、あの、鼾《いびき》がすごい旦那《だんな》さんだろう。洗髪の後、必ず、寝る人だろう」

「失踪事件で、学校側、かなり突き上げられてるみたいね。まあＰＴＡも突き上げてるんだけど。それでね。いよいよ校長から本多署長と警察本部長さんに、直接、『警戒強化の申入れ』やろうって話になってるらしいの――要するに、教師とＰＴＡが音《ね》を上げたんだけどね。通学路の人出し、もう大変だから」

「それは、大事《おおごと》だ。本部長までとなれば、事前の振り付けが、いるだろう。

　それは、いつ頃、出た話だろう？」

「ＰＴＡが校長から知らされたのは、一昨日《おととい》だそうよ。だからＰＴＡも今、一緒に、申入れ内容を検討してる所ですって」

「それは、助かった。いきなり、署長や社長に電話を入れられては、署員のメンツが、立たんだろう。内容が、分かれば、俺も、給与アップかも、知れんだろう」

「分かってるって、赤間さん。ちょっと当たってみるわ」

（上司、特に偉い人まで話が行く事案は、即報《そくほう》事項だ。しかも、話の中身が事前に分かれば、組織として対応を考えられる――それも、先に。先《せん》の先《せん》。地域警察はアンテナ）

　そのとき、音量を絞っていた無線が、いきなり僕を呼び出した。ＢＧＭとして流しているだけでも、さすがに自分が指名されればビクリと気付く。

〈東口１２４から東口１２６〉

「か、係長、自分宛《あ》てですが、ここでよろしいですか？」

「マスターなら、大丈夫だ。ただ、『秋葉様《あきばさま》』だろう」

〈人間関係は大事だけれど、符牒《ふちょう》を上手に使えということだ〉

〈ひ、東口126ですどうぞ〉

〈現在、東口にて窃盗《せっとう》事案の申告あり。来訪者多数、及び事案複雑のため、PBに帰所《きしょ》の上、被害対応願いたい、どうぞ〉

「打ち切れ」

「え？」

「黒川だろう。まずは打ち切れ」

「りょ、了解」

ええと、打ち切り通信の場合は――

〈東口124、し、しばらく待て、どうぞ〉

〈……しばらく待て、了～解。以上東口124〉

ダルマ係長はゆったりと、しかし親の仇《かたき》のように煙草を揉《も》み消すと、肩のマイクを外して自ら無線通話を始めた。プレストークスイッチを押す。

〈続いて東口121から東口124〉

〈あっ、東口124ですどーぞ〉

〈東口121及び東口126は現在、マル職《ショク》継続中。該《がい》235事案の概略を送られたい、どうぞ〉

〈了〜解、該窃盗事案にあっては、スクーター盗及び自転車盗ですどーぞ〉

〈該235にあってはすべて東口124において処理方《かた》願いたい〉ダルマ係長は黒川班長の応答すら聴かなかった。そして終了を告げた。〈以上東口121〉

「よ、よろしかったのでありますか、係長？」

「……複雑だか、何だか知らんが、乗り物盗のタレ二人分。まさか一時間、掛からんだろう」

「しかし我々は、職質、いえマル職などしていませんが」

「それは、そうだろう。だが、マル職といえんことも、ないだろう。マル職は、不審者にだけ、するものじゃ、ないだろう」

「あっ」

〈警職法第二条。まさにそうだ。そして確かにマスターは、犯罪情報の宝庫ではある。けれど、職質しているというのは、苦しいんじゃ……〉

「いずれにせよ、黒川の手口だろう。若いのが来たんで、面倒を全部、押しつけようと、いうんだろう。葉山にも、白石にも、相手にされんからだろう。しかも、この無線はすべて、署の井伊サンに、聴かれているだろう。それで、こんな、底の浅いことをする。

とても、かばいきれん。だから、バカな奴《やつ》だ」

「はい……」

40

「ねえ赤間さん、ひょっとして、今のクロカワさんって、赤間さんの部下の黒川巡査長？」

「ああ、そうだろう」

「こないだ来たわよ」

「それは、初耳だろう」

「ああいうのは、自分の利益には目聡《めざと》いのよね。きっと、この店が赤間さんの『行きつけ』だって知ったんじゃない？　プラプラ来てさあ、いきなり茶を出せとか、おしぼり出せとか巫山戯《ふざけ》たことぬかすから、ストーブの上の薬缶《やかん》から熱湯、サービスしてやったんだけどね。大街道でも銀天街《ぎんてんがい》でも、有名らしいわよ、みんな黙ってるけど。要求して飲み食いするわ、座り込んでスマホで遊んでるわ。書類ひとつ書けないみたいじゃない？　いったいいつ、どんな仕事をしているんだろうって」

「それは……すまん。本当に、嫌だったろう。謝りようが、ない」

「やだあ赤間さん、ダルマ頭、上げてったら。そういうつもりで言ったんじゃないってば。赤間さんも、きっと苦しい立場だろうから。アタシは商店街の友達に、アイツひとりが不良警察官なだけだって、何度も何度も説明してるから。

けど、あんまり強請《ゆす》りたかりが続くと、県警本部の方に話が行っちゃうかも。そろそろ噴火しそうだから。アタシも鎮火するけど、赤間さんの方でも、ね」

（部下の勤務実態の把握。身上《しんじよう》実態の把握。苦情に発展する可能性のある事案の、把握。

そしてやっぱり、見ている。街の人は、黙っているけど、確実に警察官を見ている）

「交番の、責任者は、俺だ。街の人に、迷惑を掛けたのも、俺だ……すまない」

「だけどねえ……だって……赤間さんじゃあ、難しいものねえ」

「ハテ、それは、何故だろう」

「だって、そうじゃない？

黒川って巡査長、ぺーぺーの癖して、上とベッタリだもの」

「ふむ、実は、風の噂《うわさ》には、聴いていたが……下っ端《したぱ》は、細かいことまで、分からんだろう。そうか、黒川が、そんなにか」

「こないだもほら、三《み》の頭恩賜《かしらおんし》公園の奥の、ほら『つるやゴルフ』があるでしょ？　上と一緒に入って、しかも黒川の方が三〇万円の、しかも中古のゴルフセット、買っていったって。中古で三〇万円よ。どんだけよ」

「ほう」

「あと伊勢丹《いせたん》裏。どっちかというと、ハイソな店が並んでるじゃない？」

「レストランも、そうだろう。飲み屋も、そうだろう。学生は、行かん場所だろう」

「その伊勢丹裏の高級クラブ『ボラボラ』。会員制で、口が堅い」

「ボラボラというと、あの、ボルボルと異名を取っている、銀座顔負けの値段設定の、店だろう。そうすると」

「そうなの。上の人と黒川の庭だっていう話よ」

「それは、また、豪勢《ごうせい》なことだろう。ひょっとして、マスターが、見たのだろうか」

「残念ながら違うわ。伊勢丹の店員さんが、上の人を見たのよ。外商部の店員さん。黒川の奴、しょっちゅう問題のビルのエレベータ、上がっていくらしいから。

　本部長さん副署長さんにも出入りしてる店員さんだから、ほら、商売人だし。顔はすぐ分かるわよ」

「黒川本人はまさか、伊勢丹さんに、顔は知られていないだろう。あいつは、牛渕《うしぶち》の、団地住まいだろう。遠いし、外商部が行く所じゃ、ないだろう」

「ところが知られているのよ。愛予市なんて県都っていったって、伊勢丹と高島屋《たかしまや》しかないでしょ？　結構な上客《じょうきゃく》らしいわよ。さすがに普段なら喋《しゃべ》らないだろうけど、髪洗って髭剃ると、ほら、眠くなって油断するじゃない？ だから常連の店員さんがね、漏らしてくれたの――団地住まいでこの御時世《ごじせい》なのに、すっごいお金を落としてくれるんで、いったい何をしている人だろうと思ってたって。

アタシは『つるやゴルフ』のこと知ってたから、ひょっとしてこんなグレたオヤジじゃないの、って訊《き》いたらそんな風体《ふうてい》だって。だから、クロカワっていう人じゃないの、ってストレートに訊いたら、何で名前が分かったんだって、ビックリされたわよ。

まあ交番の人でも刑事さんでも、絶対に喋ってはくれないはずよ。商売人だものね」

「うーむ。黒川の、給与が、俺より上なはず、ないだろう。アイツは独身だし、服も時計も、それなりだろう。団地住まいだろう。すると、俺には、よく解らん話だが」

「巡査長って実は巡査なんでしょ？ ぺーぺーなんでしょ？」

「巡査長は、巡査の中の、功労者だろう」

「言ってて苦しいわよ。

実家が資産家とかかしら。だったら不良警察官やってるのも、まあ、頷《うなず》けるわね。いつ辞めてもいいんだもの。それとも警察って、まだ不正経理っていうか、裏金作り、やってるの？ お金預かるのは、確か副署長よね？ 新聞で読んだわ」

「信じないかも知れんが、今の警察に、裏金作りは、ないだろう。

愛予県警は、内部告発があって、県民から、総スカンを食らったし、知事に、予算をバッサリ切られた。俺も、変な領収書を書くことが、ない。何より、今は、ネット社会だ。証拠を、持ち出して、匿名《とくめい》で全世界に告発することも、カンタンだ。若い奴は、この、らいともそうだが、すごいネットスキルが、あるだろうからな。

俺は、ただの警部補で、偉い人のことは、知らん。知らんが、俺が偉い人だったら、マネロンは、とてもできんだろう。らいとみたいな、若い奴に、首を獲《と》られて、退職金まで犠牲にして、組織のために、百万二百万作るかといえば、俺は嫌だろう。

マスターも、例えば、まさか、本多署長がだ。俺たち風情《ふぜい》を共犯にして、天下りも入れた、数千万円の退職金を、明らかにそれ未満の、爆弾みたいなカネで、吹き飛ばす頭の悪い人とは、思わんだろう」

「そうねえ。アタシは赤間さんも本多署長さんもよく知ってるから、バカじゃないっていうと悪いけど、常識のある人だなあって思う。けど、黒川のことがあるしねえ」

(個人的な信頼感をキチンと作っていれば、不祥事のダメージは回避できる)

「あんなゴロツキが放し飼いになっているし、遊ぶカネは出所不明だし。やっぱり警察って、どこか怪しい、よく分からない所よ。赤間さんゴメンね」

「いや、謝ることじゃあ、ないだろう。俺だって、上のことは、よく分からん。それは、組織のことを、語る資格が、実は、ないということかも知れん」

「あれっ、でも御昇任でしょ？　確か春から警部さん」

「ここを、離れるのが、つらいだろう」

「アタシの受持ちは、ライト君になるのかな？」

ここでダルマ係長は、父親のような、教師のような、それでいてライバルのような瞳を僕に向けた。そしていった。

「それは、署長が、決めるだろう。だが、もし俺が決められるのなら、今日、決めるだろう――」

マスターご馳走《ちそう》さん。例の漏水《ろうすい》の話、今日、やってみる。いつもありがとうだろう」

「ライト君、いずれにしても街のお巡《まわ》りさんよね。今後ともヨロシク」

「こ、今度の休み、髪を刈りに来ます!!」

41

赤間係長と僕は、『マイアミ』を離れ、今度は自転車で駆け始めた。けれど、係長は五分と経《た》たないうちに、狭い国道に面した、広い駐車場のあるセブン・イレブンで駐まる。そしてまた、巡連簿冊も出さず、持たず、そのまま自動ドアをくぐっていった。新人の僕は、ここでもまたバタバタと『ケツにくっついてゆく』。

「御免《ごめん》下さい～、だろう」

「あっアカマ警部補‼」大学生だろうか、バイトの店員がすぐ赤間係長を識別する。「店長ですね。どうぞ事務所の方に――いつも本当に御迷惑ばかりで。ありがとうございます」

「困っている人の通報は、迷惑じゃあ、ないだろう。それじゃあ、お邪魔するだろう」

スペース的に圧迫感のある事務所で、デスクに座っていた男が、赤間係長を見るやたちまち立ち上がる。

「どうも赤間警部補、お世話になっています。いつもの巡回連絡ですか？」

「まあ、御機嫌伺いだろう。あと、ウチの交番に、新人が入ったんで、挨拶《あいさつ》だろう」

「あっ、愛予警察署東口交番に着任しました」僕はＣＲ名刺を出した。「上原頼音です。ライオンと書いてライト、デスノートの主人公のライトです」

「ぷっ」店長は失笑した。「おっと失礼しました。お巡りさんでもキラキラなんですね」

「はい、キラキラです‼」

「ダルマさんもすごかったけど、ライトさんもすごいですね。愛予警察署は、何か狙《ねら》って人を配置されているんですか？」

「はい、僕と、係長のとある部分で、地域社会を明るく照らそうと――」

「ま、まあお掛け下さい。ああ、これどうぞ。廃棄するポテトとチキンの売れ残りですが」

「遠慮なく、いただきます‼」

デスクが横並びになっていたので、店長はそのまま自分の席に、赤間係長と僕は手近な丸椅子《まるいす》を引き寄せて座った。自分が何か喋らなければ、と僕は気負ったが、店長には言いたいことがあるらしい。向こうが先に口火を切った。

「いや赤間警部補、三日前の夜も、本当にありがとうございました」

「コンビニの駐車場は、残念だが、いろんなのを、招き寄せてしまうだろう」

「まったくです。ヤンキーみたいな少年とか、ああ少女もいますけど――あとバイクとか、外国の人も集まりますね。そして三日前も来ていただいた、怪しげな車。本当に多い」

「ここは、バス街道を除けば、恐らくいちばん、駐車場が広いコンビニだろう。付近は、郊外型のドラッグストアや、夜閉まるスーパー。夜は、人通りも、人目も少なくなる。バス街道みたいに、視界が広いわけでも、交通量が、それなりにある訳でもない。ところが、十分な灯りがある。となれば、お客さん以外の虫も、湧《わ》いてしまうだろう」

（少年少女の蝟集《いしゅう》。バイクの爆音。コミュニケーションの難しい外国人たち。そして、よからぬ理由があって、長時間勝手に駐車する自動車。またそれは、コンビニの置かれた、物理的な環境に原因があることだ。

だから、ここでのレッスンは、まず――

相手が置かれている状況を知っておくこと。そして、そこでの警察事象《けいさつじしょう》は何かをシミュレイションして臨《のぞ》むこと、のはずだ）

「赤間警部補がいらしてから、徹底的に、その、職務質問ですか、しっかりしていただいているので、最近は怪しげな車は、ほとんどなかったのですが……だから三日前のは、たぶん一見《いちげん》さんですね」

「県外ナンバーだったろう。コンビニだと、実はよくある話だろう」

「私たちが注意しても、その、いわゆる暴力団風の方だと、どうにもなりませんので。それに、私たちだとよく分かりませんが、ほら、今、愛予市は、女子高生連続失踪事件の話で持ち切りでしょう？　来店するお客さんの話も、それぱっかりだし。そこへ不審な車が駐まってるとなると、しかも県外ナンバーっていうと、無茶苦茶《むちゃくちゃ》警戒します。誘拐犯だなんて断言はしないですけど、ウチの店舗だの駐車場だのが関わっていたとなれば、地域の皆さんに何を言われるか。それこそ悪い評判が立って、商売あがったりです」

「いや、どんどん、警察官を、呼んでくれれば、いいだろう――ここだけの話、交番にも、お客さんというのが、あるだろう」

「はあ」

「例えば、三日前のセルシオ。県外ナンバーで、黒いフィルムを貼《は》っていたろう」

「そうでしたね」

「こんなのは、上客中の上客だろう。我々としては、『待ってました、大統領!!』だろう。警察官にとっては、宝の山だろう。だから、呼んでくれるのは、むしろ、大感謝だろう」

「ははあ、それでいつもあれだけ粘《ねば》って、持ち物検査や車の中の検査まで、するんですね?」

「例えばだが、交番が、道案内で、『コンビニは店長のセブン・イレブンに限るぞ』と指導すれば、店長は、まあ、嫌ではないだろう」

「嫌でないどころか、大宣伝ですよ」

「そこは、公務員だから、実際には、できない。だが、実は、同じことだろう。店長が、警察に、『そちらのお客さんが今、駐車場で遊んでますよ』と教えてくれれば、まるで、レーダーか、ソナーだ。嫌でないどころか、大助かりだろう。だから、私は、喜んで駆けつける」

(巡回連絡と、検挙は、地続き。檀家《だんか》を作って、ソナーになってもらえれば、実績になる)

「でも、逮捕とか、連行とか、しないですよね。あれは、事件にならないということですか?」

「これも、例えば……アルコールをたくさん。煙草《たばこ》のカートン。大人数の弁当。書籍のまとめ買い。そうした『当たり』のお客さんもいれば、ノンブランドのおにぎり一個とか、アイス一本とか、あるいは、そもそも『立ち読み・冷やかし』のお客も、いるだろう」

「そうですね。ウチは客単価が六一〇円くらいですから。クリスマスケーキなんて予約してくれるお客さんだったら、もう泣いて感謝したいくらいですね。お弁当とも段違いです」

「かといって、最初から、どの客が、何を買うかは、分からんだろう」

「それはそうです。まあ商売人ですから、冷やかしは大抵、分かりますが。でもまさか入店拒否はできませんし、『衝動買わせ』こそコンビニの必殺技ですからね」

「我々も、そうだろう。

三日前の車みたいなのは、如何《いか》にも上客だろう。それこそ、商売人として、客になるかどうかの勘《かん》が、働く。まさか、最初から、相手にしないことは、できない。ただ、結果として、そう、切手一枚にも、ならんかも知れん。結果として、客では、なかったのかも知れん。それでも、クリスマスケーキ目指して、徹底した職務質問と、徹底した所持品検査を、する。クリスマスケーキでも、お弁当でも、事件になる。いや、当の客すら、『まさか』『意識してなかったのに』『それアウトなの？』という、衝動買わせ的なものが、転がり出てくるかも知れん。すると、警察は、検挙できて、嬉《うれ》しい。店長も、地域の皆さんも、犯罪がひとつ無くなって、安全になる。

しかし、立ち読み・冷やかしの場合は、もちろんある。そのとき、売上げになるものは、ない。事件には、できない。警察は、正直、残念だし、今度こそ、と思う。また、そう思い続けなければ、クリスマスケーキは、絶対に、無理だろう。

だが、そのときでも、店長は、どうだろう。地域の皆さんは、どうだろう。

コンビニの駐車場に、不審な、怪しい、迷惑な車が、長いこと駐《と》まっている。どうも、見たところ、暴力団っぽい。それが、早いとこ、いなくなったら、安心だろう。地域のお客さんだって、店に来やすくなるだろう。そして、駐める側も、『あのコンビニの駐車場は、警察官の職質の狩り場になっている』と知れば、おのずと、避けるように、なるだろう。それは、『売上げ』といえるかも知れんし、『冷やかし客を減らした』というべきかも知れん。けれど、私らは、思うだろう。徹底職質したし、徹底して所持品検査したから、悔《く》いはない。まして、店長や、地域の皆さんの、不安材料が、減らせたなら、とても、いいことだと。

警察の力は、もちろん、事件にする力だろう。

だが、地域住民のために働くとは、事件だけじゃ、ないだろう。

私の受持区で、『犯罪駐車場』みたいなものがあったら、それこそ、悔しい。

だから、事件になるかならないかは、結果だろう。もっと大事なのは、目的だろう」

「……そういうことでしたか。いや実は、赤間警部補の言葉に甘えて、以前はほとんど三日に一回、必ず通報していたでしょう？」

（三日に一回――）

赤間係長以外の係長は、頼りにしていない。困り事も我慢するってことだ。住民は、警察官を、選んでいる。頼りになる警察官を。警察官の言葉と行動で、選んでいる。言い換えれば、他係の日に、とうとう通報されたとき。それはもう、ギガトン級の事案だということだ。こまめに知るということは、小火《ぼや》の内に消すということだ）

「でも逮捕されてゆく人はいないから、ひょっとしたら、警察にただ迷惑を掛けているのかと……それこそ、売上げにならないことを無理強いしているんじゃないかと、店員とも議論していたんです」

「心配は、いらないだろう。

私は、そのうち、絶対に、クリスマスケーキを、売るだろう」

「あはは、赤間警部補は公務員なのに、私の方が勇気づけられますね。今後とも是非、この店舗をよろしくお願いします」

「私は、受持ちだろう。こちらこそだろう。店長も店員さんも、しっかり通報してくれるから、年寄りが何回も何回も、パトロールして見つける手数が、省《はぶ》けるだろう」

（相手に合わせて、できるだけ、相手の得意分野で話ができるようにする。警察の活動に、興味を持ってもらったら、とにかく解りやすい言葉で説明する。何故やっているか、どうやっているか、結果はどうか——理解してもらえれば、どう協力すればいいのか、一般の人にも解ってもらえる。それは綺麗事《きれいごと》でなく、警察にも、住民にもプラスになる）

42

「ああ、そういえば赤間警部補。ヤンキーのことですけどね」

「また、私に、売上げをくれるのだろうか」

「いやいや、敵《かな》わないな——最近は、やけに減ってるんですよ」

「ほう」

「それで店員と話してたんです。東口交番さんがしつこく補導《ほどう》したり、蹴散《けち》らしてくれたからだろうか、と。そしたら店員がいうんですよ、ほら、バイトの子は若くて年齢が近いでしょう？　それがいうには、どうやら、格好の集会所が見つかったとかで、そっちに流れているらしいんです」

「ほう、そんな場所が、あったかな」

「駿府《すんぷ》公園ですよ」

「ほう、駿府公園か。あの、如何にも、町の公園という感じの」

「ええ、ありがちな広さの。若い奥さんが公園デビューするような、あの駿府公園です。市営テニスコートの斜向《はすむ》かいの」

「ああ、あれは、看護学校の近くだろう。東口交番の、縄張りだから、いちおう、知っているが……あそこは、確か、工事中だろう。市が、公園を均《なら》して、公民館を、作るだろう」

「ええ、地元の人間とすれば、もったいないことです。あの規模の公園で、赤煉瓦《あかれんが》造りの瀟洒《しょうしゃ》なトイレがあるってのは、すごいですしね。障害者さん用というか、おむつが替えられる多目的室もある。有料ですけど。それに、あの複合遊具《ふくごうゆうぐ》ですか、まあ見事だったこと」

「最近の公園は、すごい。私立の、幼稚園並みだ。その、複合遊具というのは、あの──赤い階段と黄色のS字滑り台、茶色のロープでできた橋に、緑のブランコ、それから、ええと、青のターザンロープが、城みたいに、合体している奴だろう。

噴水なら、昔からあったが、あの遊具は、四年前にできたばかりだったろう。惜しいことだろう」

「さ、さすが赤間警部補ですね。私は地元民ですが、色まではとても」

（自分の眼で確認しておく。地元の人には話のレベルがすぐに分かる。見透《みす》かされる）

「あんな、すごい遊具があるのは、公園・幼稚園だろうが、いやどんな施設だろうが、愛予署管内では、駿府公園しか、なかったろう。つい見てしまうだろう。だから、それを壊すと聴いたとき、惜しいことをする、と思っただろう」

「それがですね。工事中は、すっかり蛇腹《じゃばら》のフェンスで蔽《おお》って、入れないようにしてあるじゃないですか。特に夜」

「そうだろう。警らも、しているが、もう、真冬の、二月下旬から、そうなっているだろう」

「それで誰も入れないはずなんですけどね、どうやら、フェンスのどこかがちょっとだけ開くらしいんですよ。人がひとり入れる位に」

「ほう」

「それで、夜な夜な、スクーターや自転車で、悪ガキが集まってるっていうんです」

「工事中の、駿府公園の中に、だろうか」

「そうなんです。フェンスは背が高い金属性でしょう？　中で何をやっているかはサッパリ分からないそうなんですが、懐中電灯を使ったりして長いこと蝟集《いしゅう》してるらしいですよ」

「周りは、閑静《かんせい》な住宅街だから、迷惑だろう。そういう、通報は、ないのだが……」

「騒音も声も、ほとんど出さないらしいんです。だからでしょう」

「それで、長いこと、集会しているのかね」

「みたいです……あとこれ、私が話したってことは、その……」

「それはそうだ。私と、店長の、つきあいだろう」

「そうでした。これは愚問《ぐもん》でしたね。

　なら内緒内緒で。その、駿府公園にいちばん近いコンビニは、ほら、あのお店さんなんですが――」

「――ああ、あのお店さんだろう。宅配便じゃない、ゆうパックだから、私は、行かないが」

（秘密は守る。行動の積み重ねが信頼になる。微妙な話ができるようにするためにも、住民目線で地域のことを知っておく。相手を白けさせない。そしてほのめかしを、聴き逃さない）

「そう、そのお店さん。年齢確認が必要な商品の売上げ、増えている、らしいです」

「それは、つまり、そういうことだろうか」

「はい、つまり、そういうことです。本当は、身分証まで出してもらわないと、いけないんですけどね」

「嫌なことを、喋らせてしまって、申し訳、ないだろう」

「いや私自身、実は駿府公園の――」

「そうだろう。御自宅の近くで、怪しいことが、起きていれば、いち住民として、放ってはおけんだろう。すぐに、確認しよう。ありがとうございました」

ダルマ係長は制帽を取り、立ち上がって深々と頭を下げる。僕もあわてて続く。当然、店長も立ち上がって頭を下げた。ひと呼吸置いて、ダルマ係長が制帽を整えると、自然、面談終わり、の雰囲気が漂うことになる。

（巡回連絡は、世間話で終わってはいけない。公務で無駄話をするもんじゃない。けれど、聴きたいことを聴いたらサヨナラ、では人間関係にならない。切り上げ方も勉強だ）

「ああ、店長、これ」ダルマ係長は、丁寧に折り畳んだ紙片を出した。「東口交番で、作ってみたんだが、ここ三年の、管内強盗発生マップだろう。店舗型にしぼってある」

「お願いしたばかりなのに……どうもすみません。コンビニにはまさか一〇万円置いてない。どう足掻《あが》いても防犯カメラに映る。そんなの、世間の常識だと思うんですけど、やっぱりデフレですかね。強盗も一万二万のために襲ってきます」

「我々もそうだが、二十四時間営業というのは、つらいものだ。ああ、こちらは、県警本部に作ってもらったんだが、愛予県内の、ここ一年のコンビニ強盗発生マップになる」

「またまたありがとうございます。ウーン、少ないとは、言えませんねえ……」

「時間が無いとは、思うが、また東口交番主催で、防犯訓練、やってみようだろう。それじゃあ店長、時間をとっていただいて、悪かった。また、来るだろう」

「お気を付けて、赤間係長。それからデスノートのライトさん。あっ、どうですか？　東口交番さんでクリスマスケーキ!!」

「ぷっ」

ダルマ係長が素《す》で吹き出した。ということは、これまでは素じゃなかったってことだ。

「ウ、ウチの二係の庶務は、らいとだから、コイツがまた、店長と打ち合わせるだろう」

「是非《ぜひ》前向きに、らいとさん。それではお気を付けて!!」

(再訪問の布石を打つ……すごいや)

43

ダルマ係長は自転車に乗った。僕も乗る。係長はちょっとだけ腕時計を確認し、『やや遅いが、まあ、いいだろう』とつぶやくと、再び迷いのない速度で、今度は住宅街エリアを目指した。しかも、高級住宅街エリアである。自転車がバス街道を越えてそのブロックに入ると、如何《いか》にもお金持ちが住んでいそうな、巨大だがギラつかない邸宅が並んでいる。碁盤《ごばん》の目のように整然と、しかし、ゆったりと。庭にプールがあっても全然おかしくない。ピアノとホームバーなら、確実にあるだろう。

――とある角を、折れると。

そうした瀟洒《しょうしゃ》な一戸建ての前に、宅配便の配送車が駐まっていた。ダルマ係長はそれを脇目《わきめ》に自転車を駐めると、今度は巡連簿を取り出してから、その隣の家のベルを鳴らす。

『はい～？』

「赤間だろう」

『あら～警部補さん、どうぞ、どうぞ～』

門の鍵《かぎ》が開き、ダルマ係長は玄関口に進んだ。いそいそと奥様が出てくる。

「どうも先日はお世話になりまして。ちょうどお茶を淹《い》れましたのよ。御一緒に如何《いかが》？」

「いや、そこまで、奥さんの邪魔をしちゃ、悪いだろう。今日は、お約束してあったということもあるが、ともかく、謝りに来ました」

（予約をしてあったんだ）

「何をですの？」

「駅前で盗まれた自転車、必死に探しているのだが、まだ、見つからない。申し訳ない」

「そんな。警部補さんが盗んだんじゃないから。それに、被害届のとき、本当に親切にしてくださったし。最初の人は、それはとんでもない人だったけれど、警部補さんに代わってからは、書類は速いしお話は面白いし。でも自転車盗って本当に多いんですのね。授業料は高かったけれど、警部補さんの講義が聴けたから、不幸中の幸いでしたわ——

あら、家庭訪問でしたわね、御免なさい」

「まあ、警察というのは、こうやって、防犯の指導をしたり、あるいは、奥さんに悩みがあれば、相談を受けたりする所です。私は、この地区の担当の警察官だが、受持ちとして、地区の皆さんとお話しして、少しでも、自転車盗のような、けしからんことを、解決したい。そうしなければ、受持ちとして、恥ずかしくて、外をパトロールできない」

「責任感ですのね、なるほどですわ」

「そこで、このカードなのだが、市役所みたいだが、これに、奥さんの世帯のことと、イザというとき、どこに連絡すれば、奥さんたちと、急いで、コンタクトできるか、非常時の連絡先を、記載してもらえると、受持ちとして、とても、助かるのだが」

「あら？　電話番号も住所も、被害届のとき、お話ししましたわよね？」

「イメージとしては、こういうことだろう。警察は、勝手に、人様の個人情報を、使ってはいけない。勝手に、というのは、例えば。『自転車盗の捜査をします』といって、個人情報を、頂戴《ちょうだい》しておきながら、『奥さんの落とし物が見つかったとき』、その情報を使って、連絡をとるのは、いけないということだろう」

「落とし物……」

「例えば、名前から、奥さんのバッグだと分かった。だが、電話番号が分からない。すぐに、お知らせできない。こんなとき、交番に、奥さんの電話番号があれば、お互い、助かるだろう。あるいは、縁起《えんぎ》でもないので、許してほしいが、買い物先・旅先で奥さんが倒れた。あるいは事故に遭《あ》った。このときも、名前だけは分かったが、誰に連絡すればいいのか、分からないことが多いだろう。スマホは、指紋認証とかで、開けないだろう」

「免許証とかで、住所が分かることは多いと思いますわ」

「急ぐとき、大切な話のとき、一分一秒を、長く感じるだろう。もし、住所地に、警察が駆けつけても、たまたま、お買い物や会合で、ずっとお留守だったら、お互い、困るだろう」

「うーん、それなりのメリットは、あると思いますけど……」

「あるいは、一家の皆さんで、旅行に出る。これも、縁起でもないが、その間、御自宅が火事になった。急いで、御連絡しなければ、ならない。ところが、御旅行先は、まさか分からない。すると、非常時の連絡先があれば、お互い、助かるだろう。世帯の皆さんの情報。非常時の連絡先の情報。実はこれは、阪神大震災でも、東日本大震災でも、大きな威力を、発揮しています。家族全員がもう一度、再会したり、残念ながら、遺体や遺品を、お渡しするときに。そして、とても、感謝されています。

イザというときに、警察が、御家族みんなのために、活動するには、御家族のことを、教えていただかないと、どうしようも、ないだろう。受持ちとして、地区の人々のことを知らなかった、それで、連絡ミスや、連携ミスがあったら、恥ずかしくて、受持ちの皆さんに、顔向けできないだろう。警察は、非常時対応の、サービスだから、これも、タダで入れる保険だと、思ってくれれば、いいだろう。

特に、奥さんのお家《うち》のような、善良な人々、地域の有力者の人々に、交番としても、手違いがあっては、いかんだろう。そういうことです」

「警部補さんのことは信頼するけど、個人情報を出すのは、ちょっと恐いわ」

「自転車の、荷台のボックスが、あるだろう。移動中は、あそこに、ガッチリ封印するだろう。交番に入ったら、頑丈な、スチールロッカーに、ガッチリ鍵を掛けて、保管するだろう。そして、交番の責任者は、私です」

（本当のことを、徹底的に、説明する。警察用語は遣わず、解りやすくする）

「……よく解りましたわ。このカードに記載すればよろしいのね？」

「ありがとうございます」

　ダルマ係長は、奥さんが巡連カードを書いている間、筆先が止まらないよう注意しながら、近所の犯罪情勢や、最近の侵入盗の手口や、この家が入っている警備会社と警察の連携などについて、さりげなく情報提供を続けた。

「これでいいかしら？」

「ふむ――ふむ――被害届のときも思ったんだが、奥さん。字がとても、綺麗《きれい》だろう」

「あらっ、お見通しねえ警部補さん。実はペン習字、習ってるのよ今」

「このカードは、永久保存版だろう。交番も、気持ちよく仕事、できるだろう。最後になるが、何か今、お困りのことは、ないだろうか。我々は、時間があるので、もし困り事があったら、何でも遠慮なく、相談してほしいだろう」

「いえ、特にないわね、お心遣いは嬉しいけれど」

「ああ、そういえば」歳《とし》をとると忘れっぽくなっていかん、と赤間係長。「被害届のとき、教えてもらった、あの件は、どうなったろう。御主人の、お弟子さんの」

「ああ、そうだわ、そんな話もしたわね。警部補さん聴き上手だから」

「お弟子さんの、お仕事は、その後、どうだろうか。失礼ながら、売れない、いや仕事に難儀《なんぎ》しているという、お話だったが」

「いったとおり、一時期は、連載が終わってしまって、ウチの主人のアシスタントに入ってもらっていたんですけど、それも辞めてしまって」

「ほう」

「主人もよく語らないんです。知らないみたいだし。でもきっと、新しいお仕事、入ったんだと思いますわ。仕事場のマンション、手狭《てぜま》になったんでしょうね。最上階の一室、また新しく借りたっていう話ですわ」

「ほう、そうすると、元々使っていた、あの分譲マンションの」

「ええ、確か……パークヒルズ花園《はなぞの》だったかしら。元々使っていたのは二階でしたけど、遊んでいて貸しに出されていた八階も借りたって。敷金・礼金もあるから、それなりの仕事が入って、人も使うんだろうって、主人、いってましたわ」

「御主人は、大人気の、週刊連載を、持っているから、とても、動けないとは思うが――まさか、その八階の仕事場に、行ってみたことは、あるだろうか」

「大人気だなんて――まあ、動けないのはそのとおりですわ。この家と仕事場の往復運動が関の山。いくらお弟子さんでも、遊びにいくなんてとても」

「いや、長居してしまって、申し訳なかっただろう。カードも、本当に、ありがたいだろう。御家族ともども、この受持ちのマズい顔を、覚えてくれると、嬉しいだろう」

「とても忘れられるお顔じゃありませんわ、オホホ」

「ありがとうございました。またよろしくお願いします」

44

赤間係長は門扉《もんぴ》を出ると、すぐさま簿冊とカードを自転車のボックスにしまい、そのまま宅配便の配送車へ接近した。見れば、ちょうど若いドライバーが、車に乗り込もうとしている。赤間係長はその顔に照準を合わせながら、すぐさま先制して挨拶をした。

「よう、元気か」

「おっと赤間サン、今日はここですか。よくルート、覚えてますね？」

「いや、ちょっと、手間取っただろう。遅くなったから、捕まらないかと思っただろう」

（あっ、さっき、コンビニを出たとき言ってたのは、『予約面接の家に遅れそうだ』ということじゃなかったんだ。『宅配便の車を捕捉《ほそく》するには遅そうだ』『予約時間を考えると宅配便を逃しそうだ』という意味だったんだ。すると、宅配便の配送車というのも、赤間係長の――）

「ベルカーサ湊町《みなとまち》は、もう、終わっただろうか」

「またあ、コース知ってる癖に。例の賃貸マンションですね、終えてきましたよ」

「また、面白いものは、搬《はこ》んだかな」

「ええ、先日の三点セット以外に、今日はトートバッグを。けど赤間さん、僕らにも守秘義務がありますから。どこの誰に、だなんて、口が裂けても言ってませんよね？」

「それは、もちろんだろう。ただ、噂話を、この眼と足で突き合わせるのは、難しくはない」

「まあそうでしょうね。パンツスーツにブラウスにパンプス、トートバッグですからね」

「ブランド名・会社名と、箱の大きさと、一緒に頼んだもの。それらから、想像するのは、カンタンだろう。俺も、そういう、公然情報から、飯《メシ》の種の匂《にお》いを、嗅《か》ぎつけるというわけだ」

「奇妙ではありますがね。

　ＯＬだったら、まさか服も靴も、通販にはしないでしょうから」

「仕事着だ。人前に出る。長く着る。ならば、店頭で、じっくり、品定《しなさだ》めをして、試着して、サイズを確認してから、買うだろう――しかも、買ったのは、十五歳の女子中学生」

「おっと、そこは知りませんせん分かりませんせん全然興味ありません」

「どうだろう、ベルカーサ湊町は、取扱いが多いだろう。最近の話題は、何だろう」

「残念ながら、十五歳女子中学生じゃありませんね。もちろん例の失踪《しっそう》事件ですよ。もう、どの家に行っても、出てくるのが奥さんなら、必ずそれですね。恐い恐い。警察は何をやっているのか。そのうち自警団でも作らなきゃいけないんじゃ――」

「いかんなあ。地域の皆さんに、不安を感じさせてしまって、いるだろう」

「でも感謝の声もありますよ」

「ほほう」

「例えば、市営テニスコートの近くの作家さん。ミステリ書いてる長髪のカッコいい作家さんなんですけどね。今ドラマもやってる。これがまた、家は三階建てエレベータ付き。中庭のパティオや私有図書館まであるってんだから、僕も小説家になりたくなっちゃいますよ。まあ図書館作るほどだから、基本、家で仕事してるでしょ？　家の窓からよく、パトカー見るらしいんですよ」

「ほほう、パトカーを」

「しっかりパトロールしてくれてるんだなあって。しかも、危なそうな通学路では、生徒さんを保護したりもしてるって。でも僕、正直警察苦手なんで……赤間サンくらいですよ、恐くないの。だから作家先生に言ったんです。それニセパトカーで、誘拐なんじゃないですかねって。ひょっとしたら、警察が組織的に人さらいしてるのかもって」

「う、うむ、鋭敏な、感覚は、大事だろう」

「そうしたら作家先生いうんですよ。いや誘拐じゃないなと。援助交際ならまだしもと。乗ってる生徒さんは大喜びだったし、アルトの窓開いてたから大声も出せるし、悪戯《いたずら》でマイクなんか握って楽しそうだったと。それに幾度か目撃しているから、薄暗いときとか夜とかの、通学路の保護活動なんだろうって」

「ほほう。援助交際なら、まだしもとは、どういう意味だろう」

「またそんな真面目《まじめ》にとらないでくださいよ。運転しているお巡りさんも、まあ犯人を連行するんじゃあるまいし、お愛想がよかったって意味です」

「その、作家先生も、援助交際という、発想が、ユニークだろう。

俺の係では、知らんが、他の係か、少年係が、やっているのかも知れん」

「特に、夏の終わりから秋口にはよく見掛けたから、その作家先生、俄然《がぜん》警察に興味を持ったみたいですよ」

「ふむ、その作家先生の所は、まだ、お邪魔していない。

オイ上原、どうだ、本は好きか」

「はい係長。警察官になるくらいですので、本の虫とはゆきません。ですが、ミステリは結構好きです」

「この、職場実習のうちに、巡連、してみると、いいだろう。地元有力者を、署と署長が知らないのは、よくないだろう。面白い、話も、聴けるだろう。作家先生の、お名前その他を、頂戴しておけば、いいだろう」

「なるほど、了解しました。作家先生のミステリ、非番で読んでおきます。ドラマも観《み》ます」

「いい返事だ。

……しかし、事件を解決できないのは、受持ちの恥だ。これから、ますます、あんたに協力してもらって、地域のことを、教えてもらわにゃならん。仕事にならん」

「またまたそんなこと。まったく赤間サンは、人に喋らせるのが上手いんだから」

「いや、こないだの、セカンドバッグの拾得《しゅうとく》は、助かった。ああいうのは、どんどん、教えてほしいだろう」

「セカンドバッグフェチなんですか？」

「まあ、そんなものだ。

落とし物も、長く扱っていると、好き嫌いが、出てくるだろう」

（シャブ狙いだ。所持品検査でも、セカンドバッグ、ポーチは宝の山だから。そして中には、免許証だの保険証だのも入っている）

「そんなもんですかね。それじゃスンマセン、時間、押してますんで。また飲みましょう」

「高齢者の、飛び出しが、増えている。高齢者の、事故全体については、このマップに落とした。参考にすると、いいだろう」

「あっ嬉しいですね。もしよかったら、今度、自転車絡《がら》みの人身事故とかも、教えてもらえますか？」

「了解だろう。それは、カンタンだろう」

「頼みます、それじゃあ!!」

45

宅配便の配送車は、勢いよく走り去っていった。ダルマ係長が自転車に戻りながら、背中で僕に語り始める。

「さて、解ったか」

「……檀家《だんか》、ですね」

「そのとおりだろう。

巡回連絡では、新規世帯と面接することも、大切だ。だが、そもそも、巡回連絡は、カード作りが目的じゃない。地域の実態把握が、目的だ。確かに、新規世帯を把握したり、新規に面接を実現させれば、実績になる。地域警察官の、売上げだ。だが、目先の売上げに躍起《やっき》になっていると、そもそも『面接』が何のためか、忘れてしまう。地域警察官が、巡回連絡をして、住民と面接をするのは、地域の実態を、赤裸々《せきらら》に、教えてもらうためだ。それは、一回こっきりの、『カード作成面接』では、絶対に無理だろう。

そして、だ。

地域の実態が教えてもらえる面接をしてゆけば、目先の実績にはならないが、必ず、もっと大きな実績になる。それこそ、職質検挙《しょくしつ》や、事件検挙につながる、実績になる。だから、『職質か巡連か』じゃ、ないだろう。職質が巡連につながり、巡連が職質につながるんだろう。俺の経験でいえば、職質ができない警察官は、必ず、巡連が下手だ。逆に、巡連が上手い警察官は、必ず、職質が上手い。

それは、そうだろう。

巡連は、地域住民を、表現はともかく、落とすもの。職質は、不審者を落とすものだろう。普通の市民と、十分に、コミュニケーションできない奴には、イカレた対象からブツを出させることも、ゲロさせることも、できるはずがない。カード一枚、作成してもらえない警察官が、海千山千《うみせんやません》のゴロツキに、どうやって、セカンドバッグを開かせる？

上原、巡連をやれ。巡連をやって、人と接しろ。人と接して、パターンを叩《たた》き込め。

それは、巡連実績だけじゃなく、必ず、検挙実績にも、つながるだろう」

「はい、赤間係長」

「巡連をやるときは、必ず、檀家を作れ。お前が、天才でも、人誑《ひとたら》しでも、広い受持区の、すべてを、独りで把握することは、できない。だから、『定点』を置け。お前の眼となり、耳となってくれる、『定点』を置け。そして、公務員として、できるだけの誠意を尽くせ。人間関係は、信頼と、ギブアンドテイクだ。まさか、警察部内《ブナイ》の秘密を漏らしてはいかんが、例えば、防犯情報の提供などは、まさに、巡連の目的でもあるだろう。それを、相手が、喜ぶように、カスタマイズするのは、警察官なら、カンタンだろう」

「はい、係長」

「俺は、誰を、檀家としていた？」

「はい、床屋、コンビニ、宅配便です」

「あと、宅配ピザ屋。俺は、この四業種を、好んで定点に使う。ハッキリいって、今時の地域警察官より、よっぽど、地域の実情に、詳しいからだ。プロとして、尊敬すらしている。とても、かなわない。

市民は、特にこうした市民は、警察が恐くなるほどの、地域情報を、握っている。だが、黙っている。警察が、アクセスしなければ、埋もれるだけだ。黙っているのは、訊《き》かれなかったからだし、知り合いの警察官がいないからだし、『通報するほどのことではない』と考えるからだし、あるいは、『くだらない情報』『意味のない情報』だと、判断しているからだ……だが、それを、プロの眼、警察の眼で吟味《ぎんみ》するとだ。ウチの白石じゃあないが、とんでもないダイナマイトだと、判明することがある。だから、警察の側から、出撃しなければならん。砂金取りを、しなければならん。

昔はな、上原。

特に、刑事が実態把握をするとき、基本は『床屋、質屋、風呂屋《ふろや》』といわれていた。だが、今の交番は、もっと自分の頭で、考えねばならん。分かるか」

「はい、係長」自分の頭で考える。自分の言葉で言い換える。「時代が変わって、銭湯は、日常的な施設ではなくなっています。質屋は、依然として重要な営業ですが、愛予署の管内だと、駅前と、商店街にしかありません。

だから、赤間係長は、より地域に密着している檀家を、探してこられたのだと考えます」

「そうだろう。そして床屋は、依然として、地域社会に、根を張っているだろう――店舗によりけりだが。上原、お前が、東口PBの、どの受持区を担当するのか、まだ分からん。だが、どんな受持区であっても、帽子が脱げて、コーヒーが飲める檀家を、作るようにしろ。それは絶対に、お前の、財産になる。初期投資は、時間的にも体力的にも精神的にも、大変だが――実績に直結しないだろう――しかし一年も経《た》てば、大きな金利が、返ってくるだろう」

「解りました、赤間係長」

第11章 巡回連絡 II

46

「さて、それが、檀家《だんか》の話だ」赤間係長は自転車を押し始めた。僕も続いて歩く。「だが、千里の道も、一歩からという。檀家を作ろうにも、住民と話をしようにも、まず、巡連を受け入れてもらわなければ、始まらん。俺も、『マイアミ』のマスターに、受け入れてもらうまで、まあ、苦労しただろう。だから、巡連は、まずは、ピンポンからだ――ここの家だが」

係長はすぐに自転車を止めた。先の、被害届を出した奥さんの豪邸から、わずか三軒隣のこれまた豪邸である。

「簿冊上、未把握世帯だ。つまり、カードすら、作成されてはいない。一戸建ての巡連の実演は、さっき、やっただろう。そろそろ、上原が、やってみるか？」

「ハイ、是非お願いします、やらせてください!!」

「それでは、これが、カードだ。ピンポンから、やってみろ」

「はい」

僕は、恐ろしく手の込んだ門柱のチャイムを押した。ピン、ポーン――

『はい』

「あっ、あの、奥様。愛予警察署東口交番の、上原といいます」

『……何でしょうか？』

「じゅ、巡回連絡に来ました!!」

『ジュンカイレンラク？』

「け、警察官の、家庭訪問です」

『……私ども、何か警察に御迷惑でもお掛けしましたか？』

「いえ、何も無くても、年に一回、地域の方の御意見を聴くために、家庭訪問をしております。ご、御協力お願い致します」

『時間、掛かるのかしら』

「いえ、五分ほどで」

眼鏡のキツい、インテリのような、それでいてデーハーな奥様は、渋々、という雰囲気を隠そうともせず、門扉のたもとへやって来た。

「御意見を聴く、というのは？」

「あっあの、最近、お困りのことや、警察に相談したいことなどは」

「ございませんわ。敢えて言えば、高校生の娘がおりますから、この御時世《ごじせい》、しっかり仕事をして頂きたいとは思いますけれど」

「最近、犯罪も多いですし、防犯のことなど、何か」

「我が家は、セコムさんにお願いしておりますから──安全はお金で買う時代になってしまいましたものねえ。税金をキチンと払っているのに」

「そ、そうですか、それでしたら」僕は巡連カードを出した。「大変恐縮ですが、こちらのカードに、御記載をお願いしたいんですが」

「……個人情報ばっかりじゃございませんか。どうして警察に我が家の個人情報を提出しなければならないの？　個人情報を収集するときは、法律の根拠が必要ですわよね。この家庭訪問も、ですけれど。いったいどんな根拠と理由があって、制服の警察官が、いきなり私人の家庭を訪問したりするのかしら？」

「ほ、法的根拠は……交番の警察官はですね奥様。地域の安全のためだけに、頂戴した情報を使いますので、御心配には及」

「根拠がないんでしょう。だから説明できないんでしょう。住民票じゃあるまいし、善良な市民にここまで書かせるなんて、怪しいカードだわ」

「こっこれはですね、警察が、仕事をする上で、そう例えば……例えば……東日本大震災のときも、御遺体をお渡ししたり、御遺品をお渡ししたり!!」

「そんな縁起でもない!! 私たちが死ぬことを前提に、こんな仕事していらっしゃるの!?」

「いえ、その、そういうわけではなく、例えば御旅行中に、火事に遭われたら――」

「……あなたとお話ししていると、それこそ震災や火事に見舞われそうですわ。御用件がそれだけでしたら、どうぞお引き取りくださいな。公務員と違って、誰もが忙しいんですのよ」

ここで、のっそりと僕を押し退《の》けて、左後方に控《ひか》えていた係長が前に出た。僕はしどろもどろで脇に下がる。赤間係長が喋《しゃべ》り始める。けどそれは、これまでの口調とは似ても似つかぬもので――

「こんにちは、奥様。どうもすみませんだろう。御手数、掛けますだろう――法律的には奥様、警察法第二条というものが、我々の、やるべきこと果たすべきことを決めています。この警察法第二条を受けて、国家公安委員会規則が、この『巡回連絡』という、警察官の仕事の詳細について、規定しています。警察官の義務になっています。このように、警察官の家庭訪問というのは、法律と、法律を受けた規則によって、厳格にコントロールされているのです。また逆に、警察官がやらなければならないこと、ともされています」

「あら、そうなの。ですけどね――」

「例えば市役所は市民サービスのために個人情報を収集して管理します。我々も、そのデータが使えれば、奥様を煩《わずら》わせるはずがありません。ところが、それは絶対にできません。それこそ、個人情報取扱いの厳格なルールです。私たちは、市民の皆様の安全安心のために個人情報をお預かりする訳で、市役所とはお預かりする目的も、使わせていただく目的も違う。だから、市役所から提供を受けることはできない。もちろん私たちも求めない。個人情報のルールどおりです。その代わり私たちは、こうして一軒一軒訪問させていただいて、警察法第二条と国家公安委員会規則の厳格なルールに従って、しかも面前で御説明して御納得いただいた上で、自分たちで、安全安心のための情報を収集し、管理することとしています。ちなみに紙媒体で管理しますので、漏洩《ろうえい》の危険性は、コンピュータで管理しているどの行政機関より少ないと考えております」

「それは解りましたが……」

「御理解どうもありがとうございます」

「家族の情報とかは、何に使うんです、安全安心って」

「それこそ女子生徒連続行方不明事件がありますね。申し訳ありません、努力不足で、御父兄に不安を感じさせてしまって。こういう事案を絶対に起こしてはなりません。また、絶対に起こさないよう頑晴《がんば》りますが、不幸にして発生してしまったときは、即座に、一分一秒を惜しんで対応しなければなりません。そうしたとき、受持ち警察官の私が、こちらのお嬢さんについて、個人情報を頂戴することができれば、最新の防犯情報をお届けすることもできるし、学校によっては重点的な警戒を組むこともできるし、通学路警戒を御相談することもできるし、残念な事態のときも、すぐに情報を共有して、そう、個別の情報公開をすることもできるようになります。こうした情勢ですし、地域社会の不安に対処するのが私たちの仕事ですから、恐縮ではありますが、ぜひ御協力いただきたいのです。そして、個人情報をお預かりする以上、受持ちの警察官として、名前と、直通電話の電話番号をお教えいたします。こちら、遅くなりましたが名刺をお受け取りください。お預かりする私の側のデータも、当然、お預け致します。情勢も情勢ですから、交番とこちらの御家庭が、もちろん法令に規定されているルールの中で、もっと距離を縮めようと、こういう趣旨ですので、どうかひとつ」

この時点で既に、時間が惜しいと思ったか、煙《けむ》に巻かれたか、ダルマらしからぬ立板に水の弁舌《べんぜつ》に舌を巻いたか、奥様は巡連カードを書き終えていた。赤間係長は何度も何度も頭を下げると、いつでも何でも交番に連絡をしてくれと念を押し、邸宅を離れる。僕ら警察官ふたりは、また自転車を押して、歩き始めた。

「ふう、ふう、喋ったな。か、かなり、久しぶりだろう。俺の、脳味噌《のうみそ》の、フロッピーディスクで、もう三〇枚分は、喋ったろう。もう、やりたくないだろう」

「……も、申し訳ありません係長。私の話術が至らないばかりに」

「まったくだ。お前は、俺の喉《のど》を、潰《つぶ》す気か。

だが、二十二歳で、話術の達人だったら、詐欺師《さぎし》だろう」

「は、はあ……しかし、学校で学んだとおりです。権利意識が高まっているから、巡連が難しくなっていると」

「そういう、考え方は、いかん」

「えっ」

「市民が、自分の、権利を、正当に主張するのは、当然だろう」

「ですが、まさに今の奥さんなんかは」

「間違ったことを、言っているのか？」

「……いいえ」

「俺たちには、巡連をする、義務があるが、市民には、巡連を受ける、義務はない。どこまでも、任意活動だからだ。しかも、いきなり、制服警察官だろう。警戒も、するだろう。個人情報を書けといわれれば、不審に、思うだろう。その、警戒や、不審には、理由がある。それを、説明して、解消して、初めて、面接だろう。

きちんと、説明できない、警察官が、腰の砕《くだ》けた、胡散臭《うさんくさ》い、巡連をする。どうしても、警察が好きではない、そういう世帯は、当然ある。だが、最初から、説明の組み立てを考えないで、権利意識が高いから、ホラ拒否世帯だ、権利意識が高いから、まずカードを書いてくれない——これは、ガキの使いで、プロのやることじゃ、ない。

　そして、権利意識の高い人というのは、理屈が解る人。理屈で説明すれば、解る人だ。警察官が、理屈で説明する訓練を、してくれる人だ。タダでだ。親切な人だ。感謝せんといかん。現に、上原も、国家公安委員会規則を、もう一度、確認しようという気に、なったろう」

「確かにそうです。根拠の話までは、考えていませんでした」

「もちろん、そんな組み立てが、必要じゃない、世帯もある。

　要は、自分のパターンや、組み立てを、いくつか、持っておくことだ。それから、喋り方や態度も、変えるべきだ」

（だから、いつもの悠然《ゆうぜん》としたダルマ口調じゃなく、法律家みたいな喋り方をしたのか）

47

ここまでをレッスンしたかったのか、赤間係長はやにわに自転車に乗ると、また次の目的地へ疾走《しっそう》し始めた。しばらく走る。到着したその先は、マンションだ。『ベルカーサ湊町』とある。あれ。どこかで聴いたような。

「この賃貸マンションだが、恥ずかしながら、まったく、未把握だ。だから、どこから攻略してもいいが、まず、五階をやってみろ。五〇一から、五〇七の七室だ」

「了解です、赤間係長」

賃貸とはいえ、マンションというだけのことはある。エントランスは、オートロックだ。各部屋を呼び出すインタホンの台が、立派なドアのたもとに鎮座《ちんざ》している。僕は5、0、1と、電話機みたいなプッシュ式のインタホンを使った。

りんろん。りんろん。

「出ませんね」

「粘《ねば》りも、大事だろう。こんなことを、言ったら、白石は怒るだろうが、確かに、『しあわせの押し売り人』ではある」

「はい、粘ります」

りんろん。りんろん。りんろん。りんろん。

「出ません」

「世帯数と、勤務例の話は、しただろう」

（対象は無闇《むやみ》に多く、時間はあまりに少ない。コスパを考え、粘るかどうかを決める）

僕は5、0、2をプッシュした。りんろん。りんろん。

『……ハイ？』

「どうもすみません。駅前の、東口交番の上原といいます。最近、このマンションの近くで起こっている事件について、御説明して警戒していただきたいと思いまして。また、地域の方のお話も聴いて回っています。五分ほど、玄関先でお話しさせていただけませんか」

『……どうぞ』

エントランスの巨大なドアが、ごおん、と音を立てて左右に開く。そうか、マンションの場合は、まずオートロックをクリアしないと、玄関先にすら行けないんだ。

五階へのエレベータに乗ると、赤間係長がいった。

「いい入りだ。だが実は、犯罪情報など、勉強してきては、いないはずだろう」

「すみません、そこは、係長が助けてくれると勝手に思いまして。いい加減なことを」

「……いや、使えるものは、上司でも使う。いいことだろう。それに、訪問の目的を、ハッキリさせたことも、なかなかだろう」

結果として、五〇二に居住していたのは独身男性だった。しかも、交替制勤務の消防士の人だということで、かなり協力的でもあった。巡連カードも書いてもらい、僕としては、生涯で初めて『巡連・新規面接一件』ゲットである。こっそり上機嫌で、そのまま隣の五〇三のチャイムを押す。係長がひっそりと苦笑していたことには、このとき、気付けなかった。

『ハイ?』

「どうもすみません、駅前の、東口交番の上原といいます。最近」

インタホンがブツリと切れた。何かの手違いかと思った僕は、またチャイムを鳴らそうとする。その瞬間、玄関ドアが開いて、学生風の若い男が顔を出した。

「あっ、どうもありがとうございます。交番の、巡回連絡で……」

「駄目だよ」

「え?」

「何でここにいるの。誰がマンションに入れたの?」

「あっ、それは、御近所の方が。今日はこのマンションの家庭訪問をやっていますので」

「僕は許可した覚えがないね。マンションってのは、入れたくない客を入れないように、一階でロックを集中管理しているんだ。そして、それぞれの部屋で、エントランスのカメラで相手を確認して、入れるか入れないか決めるんだ。いきなり部屋の玄関のチャイムが鳴るなんてあり得ない。憲法で認められたプライバシー権の侵害だし、令状なしで家宅に入ろうとするのも御立派な憲法違反じゃないか。どこの警察官? 愛予警察署?

署長さんに苦情入れるよ。それとも公安委員会の方がいい？」

「御気分を害してしまったことは謝ります。ですが、せっかくお会いできたので……」

「偽計《ぎけい》を用いてドアを開かせただけだろ。駄目駄目。お断り。さあ帰って。帰れったら!! お巡《まわ》りお断り、二度と来るな、解った？」

ぴしゃり。五〇三の玄関ドアは堅く閉ざされた。

（仕方ない。私生活を邪魔されたくない人も、警察嫌いの人もいる。コスパを考えてやらないと）

僕は更に隣の、五〇四のチャイムを押した。今度は、インタホンでの会話もなく、喜《き》色満面《しょくまんめん》のアラサー女性が出てくる。僕も思わず笑みを浮かべ掛けたが、ふたりの視線が合ったとき、女性はたちまち般若《はんにゃ》のような形相《ぎょうそう》になった。思わず一歩下がる僕。

「誰っ？」

「ひ、東口交番の警察官です。今日は、巡回連絡というか、家庭訪問で」

「どうやって入って来たの？」

「それは、御近所の方に、開けてもらいまして。こちらのマンションの方を、訪問していますから」

「エントランスで入る許可をもらわないと駄目じゃないの。ここはマンションよ？」

「ですから、他の部屋の方にも、家庭訪問してましして。そこから一室一室、回っています」

「ケイサツ非常識じゃね？　女の部屋に、許可ももらわず入ろうだなんて。そういえば昔、家庭訪問だとか何とかいって、女の家に上がり込んで連続強姦《ごうかん》してた警察官、いたわよね。ああ恐いわ警察恐い。犯罪よりアンタが恐いっての。そもそもどこの誰よ。マジキモすぎ。警察呼ぶわよ——ってアンタお巡りじゃん。世も末ね。そもそも人の家の訪問の仕方、よく考えろっての。友達かと思って開けちゃったじゃん。そもそもそれが狙《ねら》い？　私を騙《だま》して私に何をしようっての？」

「た、大変失礼しました。騙すとかそういうつもりは全然——あっ、それでしたら、せっかくお会いできましたんで、もう一度、下からやり直します。どうかお願いします、どうか」

「……当然の心掛けでしょ。早く一階に帰れ。マッポ、ゲロウザ」

バタンと五〇四のドアが閉まった。仕方なくエレベータを下りようとする僕。すると、五〇五、五〇六、五〇七のドアを見るともなしに見てたダルマ係長が、僕を手招きした。そのまま、電気のメーターを指差す。

「五〇五だけ、ガッチリ、回っているだろう。他の二室は、ほとんど、動かないだろう」

「あっなるほど、すると、五〇六と五〇七は、不在世帯ですね」

「寝ているだけかも、知れん。だが、不在の確率は、少なくないだろう」

(それが、『チャイムを鳴らしてどれだけ粘るか』にも、つながってくるわけだ)

「あとは、標札だ。五〇五だけは、三人家族の名前が、連記してある。どう読んでも、父、母、娘だ。すると、奥さんが共働きかどうか、判断できる材料が、ほしいだろう。あとは、共働きで、娘さんが中学生とか、高校生のときは、出直した方が、いいだろう。その世帯の、プライバシーに、関わることだからな。ちなみに、ここ五〇五の娘さんは、中学生だろう。そこの自転車の、学校独自の登録シールを見れば分かる。なるほど、さっき白石も言っていたが、今朝方は曇りがちだったからな」

(面接以前に、周辺の公然情報から、理解できることがある。誰が出てくることができるか。誰が出てくるか。それも、事前に予測しておく)

僕らは、エレベータでエントランスまで下りた。内側からなら、巨大なドアはカンタンに開く。また外に出て、インタホンの台に——確かにカメラが付いているな——向かうと、厳《いか》めしいドアが無慈悲《むじひ》に閉まった。再び閉め出されたことになる。

僕は5、0、4とプッシュした。チャイムが二度、響く前に、スピーカーからあのアラサー女性の声がする。

『はい』

「大変申し訳ありませんでした。駅前の、東口交番の上原巡査といいます。家庭訪問にお邪魔しました。このマンション周辺の犯罪――」

『いらね』

ブチッ。スピーカーからの音も、接続状態を示す赤色灯も消える。

「いらないって……だったらやり直させるなよ!!」

さすがに憤然《ふんぜん》としたが、もう、五〇四にアタックを繰り返しても意味がない。それどころか、無限の往復運動をさせられるだろう。ならばと、引き続き五〇五から五〇七をプッシュするが、何度押しても、どこもチャイム音が虚《むな》しく響くだけ――

「どうだ上原。打率、七分の一、だったろう」

「……歓迎されないということは」しょぼーん。「しみじみ解りました」

「そういうな。七分の一で、カードまで作成してもらえれば、万々歳だろう。これから、嫌というほど、分かると思うが、訪問先の、顔を見られるのが一〇分の一、カード作成となると三〇分の一、と割り切って、覚悟しておけば、七分の一のありがたさは、理解できるだろう」

「係長、質問、よろしいでしょうか?」

「うん」

「今のケースだと、五〇二の世帯に巡連を終えました。すると、正しいやり方としては、もう一度五階から一階エントランスに戻って、敢えて自ら閉め出されて、五〇三にインタホンで許可をとって、また一階から五階にゆく。そして仮に、五〇三の世帯の巡連を終えられたら、また一階に戻って——と、反復運動を繰り返すのでしょうか？」

「すみません。あまり、合理的でない気がします。このマンションでいっても、五階だけじゃありませんし。全部の世帯でそんなことをやっていては、とても」

「そう、なるだろう」

「上原の、疑問は、間違っていない。

実は、これは、都市部の警察が皆、悩んでいる問題だ。ただ、マンションというのは、その価額や家賃や管理費に、セキュリティ代も、入っているだろう。変な、訪問販売は、多いだろう。小さな、お子さんを、マンション内で遊ばせている人も、いるだろう。オートロックは、そういう意味では、マンション住民に、聖域を、保証しているだろう。そして、住民にとっては、消火器の販売も、ＮＨＫの集金も、警察官の巡回連絡も、変わらんだろう。

だから、正攻法としては、上原のいう、反復運動を繰り返すしか、ないだろう——

だが」

48

ダルマ係長は自転車に乗って『ベルカーサ湊町』を離れた。また、しばらく走る。今度は、巨大な分譲マンションのたもとに自転車を駐《と》めた。巡連簿を出す。そのマンションは、『パークヒルズ花園』というらしい。

スタスタと自動ドアをくぐってゆく係長。ケツにくっついている僕は、『インタホン台を攻略する魔法の呪文《じゅもん》でもあるんだろうか？』と、そのワザを期待していた。けれど赤間係長は、そのインタホン台には目もくれず、逆方向の、管理人室に向かってゆく。ガラスの窓口の向こうに座っていた初老の管理人は、しかし係長の顔を見ると、自分から管理人室を出て来た。

「どうもどうも、赤間さん」

「曾根崎《そねざき》さん、お疲れ様だろう」

「例のビラとパンフ、配っておきましたよ。ああ、一階の掲示板にも貼《は》っておきました」

「すまないことだろう。御在宅だろうか」

「一〇〇%とはいえませんが、この時間なら、どこも奥さんがいらっしゃいますよ」

「ありがたい。

どうだろう、最近、皆さんの話題は」

「それはやっぱり女子高生連続失踪《しっそう》事件ですねえ。分譲ですから、家族持ちの方ばかりで。小学生から高校生まで、お子さんは大勢いらっしゃいますけど、特に中学生・高校生の娘さんをお持ちの世帯、多いんで」

「いろいろお願いしているから、一度、東口交番で、説明会や、防犯指導の会合を、開かせてもらおうと思うが、どうだろうか」

「大歓迎だと思いますよ。管理会社と理事長には、例の赤間警部補がそういっていたと、私から根回ししておきましょう」

「交番に、連絡をくれれば、日程調整するだろう。

そうだ、そうだ、例の漏水《ろうすい》と、ゴミ出しの話だが……」

「ああ、漏水は、七〇二の斉藤さんですよ。天井からなので、どうやら上の、八〇一の方が原因らしいですがね。私、七〇二と八〇一に入って、それぞれ確認しようと思っている所なんです。けれど、八〇一に申入れするのに、まず斉藤さんの御主人と日程、擦り合わせないといけなくて」

「八〇一の人というのは、確か、漫画家さんだろう」

「ええそうです。実は二〇四にお住まいなんですけどね。今度、八〇一を事務所にし始めたらしくて。最近、羽振りがいいですね」

「ゴミ出しの方は、どうだろう」

「それはウチじゃなくって、お隣に立ってる、『シティテラス三《み》の頭《かしら》公園』さん。あっちの管理人が困ってましたね。少なくとも規約違反じゃないから、管理会社ともよく相談しないといけないって」

「困っているというのは、どんな、ゴミだろうか」

「まあ燃えるゴミといえば燃えるゴミなんですが、消毒液とか、薬の刺激臭がするらしいんですよ。袋を外から確認すると、確かに薬品箱や包帯が入っている」

「量とか、頻度《ひんど》は、どうだろう」

「ゴミ出しの都度《つど》、必ず。量はまあ、ゴミ用のポリ袋一つ二つ分と……そんなに非常識じゃありませんね」

「出している人は、判明しているのだろうか」

「どうもこの人じゃないか、というレベルらしいです、まだ」

「ゴミ袋に、名前は、書かないからな。あまり、続くようだったら、東口交番も、相談に乗ると、伝えてほしい。シティテラスさんの、管理人さんとは、まだ、じっくり、お話をさせてもらっては、いない。受持ちとして、いかんことだろう。申し訳ない」

「赤間さんのことは話題にしてますよ。とても興味、持ってました。正直いって、私の若い頃はともかく、今時、マンションに足繁《あししげ》く通ってくれるお巡りさんは、いないですからね。そりゃそうですよ。解ります。分譲マンションなんか買ってる御家庭は、家族さんともども、まず警察の御厄介《ごやっかい》になる御家庭じゃないし。警察としては、何の売上げにもならないわけですから」

「私は、必ずしも、そうじゃ、ないと思う」

「だから、こうまでして熱心に家庭訪問、されてるんですよね。それで今度、警部に御出世でしょう？　家庭訪問にも何か秘訣《ひけつ》があるんですか？」

「まあ、管理人さんだから、喋るが、地域の実態を、しっかり把握すれば、それだけで、管理人さんのいう売上げは、付いてくるだろう。ピザ屋でも、そうだろう。あらゆる道路、あらゆる障害物、あらゆる顧客を、把握している配達人が、いちばんキチンとした仕事を、するだろう」

「なるほどねえ」

「どうだろう。あと、シティテラスさんの、管理人さんは、何か、言っていなかっただろうか。例えば、マンションの出入りについて、とか」

「いや特に……ああ、そういえば。自分は帰ってしまうので分からないが、退勤後の夜の時間帯に、やけに来客が多いようだと言ってましたね。住民から、『見ない顔がよく歩いてる』って通報があったんで、一度、管理会社で防犯カメラをチェックしてみたとか。そうしたら、確かに夜になると、ここのところ、来訪者が多いみたいですよ」

「なるほど、ありがとうだろう。

それでは、今日は七階の皆さんに、御挨拶《ごあいさつ》、させてもらおうだろう。管理人さん、オートロックを、開けてもらって、構わないだろうか？」

「えっ、何を改まって。いつものことじゃないですか――どうぞ、警部補」

オートロックの豪奢《ごうしゃ》で巨大なドアが、左右に開く。係長は管理人に挙手の敬礼をすると、巡連簿《じゅんれんぼ》片手にエントランスへ入って行った。後に続く僕が、道すがら掲示板を見ると、様々なお知らせの中で一際《ひときわ》、『巡回連絡に御協力ください――愛予警察署からのお知らせ』というカラーのビラが、眼を引く。係長が顧《ふりかえ》った。

「解ったか」

「はい、係長」

（魔法の扉が開かないのなら、鍵を持ってる人間を落とせばいい。反復運動が嫌なら、ビラやパンフレットで、住民に周知をしておけばいい。それだけで、信じられないほどコストが省ける）

「その顔だと、解ったようだろう。ただ、二点、気を付けた方が、いいだろう」

「はい、係長」

「第一点は、せっかく協力してくれる、管理人さんの立場を、悪くしないことだ。警察と、勝手に、つるんで、オートロックを開放している、となると、管理人さんの、立つ瀬がない。管理人さんが、勝手に、やっていることにしては、いけない。だから、例えば、井伊地域課長や、本多署長にまでお願いして、理事長さん、管理組合、管理会社に、申入れをしてもらう」

「えっ、本多署長ですか。署長を使うんですか」

「逆に、そこで、前へ出るかどうか。それで、実態把握に熱心かどうか、分かるだろう。使えるものは、上司でも使うのが、目聡《めざと》い社会人だろう。さいわい、本多署長は、理解のある人だ」

「は、はあ」

「文書を出してもらってもいい。俺たちレベルでは、公文書は、発出できないからな。どんな依頼文でも、正式に出せるのは、本多署長だけだ。そうすれば、関係者も、警察が本気だと、解ってくれる。署長が言うくらいだから、末端《まったん》の警察官の、怪しい地回りじゃないと、解ってくれる。

管理側の、理解が、得られたら、ああやって、解りやすいビラやパンフで、住民の方々に、広報してもらう。掲示してもらうし、配布してもらう。ここまで来ると、管理人さんの裁量ではなく、署と、管理組合と、管理会社の、合意していることだと、解ってくれる。管理人さん個人が、立場を悪くすることは、なくなる。

　もちろん、人間関係が、すべてだ。こちらが、やってほしいと、思ったら、こちらも、やってあげなくては、いけない。電話があれば臨場し、困り事があれば熱心に聴き、住民と話してほしいと頼まれれば、話す。人間関係は、時間と、手数だ。それを、無視して、自分たちの都合だけ、押しつけていては、すぐに見切られるだろう。愛想を尽かされるだろう。社会人が、ビジネスをする上で、ギブアンドテイクは、当然のことだ。これが、注意の第一点だ」

「はい、係長」

「第二点は、この魔法は、分譲と、それから賃貸の一部でしか、使えないことだろう。解るか」

「はい、そもそも、管理人さんがいないと、話にならないと思います」

「そうだろう。町のアパートに、管理人は、いないだろう。賃貸マンションにも、規模によっては、いないことが、多いだろう。だが、いみじくも、ここの管理人さんがいったとおり、分譲マンションは、比較的、安全だ。まさか、指名手配犯が、自分で住宅ローンを組んで、分譲マンションを買おうとは、思わないだろう。だから、単純に考えれば、アパートローラーの方が、ベネフィットは、見込めるだろう。ただし、アパートは魔法が使えないから、コストは、極めて高い。二階建て十室のアパートが、丸々、未把握だとして、これは、確かに、蜜《みつ》の匂《にお》いがするな。だが、上原が、十室のドアを叩いたところで、どの世帯も、まずは不在だろう。居留守《いるす》を、含めてだが。そうなると、今度は、不動産屋・大家を絡《から》めてのマジックが必要だが、身元確認の度合いにも、警察への姿勢にも、大きな違いがあるだろう。

つまり、だ。

分譲マンションは、手数を惜しまなければ、戦略が立てられる。パターンはある。だが、新規把握・面接以外のベネフィットは、よほど五感を鋭敏《えいびん》にしていなければ、難しい。アパートの類《たぐい》は、これのまさに逆だろう。だから、集合住宅系は、その特性に合った戦略を立てられなければ、四年五年掛けても、攻略は、できないだろう。これが、注意の第二点だ」

「解りました、係長」

僕らは、エレベータで七階に上がった。係長が、やってみろ、と簿冊を渡す。喜び勇んだ僕は、まず実施状況を見た。この『パークヒルズ花園』は、六階以下は完全攻略されている。日付は、時々の乱調を除いて、三日おき。赤間係長は、多忙な時間をやりくりして、当務日ごと、必ずこのマンションを訪問しているようだ。コツコツと、コツコツと。

七〇一のチャイムを押す。わずかに押す指が震えた。けれどドアは、嘘のように開いた。出てきたのは、奥さんだろう。軽やかな返事と親しげな顔に、思わず緊張が緩《ゆる》む。

いなんて——）

（人と会ってもらえること。ドアを開いてもらえること。それがこんなに難しく、嬉《うれ》し

七〇一の奥さんは、ああ、パンフで配っていた家庭訪問ですね、とスムーズに対応してくれた。カードも書いてくれた。赤間係長の真似《まね》をして、防犯指導と困り事の確認をする。特異事項《とくいじこう》なく、訪問は五分強で終わった。また、面接一件だ。

次いで七〇二、七〇三。このマンションは、最近の奴の例に漏れず、上へゆくほど部屋が少ない。攻略すべき七階は、三室である。そしていずれも七〇一の奥さん同様、極めて好意的だった。結果として、面接三件プラス。特異事項としては、七〇二の人——そうあの斉藤さんが、赤間係長も下で確認していた、漏水の被害を受けている人だったこと。困り事相談はこれ一色になった。とうとう、係長も僕も七〇二に上がって被害状況を確認する、という話に発展したほどだ。

もっとも、不安になった僕が『係長、令状もなしに警察官が個人の住居へ立ち入ってよいのでしょうか？』と訊《き》いてしまったので、さすがに赤ら顔を真っ赤にしたダルマ係長が『お前は、捜索だの、犯罪捜査だのを、やっているつもりか？』『禁止されているのは、任意の、ガサだろう。これは、ガサなのか？』と渋い顔をしたのも、特異事項といえるかも知れない……

いずれにせよ、係長と僕は、その漏水被害を受けている一室の天井を確認した。なる

ほど天井の白いクロスに、大きな雲のような、水溜《みずた》まりのような染《し》みが。それはでかでかと広がっており、また広がりつつある。特別なスキルのない僕が『はあ、これは、困りましたねえ』などとお茶を濁していると、意外にも赤間係長が『必ず、近い内に、解決するだろう』とアッサリ断言した上、『八〇一の人に、申入れをする前に、東口交番の自分にも、教えてほしい』と、名刺の連絡先を何度も何度も確認させた。

（相談はすべてダイナマイト……）

指導部長であるレンジャー白石の教えは、当然、僕の中でまだ熱く生きている。けれど、これぱっかりは、民法で解決すべき、純粋な民事問題なんじゃないかと思えた。まあ、器物損壊《きぶつそんかい》といえば器物損壊だけど、いきなり刑法犯というのも荒事《あらごと》だ。

――いずれにせよ、七階三室は完全攻略だ。新規面接三件。

もちろん、赤間係長の事前の仕込みがなければ、しどろもどろの新任巡査など、すべて拒否されていただろう。それでも、目標三軒のうち三軒で成功したというのは、とても嬉しいことだった。ボロクソにいわれた世帯もあったから、なおのことだ。

（民間でも、初めて営業に成功したり、初めてコンペに勝ったりすると、こんな気持ちになるんだろうか？）

僕が感慨に耽《ふけ》っていると、肩からの無線が僕を呼んだ。

49

〈東口123から東口126〉

〈東口126です〉げっ、白石主任だ。〈どうぞ〉

〈扱い状況知らせ、どうぞ〉

〈あー、現在ー、うー、三の頭公園南、花園地内《ちない》にてマル巡実施中ですどうぞ〉

〈了解、ワナビ……上原PMにあっては、マル腕の必要あり。至急帰所《きしょ》されたい。以上東口123〉

（マルウデって何だろう？）

「上原な」

「はい、係長」

愛予署用の無線は、どの地域警察官の無線機にも流れる。つまり、今の無線通話は、当然係長にも傍受《ぼうじゅ》されている。というか、マイクからの声も直接聴ける距離だ。

「時計、見てみろ」

「時計ですね……あっ!!」

タイムオーバーだ。

夢中になって、すっかり忘れていた。今日の勤務例では、赤間係長の午後の巡連は二時間ジャスト。そのケツにくっついている僕も、まったく一緒ということになる。しかし、どう時計を確認しても、もう二時間二〇分が過ぎていた。と、すれば。マルウデが何かを悩むまでもない。問題は、どれだけの懲罰事由がカウントされて、どれだけの回数、腕立て伏せをしなければならないか、だけだ……

「無限に時間が遣えるなら、俺は、このマンション、一日で終えられるだろう」

「はい、確かに……」

「七〇二の漏水関係で、かなりの時間を割いた。それに、俺の檀家《だんか》回りで、世間話もあった。だが、地域警察官の動きは、勤務例が大原則だろう。それは、お前の勤務を、戦略的にするためでも、あるだろう。だが、こうして、俺たちが所外活動をするとな。その間、交番《ハコ》を、守っている奴らが、いるだろう。俺たちが、事案取扱いも入っていないのに、いつまでも、帰らなければ、休憩する奴も、休憩できない。所外活動に出たい奴も、出られない。所外活動に、出られないということは、実績にも、関係するだろう。俺たちは、チームだ。それも、公務員として、勤務例の一コマ一コマ単位で、緻密《ちみつ》に動かねばならん、チームだ。この後の、自分の勤務に、支障が出るのは、勝手だが、チームの動きを、ガタガタにするのは、よくは、ないだろう」

「申し訳ありません……」

「巡連はふつう、単独勤務だろう。外に、押っ放《ぱな》される形になるだろう。時間の確認は、くどいほど、した方が、いいだろう。こまめに、実施状況と、活動地内を、無線報告するのも、いいだろう。

そして。

初日から、こんなことを言いたくないが、知っておくのは、大切だろう――巡回連絡ほど、サボりやすい勤務は、ない。二時間プラプラして、『訪問世帯二〇、すべて不在世帯』と報告すれば、誰も、裏は、取れない。だが、そんなことばかりしているゴンゾウは、必ず、チームから、愛想を尽かされるだろう。だからお前が、本当に熱心に、二〇世帯、回ったとしても――もし遅刻したり、勤務を乱したりすれば、そういうゴンゾウと、一緒の奴だと、レッテルを貼られてしまうだろう。

上原。

地域警察官がやるべきことは、腐るほどある。だから、時は金なりだろう。与えられた勤務例の中、二十四時間をどう使うかで、実績も評価も、チームの信頼も決まる。よく覚えておけ」

「よく解りました、赤間係長。私の確認ミスで、係長にまで御迷惑を掛けてしまい、申し訳ありませんでした」

ここで、赤間係長は意外な顔をした。そして、無線のプレストークスイッチを押した。

〈東口121から東口123〉

〈東口123ですどうぞ〉

〈先《さき》無線の東口126にあっては、報告内容に誤りあり、どうぞ〉

〈……誤りの詳細を、教示《きょうじ》願いますどうぞ〉

〈東口126にあっては、小職とともに、住民からの困り事の急訴《きゅうそ》を受け、該《ガイ》内容の聴取に当たっていたもの。これ重大事案に発展する可能性あり。PBにて内容を検討する。なお帰所まで概《おおむ》ね三〇分。よって。

　先《さき》無線のマル腕にあっては、小職の分とされたいどうぞ〉

〈プッ……重大事案に発展する相談、東口123了解。なお、該《ガイ》マル腕にあっては、東口121の御健闘を期待します。以上東口123〉

「係長‼　まさか、僕の腕立てを」

「組織というのは、なあ、上原。不合理なものだろう。お前を、引き回したのは、俺だからな。確かに、俺が、時間について注意してやれば、お前は、白石に、懲罰を受けることも、なかったろう」

「いえ、係長はすべてを御存知で、わざと自分に巡連を継続させたものと思料《しりょう》します。成功して夢中になっていた私に、キチンと、勤務の在り方を指導するために――そして、自分は今後、巡連をする限り、いえ所外活動をする限り、御指導の内容を忘れません。

いいえ、忘れられません。それは、本当に、ありがたく思っています」

「俺は、警察のことしか、知らん。だが、他の役所でも、民間でも、変わらんとは思う。階級や、職制《しょくせい》が、存在する所では、絶対に変わらんと思う——」

上の者と下の者が動くとき。

タイムコントロール、スケジュール管理をするのは常に下だ。それは、本多署長と井伊課長が、外へ出るときもそうだし」

「赤間係長と自分が所外活動をするときも」

「そういうことだろう。上が、バカ殿に、なってはいかんが、人の下で働く、ということは、要は、気働《きばたら》きだろう。下はいつも庶務、下はいつも秘書だろう。俺は、あと五年だ。お前は、あと三八年。上原は、まだまだ、これからだろう。白紙だろう。だから、俺の、できなかったことを、やってほしい」

「できなかったこと……」

「上に、恥を、掻《か》かせないこと。上に、間違いを、させないこと。この二つだ」

「すみません、自分には、まだ」

「それは、そうだろう。だから……さっき、チームといったことや、警察署が、家族だということを、まずは、思い出してほしいだろう」

50

赤間係長は自転車に乗り、いよいよ東口交番へ進路を採った。裏道を駆使しているらしい。道が狭いわりに、人通りも交通量も少ない。もちろん二列にはなれないけれど、自転車に乗ったまま、会話することはできた。いや、それが狙いだったのかも知れない。

「どうだ、自分で巡連して、面接四件の味は」

「ハイ、正直、嬉しいです」

「ただ、実績となると、どうだろう」

「……自分には細かいことは解りませんが、職質検挙に比べると、五〇分の一とか、一〇〇分の一とか、そんな数字を聴いたことがあります。学校で聴いた、極端な噂《うわさ》ですが」

「地域警察の、ジレンマだからな。職質検挙は、地域警察、最大の武器だ。客観的評価もしやすい。検証の必要すらない。事件になったかならないかだからだ。だが巡連は、地域警察、最大の責務だが、客観的評価は、難しい。検証しても、活動内容が、見えにくい。ただ顔見てカード作ったのと、人間関係を作って犯罪の端緒《たんちょ》を入手したのとでは、評価の物差しすら、違うだろう」

「評価の方法が難しいから、巡連は職質より評価が低いのでしょうか?」

「そういう面も、あるだろう。だが、根本的には、猪《いのしし》だからだろう」

「い、イノシシ?」

「警察はな、号令一下《ごうれいいっか》、一気呵成《いっきかせい》に、ある目標へ突っ込む。そういう、遺伝子がある。すごい、集団力を、発揮する。いいことだ。だが、どうしてかは解らんが、二つの目標には、対処できない。不思議な組織だ」

「例えば、職質と巡連……ということでしょうか?」

「今、これだけ、職質職質と騒がれて、実績も職質シフトになっているな。それは、ひと昔前、日本の治安が、極端に悪化したからだ。街頭犯罪が、激増したからだ。安全神話の崩壊、なんて言葉を、聴いたことが、あるだろう」

「はい。自分はまだ小学生、中学生でしたが」

「だから、ハンティング能力を、強化して、街頭の犯罪者を、徹底的に、検挙しようということになった。それまで、ぬるま湯に浸《つ》かっていた……と罵倒《ばとう》された……地域部門は、厳しい営業方針の下、職質によるハンティングに、大きくシフトした。実績は、上がった。統計上も、治安水準が、回復したことを、示した。いいことだ。

だが。

猪は、ひとつの目標が示されると、それしか、やらなくなる。また、それは、人情として、無理もない。それをやれば、褒められる。やらなければ、叱《しか》られる。組織は、そう、誘導されてゆく。警察に限らず、当たり前のことだろう」

「そうすると、ひょっとして、巡回連絡とか、地域の実態把握は」

「やらなくなるだろう。事実、壊滅的なダメージを、被《こうむ》っているはずだ」

「それだったら、実態把握を褒めるようにすれば」

「猪だからな。そうなれば、今度は、巡連と実態把握に、殺到《さっとう》するだろう。すると、どうなるだろう」

「……職質が行われなくなる。だから職質検挙の実績が、落ちる」

「それは、統計になる。少なくとも検挙件数が下がる。それを新聞やネットで見た市民は、どう思うだろう」

「不安になります。ああ、だから体感治安がまた下がる」

「だから、職質シフトを、変えることは、できないだろう。だから、大勢の地域警察官が、勤務例の『巡』を『ら』に変更する。変更申請をすれば、この変更だけはすぐ通る。上も文句は言わない。警ら＝職質の方が、PSとしての売上げが上がるからだ。上原も、もう一年もしたら、いや半年もしたら、『ら』だらけの勤務例を、自ら作るかも知れん」

「ですが、どうにかして、両立することはできないのでしょうか？」

「白石や青海なら、平然とやってのけるだろう」

「……優秀な先輩方なら、ということですか？」

「上原。朝会で、解ったんじゃないか？

地域警察というのは、公立の中学校みたいなものだ。専務《センム》が私立だとすればな。いや、専務は高校であり、大学だ。

公立の中学校には、その地区のあらゆる子供が来るだろう。極論、東大に行く優等生もいれば、札《ふだ》付きの不良もいるだろう。将来、公務員になる者も、商社マンになる者も、歌手になる者も、棋士《きし》になる者も、マル暴になる者も、いるだろう。ごった煮だろう。

地域警察は、そういうところだ。

警務《けいむ》、生安《せいあん》、地域、刑事、交通、警備――

警察の部門の中で、地域だけが、タテワリじゃない。地域以外は、すべて、タテワリだ。それぞれの、専門分野を、与えられて、それぞれの、専門知識で、仕事をする。だが、地域だけが、違う。地域に、専門分野は、ない。すべての専務の、『初動《しょどう》』の段階だけを、担当するのが、地域だ。横串《よこぐし》だ。カンタンにいえば、警務・生安・刑事・交通・警備の、『触《さわ》りの部分だけ』『ジャンル限定ナシで』担当するのが、地域だろう。

すると、専務は、高等教育で、純粋培養《じゅんすいばいよう》になる。

地域は、初等教育で、ごった煮になる。

ならば、警察という組織の中で、どちらが優秀と判断されるかは、明らかだろう。

そして、実際の人事として、地域は、選別の場と、なっている。優秀だとされた奴、専務が欲しいと思った奴は、地域を卒業して、タテワリの専務に、入ってゆく。まずは署。さらにエリートなら、県警本部だ。

すると、残された奴は？ いつまでも地域にいる奴は？

地域部門という、公立の中学校から、進学できなかった奴は？

――上原、地域という所は、そういう所だ。だから、猪になる。いや、猪になる気概があれば、まだ救いはあるといえるだろう」

「ですが、白石主任みたいな方も、交番にはいらっしゃいます。むしろ、切れ過ぎる人が」

「学校では教えないのか。それは、『昇任配置』だ」

「昇任配置……」

「いわば、強制地域配置だ。

白石は、巡査部長試験に合格した。どの階級でもそうだが、合格後の配置先は、絶対に地域だ。だから、あれだけの男が、交番にいる。ならば何故、そうしている？」

「……ひょっとして、優秀な方を、無理矢理」

「表現はともかく、地域は、ごった煮だ。そのままでは、仕事にならんだろう。だから、試験に合格した人間を、必ず、地域に持って来る。そういう人間は、真面目《まじめ》で、実務能力が、あるだろう。白石だって、我武者羅《がむしゃら》に、働くだろう。

あるいは、井伊課長だ。あの人だって、生安のプロだ。警部試験に合格して、昇任したから、『昇任配置』で、署の地域課長をやっている。恐ろしく、切れるだろう。残念だが、交番一筋ウン十年では、地域部門の管理職すら、務まらない。それが、現実だろう。

そうして、『昇任配置』で、無理矢理、専務の人間を、公立の中学校に、戻す。ということは、逆に言えば、そこまでのルールを作らなければ、地域部門は、活性化しないということだろう。

だがな、上原。

『昇任配置』で、地域に来る人間は、紐付《ひもつ》きだ。警察では、失態がない限り、見切られない限り、一度、ある専務に入ったら、原則、死ぬまでそこから出ない。専務も、手放さない。専務からすれば、昇任配置なんていうのは、目障《めざわ》りな制度だろう。専務には、専務の、売上げがあるからな。優秀な人間を、いつまでも地域になんか、出したくは、ないだろう。だから、井伊課長なら一年半くらいで、また地域から、出てゆく。専務の、紐付きだからだ。次に、その穴を、埋められるのは、やはり、新しい昇任配置者しか、いないだろう」

「青海先輩の場合だと、どうなるのでしょうか？」

「あれほど、分かりやすい、エリートはない。巡査部長試験には合格している。管区学校で教養を受けたら、昇任だ。ならば『昇任配置』で、地域。だから白石と同じ、交番の『主任』になる。だが、青海なら、半年程度で、地域は卒業だろう。本署の留置管理、取調べ監督、署長車運転担当。ここらのエリートコースへ、すぐ署内異動だ。もっと運が良ければ、署の事情で、専務に欠員が出る。なら専務員試験もナアナアに、専務入りして私服――かも知れんだろう。いずれにせよ、優秀で、実務能力がある警察官ほど、交番などには、長くいないということだろう。

地域警察のレベルと、位置付けは、そんなものだろう。

それで、職質と、巡連を、両立させるなど、夢物語だろう。

そもそも、両立させられる井伊・白石・青海級は、すぐ専務ということだろう。

どうだ、上原。

そんな、地域警察の、現実を知って。実際に、巡連をやってみて。それでもまだ、地域のプロに、実態把握のプロに、なりたいと思うか」

「思います」

「……も、もう少し、考えろ。だが、何故だろう」

「自分も、地域に檀家を持って、お巡りさんじゃなくって、上原さん、ライト君と呼ばれる警察官になりたいからです。そして、地域の人がなかなか警察には話せない、本当の話を、聴ける警察官になりたいからです」

……赤間係長は、三分ほど黙った。僕も、黙った。ただ裏道を自転車で駆けてゆく。五五歳、けれど、係長の耳が真っ赤になっているのは、たぶん、夕焼けのせいじゃない。五五歳、海千山千《うみせんやません》の警部補は、僕の言葉に何を感じたんだろう。カンタンにいうな――という憤《いきどお》りかも知れない。専務を目指さない自分への、苛立《いらだ》ちかも知れない。

けれど、もし。

赤間係長のようになりたいと言った、自分への期待だとしたら――

それは、とても嬉しいことだ。

51

けれど赤間係長は、僕の言葉には、何もコメントしなかった。代わりに、重い口調でいった。

「白石は、桶川《おけがわ》ストーカー事件の話を、したらしいな」

「はい」

「なら、俺からもひとつ、俺が、羅針盤《らしんばん》にしている事件の話を、してみよう」

「お願いします」

「新潟雪見酒《ゆきみざけ》事件、というのを、聴いたことが、あるだろうか」

「いえ、申し訳ありません。聴いておりません」

「警察学校でも、是非、教養した方が、いい事件なのだが……

平成一二年の話だ。新潟県の某《ぼう》警察署管内で、十八歳の女性が、保護された。保護したのは、保健所の職員たち。保護された場所は、民家の二階の一室。これは、この民家に住んでいた、三七歳の男の部屋だ。ところが実は、この男とこの女性には、血縁もなければ、交友関係も、交際関係もなかった」

「……その十八歳の女性は、何故、その男の部屋に？」

「誘拐され、監禁されていたからだ」

「えっ」

「誘拐されたのは小学四年、九歳のとき。監禁は、実に、九年二箇月にわたっていた」

「ええっ!!」

「中学校にも、高校にも、大学にも行けなかったことになる」

「で、でも、それどころか、小学四年から監禁なんかされていたら……そんなに社会から切り離されていたら、ものすごい影響が……いや、一生癒《い》えない傷を負ってしまう。その三七歳の男っていうのは係長、どういう奴なんですか!!」

「公務員としては言いかねるが、私人として言えば、鬼畜の変態だろう」

「…………」

「この男が、家で暴れた。それに耐えかねた母親が、保健所に通報し、保健所側は、七人で臨場した。そしてとうとう……まあ、すさまじい様相《ようそう》を呈している、二階部分と、男の居室を、認知した。筆舌に、尽くしがたい、様相だったようだ」

「警察はどうしたんでしょう？」

「もちろん、人暴れ事案だ。謎の女性もいる。保健所も、警察に通報した。だが、それへの返事も、警察史上に残る名言だろう……『そんなことまで押し付けないでくれ。もし家出人であれば警察で保護する』」

「すみません係長、すごいデジャヴ、いえ、どこかで聴いたような」

「恐いだろう、警察の仕事は」

「恐いです。でも結局、誘拐事案だと認知したわけですよね？」

「保護された十八歳の女性が、自分で、保健所の職員に申告した――自分は、九年前の誘拐事件の被害者だと。まあ、そういう言葉遣いでないのは、経緯から、いうまでもないが」

「そうすると、警察が、初手《しょて》を誤ったことが批判されたのでしょうか？」

「初手を誤った。また、記者会見で、『警察もキチンと一緒に臨場していた』ともとれる発表をしてしまった。だが、駄目押しは、雪見酒まあじゃんだ――」

ちょうど、この発見の日、警察庁の偉い人が、新潟県の本部長の所へ、出張していた。関東管区警察局長という、キャリアの上がりポストにいた人で、まあ、名目は、業務監察。夕方に終わって、さあ一献《いっこん》、というタイミングで、九年二箇月監禁事案の第一報だ。警察本部長といえば、お前も学校で会っただろうが、県警の社長だ。最高指揮官だ。すぐ、県警本部に帰って、この事案の、指揮をとらなければならない。だが、当時の新潟の社長は、帰らなかった。そのまま、雪を見ながら杯《さかずき》を乾《ほ》し、図書券を賞品にして、深夜零時過ぎまで、接待まあじゃんをした。翌日も、接待旅行で、湖に、白鳥見物に行ったとか」

「……にわかに信じられない」

「白石にいわせれば、ダイナマイトを、抱いて寝られる神経の、人たちだったんだろう。せめて、まあじゃんの戦績が、良かったことを、祈るばかりだ。

いずれにせよ、小学四年生の誘拐、しかも九年二箇月の監禁だろう。マスコミが過熱しないはず、ないだろう。当然、管区警察局長も、新潟の社長も、引責辞任《いんせきじにん》の上、退職金を全額辞退。それでも、なぜ懲戒処分にしないんだと、世論がそれは、沸騰《ふっとう》したものだ。

もちろん、そもそもの鬼畜である、三七歳の男については、未成年者略取と監禁致傷で逮捕された。当然起訴されて、懲役十四年が、最高裁で、確定している」

「公務員じゃなくって、私人としては、死刑でも飽き足りないですね。事実、その女性を殺したも同然です」

「そうだろう。

だが、そうすると、実は、受持ちの地域警察官も、死刑になってしまうだろう」

「う、受持ちの警察官……それは女性が監禁された家の、受持ち警察官ですか？」

「そうだろう」

「家の二階に監禁されていたことを、発見できなかったから――でしょうか？」

「厳しいと、思うか？」

「それは、その……正直をいえば。

組織として、巡連よりも職質シフトをしていますし」

「確かにお前も今日、感じたろう。時間はない。歓迎されない。コストは掛かる。評価は低い」

「だから、もし結果的に、できない世帯があっても……やむを」

「いや、できた世帯だった。巡連は、実施されていた」

「えっ」

「九年二箇月で、三回、地域警察官はその家を訪問し、母親と面接をしていた」

「それは、その、証明されているんですか？」

「そのために、お前だって、巡連カードを作成しているだろう」

「カードに記載があったんですね。三回、実施したことが裏付けられたんですね」

「一般論としては、そうだ」

「……例外が、あるんでしょうか？」

「巡連は、検証が難しいと、いったはずだ。これ以上は、そのうち、解るだろう。口も穢《けが》れる。だから、言わん。この三回を、話の前提とする」するとだ。

受持ちの警察官は、異動があって、別個の人間だったかも知れんが、いずれにせよ、警察組織としては、家人と三回、面接をしている。やがて保健所に助けを求めることになる、その家人とだ。もちろん、結果から、明白なとおり、巡連では、何の異常も、何の不審も、察知できなかった。だから、女性は、監禁され続けた。

お前が、女性の家族だったら、どう思う。少なくとも、警察を今後、好きになると思うか？」

「まさか。言葉を選ばなければ、殺意すら覚えると思います」

「そして、こうした、警察の活動、その実態は、すぐマスコミや、ネットで明らかにされる。どう考えても、不祥事、非違事案《ひいじあん》、不適正事案だからな。だから、もし、お前がその受持ち警察官だとしたら――殺されてもおかしくないのは、お前だ。お前個人だ。

それが、受持区を持つ、ということだ。

それが、受持ち警察官になる、ということだ。

白石は、相談は、ダイナマイトだと教えたはずだ。俺は、実態把握は、地雷除去《じらいじょきょ》だと、教えておく。もちろん、地域の人々と親しくなる、それは大事だ。巡連カードを作成する、それは警察の宝だ。コミュニケーション能力を磨く、それは職質にも役立つだろう。檀家を持てば、地域の情報は、面白いように入ってくる。それは、実績につながる。

だがな、上原。

受持ち警察官が、地域を知るのは、最終的には、人と仲良くなるためでも、実績を上げるためでもないと、俺は信じる。正直に言おう。俺が、実態把握に精を出すのは、恐いからだ。新潟雪見酒事件みたいなことが、受持区で発覚するのが、恐くて、眠れないからだ。自分の努力が、足りないせいで、受持区の誰かを泣かし、取り返しのつかない不幸に追いやるのが、恐いからだ。また、俺自身が、墓に入るまで、いや地獄に落ちても呪《のろ》われるのが、恐いからだ。そして、そんなことになってしまったら、俺は、俺を恥じる。自分で、自分のことが、許せないだろう。その恥は、どんな懲戒処分なんぞより、恐いものだ」

「……ロシアン・ルーレット、なんですね」

「ふむ、自分の言葉で言い換えたか。それも、いいだろう。やがて、お前が、お前の後輩に、同じことを、指導することが、あるかも知れん。そのときは、自分の言葉で、語ってやれ。

もちろん、その前に、訪問先の玄関で、二階の不審が察知できる警察官に、なってからだがな……」

52

ふたりの自転車は、懐《なつ》かしの東口交番に着いた。駐輪場の、交番の壁際に、しっかりと自転車を整列させて表に回る。立番していたのは、王子様だった。

「あっライト、お帰り、お疲れ様。どうだった、初めての巡連は？」

「赤間係長のお陰で、面接四件でした!!」

「へえ、すごいね!! 新規四件かい。

さては赤間係長、僕の実習の時には手を抜いたな？」

「青海先輩の初巡連は、どうだったんですか？」

「きょ、拒否四件に不在六件だよ!! 先輩に恥、掻かせるな――あっライトちょっとごめん」

王子様は、朝、レンジャー白石がやっていたように交番からダッシュしてゆく。僕はその先を見たが、自転車は見当たらない。王子様には、王子様の『顧客』があるのだろう。

（ああやって、後輩を気遣って馬鹿話《ばかばなし》していても、警戒の眼は緩《ゆる》めていない。なるほど、一度に二つ以上のことができるんだ。だから赤間係長も、青海先輩の初巡連のとき、僕よりも上級編のメニューを組んだに違いない――って、僕はこんなにモノを考える人間だったっけ？　これがひょっとして、ＯＳのアップデートなんだろうか？）

――先に交番入りしたダルマ係長は、定位置の、オープンスペース奥のブロック長席に陣取った。葉山主任がすかさず緑茶を搬《はこ》んでくる。あっしまった。それは自分の役目だ。僕がビクリとしたその刹那《せつな》、奥の院の側から、むんずと襟首《えりくび》がつかまれた。こんなことをするのは、ひとりしかいない……

「し、白石主任。上原ＰＭ、帰所いたしましたっ」

「遅延する旨《むね》、無線報告がない。また結果的に、遅刻して帰所した。また係長のタイムスケジュールを私的に拘束した。また東口交番勤務員が所外活動に出るのを妨害した。以上報告懈怠《けたい》、勤務例無視等一件につき一〇回、合計四〇回の腕立て伏せ――といいたいところだが、その四〇回は赤間係長が召し上げるとの仰《おお》せだ。巡査部長の俺としては、そう命令されては従わざるを得ん。しかも、あの赤間係長の腹では、腕立てにすらならんだろう。これを要するにワナビー巡査。今回の懲罰《ちょうばつ》は見送らざるを得ん、ということだ。嬉しいか？」

「いえ!!　勤務スケジュールを忘れる自分は、懲罰に値すると思います。嬉しくありません。ですが、御配慮に感謝します」

「ふん、夜は俺と警らだ。いよいよ職質を、本気でやってもらわなければならん。また、俺たちは相勤員《あいきんいん》、パートナーになる。パートナーの腕がガタガタ震えていると、そもそも舐《な》められる上、不審者の動静監視《どうせいかんし》にも所持品検査にも受傷事故防止《じゅしょうじこぼうし》にも悪影響がある。

二人一組の意味がなくなる――

そういう赤間係長の配慮に十分、感謝しておくことだ」

「はい（そうだったのか？）」

「俺からは一点だけ。

民間企業ならもっと厳しい。打合せの時間に遅れる奴。会議を忘れてすっぽかす奴。外回りから帰社する時間に帰ってこない奴――取引先にも相手にされなくなるし、社内でも総スカンを喰らうぞ。謝って走って遅刻が帳消しになるのは警察学校までだ。上司がスケジュールを忘れていたら、当然にリマインド／リコメンドしろ。上司のケツにくっついていましたなんて言い訳、取引先に笑われるだけだぞ、いいな」

「はい!!」

「警察官としてより、社会人としての自分を磨《みが》け。

　ではワナビー巡査、そろそろ午後もいい時間だが、お前の仕事を忘れてはいないか」

「はい、上原巡査、マル食の手配を行います——」

「アア、上原な」

　そのとき、ダルマ係長が大きな声を出した。明らかに、白石主任を意識している。僕は腰に手をクッと構える礼式スタイルで、ブロック長のデスクまで駆けた。駆ける、というほどの距離じゃないけど、とにかく形から入るのも新任巡査の仕事だ。

「上原巡査、参りました」

「お前、それじゃあ、駄目だろう？」

「え、えっ⁉」

「白石、お前も駄目だ」

「上原がまた何か、やらかしましたか？」

「ああ、やらかした、やらかした」「ええ⁉」「コイツな、新任巡査だろう。新任巡査の癖に、俺の、受持区と檀家を、もう荒らしやがった。いかん、いかん。指導部長が極悪《ごくあく》だろう」

「なるほど、それはいかんですね」白石主任は何か理解したらしい。急に、能面《のうめん》が太郎《たろう》冠者《かじゃ》になった。「しかしまあ、警備警察二〇年以上の叩《たた》き上げにして、情報収集と特別法駆使《くし》のプロ、赤間係長のケツにくっついて二時間以上ですから。何も拾ってこない方が、東口交番としては心配でしょう」

「それも、四つだ。四つも太いネタ、拾ってきやがっただろう。オイ白石、仕方ないから、お前が、注意報告書の書き方、教えてやれ。俺は、腹が、立っているだろう」

「係長も、連名にして、ハンコ押せばいいんじゃないですかね？」

「バカ。巡査が、ひとりで、拾ってきたネタに、係長が、甘えるわけには、ゆかんだろう。ああ、やられた、やられた」

「初巡連で新規面接四件、しかも太い注意報告四件ですか。日誌に堂々と書けますね。あの井伊地域課長も、眼を丸くするでしょう。こいつはいい」

「そんなことは、いいから、さっさと、教えてやれ――どうした、上原。眼を丸くするのは井伊課長だ。お前じゃ、ないだろう」

「は、はい、係長。しかし、自分には、何の事やら」

「お前、自分で、情報取って、自分で、忘れているのか。パークヒルズ花園八〇一は、漫画家の大麻《たいま》栽培アジトだろう」

「ええっ!!」

するとまさか。

赤間係長の巡連。その世間話というのは、すべてが……すべて狙《ねら》って……

「シティテラス三の頭公園の某室《ぼうしつ》は、医師法違反の、無資格診療をする地下病院だろう。閉鎖中の駿府《すんぷ》公園は、未喫《みきつ》・未飲《みいん》はもとより、少年がひったくりした品を確認する拠点だろう。

ベルカーサ湊町五〇五の女子中学生は、スーツその他を買ったばかりの、振り込め詐欺の受け子だろう。

生安も、刑事も、組対《そたい》も喜ぶ。検挙に至れば、表彰もあるだろう。情報は生ものだろう。上原、急げ、急げ」

ああいかん。ああやられた。

そしてそのまま、何事もなかったように緑茶を啜《すす》り始めるダルマ係長――

（オイ、ワナビー巡査）

（は、はい白石主任）

（……いや、いい）白石主任は嘆息《ためいき》を吐《つ》いた。（この有難味《ありがたみ》が解るのは、まだ先だろうからな。しかし俺が連署《れんしょ》したいもんだぜ!!　赤間係長、この調子だとまだまだ太いネタ握ってやがるな……!!）

ライトの章から、アキラへ

さてその夜。

上原巡査が、指導部長のケツにくっついて出撃したのを確認してから——

ダルマ係長は警電を架けた。望む警察官は一発で出た。同格の警部補だ。

『ハイ愛予駅西口ＰＢ、扱い早蕨《さわらび》です』

「東口ＰＢの、赤間だろう」

『おや赤間サン、どうされました？』

「いや、どうということは、ないんだが……」

『アッハッハ、無線、聴いとりまっせ。

えらい熱心に教官役、しておられるやないですか』

「あんたの、指導どおり、やっておるが……これは、意外に、疲れるだろう」

『まあ赤間サンは、よう喋《しゃべ》らん人やさかいね。この昼間だけで十年分、喋ったんと違いますか。ただ今の子はね、ワシらよりずっと頭がええ。言葉で説明したら解ってくれるし、言葉で説明してやらんといかんのですわ。なんでやゆうたら』

「……実は、俺たちこそが、解っていないからだろう」

『そのとおり。言葉で説明できん。言葉で教えられん——それ実は、教える側の無能なんですわ。だって自分が解っとらんこと、どないして教えられます?』

「確かに、俺たちの世代は、言葉にすることを、怠《おこた》ってきた」

『背中を見ろ、盗めゆうてね。そりゃ楽でっせ。言葉に置き換える努力、せんでええから。理由は何か。根拠はどうか。そんなん全然、説明せんでええから——これ教える側のサボりでっせ。そんなサボりしたらいかんのです。教えることは、教わること。それが、人の上に立つこと。

せやから、言って聴かせる。キチンと言葉にして、説明する。ただこれ、警察はようせんのですわ。物言えば唇《くちびる》寒しやさかいね。警察最大の苦手科目や、アハハ』

「市民でも、我が子でも、実は、変わらん……つまり、説明責任と、いうことだろう」

『自分の子供が説得できんのに、職質対象者は説得できません』

「いつも、そうやって、あんたに怒られるから、今日は脳味噌《のうみそ》使った。頭と喉《のど》が、痛いだろう」

『給与の内でっせ、後継者育成は。それでどうでした、ライト君は?』

「大バカだろう」

『ええやないですか!!』

「うん、まさにあんたのいう、大バカだ。俺は、嬉《うれ》しい。足りない頭を、使う甲斐《かい》がある」

『今の子の悪いとこは、やたら賢ぶることと、やたら恥を恐がることやさかいね。ところが大バカは、解らんことを解らんという。恥ずかしいことを、どんどんやってくれる。ただそうでないと、実は、教える側が何もできん。赤間サン、ええ子供に恵まれましたなあ』

「ただ、喉飴《のどあめ》を、買ってこないと、いかんだろう――で、あんたのところの、ホラ、ドスの利《き》いたお嬢さんは、どうだろう」

『アッハッハ、アッハ――ドスの利いた!! アキラね、内田アキラ!! 確かに。まあドスが利きすぎとりますわ。指導部長の女警《じょけい》はもう辞めたい、指導部長下ろしてくれゆうとるし。昼間の警らでは、五人×三〇分のフルコースで職質やって、ぜんぶ激怒させて、ぜんぶ抗議事案に発展しとるし。もちろん検挙はありません。さかしまに、ワシが副署長に検挙されそうや。このままやと間違いなく、公安委員会に苦情、ゆくさかいね。まず始末書じゃすまされません』

「それは、あの娘が、賢ぶっていると、いうことだろうか」

『違います』早蕨は断言した。『あの子はホンマに、賢いんです。せやから、見破る』

「……そうか。なるほどだろう。実は、俺たちが、解っていないと、見破るんだろう」

『せやさかい、そろそろ、大人が締めとかんといかんのですわ』

「おっ、するといよいよあんたの出番か。

愛予県警の、ミスター職質。御出馬だろうか」

『なにいうてまんがな。愛予県警のミスター巡連かて、もう出馬してまっしゃろ。

後継者育成、後継者育成ゆうても、ワシらまだまだ現役やさかいね。あの子にも負けられんけど、もちろん赤間サンもライバル。アキラも育て上げる。けど自分も攻めの仕事をする。実績もかっさらう――

そう、トボけたダルマの東口交番には負けません』

「うーむ、余計な電話をして、かえって、自分の首を、締めてしまっただろう」

『またまたまた。全然本題に入ってないやないですか。

ワシに話すのに組立てはいらんでしょ?』

「ば、バレたか。なら今夜は、あんたと、そのアキラが、ペアで、警らに出るだろう」

『そうなりまんな。赤間サンがもう、ウチのPMから聴き出しとるとおりですわ』

「……お、俺は、白石を、信頼しているが、さすがに、あんたには、敵《かな》わん。こっちで、いい職質があれば、問題ないが、もし、あんたの方で、検挙になるようだったら」

『解っとります。赤間サンとこの大バカも、必ず臨場させましょ。ワシも会ってみたいし』

「助かるだろう。職質といえば、あんただろう。頼むだろう」

『ただし』

「ただし？」

『もし、はありません。ワシとあのアキラが出て、検挙なしはあ、、、、りえません』

ダルマ係長は返事をせず、警電を切った。その顔には失笑と苦笑と、確信があった。


（下巻に続く）

新《しん》任《にん》巡《じゅん》査《さ》

上巻

新潮文庫　ふ - 52 - 51

平成三十一年三月一日発行

著者　古《ふる》野《の》まほろ

発行者　佐藤隆信

発行所　株式会社新潮社

郵便番号　一六二—八七一一
東京都新宿区矢来町七一
電話　編集部(〇三)三二六六—五四四〇
読者係(〇三)三二六六—五一一一
https://www.shinchosha.co.jp

価格はカバーに表示してあります。

乱丁・落丁本は、ご面倒ですが小社読者係宛ご送付ください。送料小社負担にてお取替えいたします。

印刷・株式会社光邦　製本・株式会社植木製本所

ISBN978-4-10-100471-6 C0193